有爱的青春陪伴者

# 恰好喜欢

鹿笙 著

暗恋成真

破镜重圆

江苏凤凰文艺出版社
JIANGSU PHOENIX LITERATURE AND ART PUBLISHING

图书在版编目（CIP）数据

恰好喜欢 / 鹿笙著. -- 南京 : 江苏凤凰文艺出版社, 2022.6
ISBN 978-7-5594-6542-9

Ⅰ. ①恰… Ⅱ. ①鹿… Ⅲ. ①言情小说－中国－当代 Ⅳ. ①I247.5

中国版本图书馆CIP数据核字(2022)第004332号

# 恰好喜欢

鹿笙 著

责任编辑　王昕宁
特约编辑　欧雅婷　姜文迪
责任校对　言　一
出版发行　江苏凤凰文艺出版社
　　　　　南京市中央路165号，邮编：210009
网　　址　http://www.jswenyi.com
印　　刷　长沙鸿发印务实业有限公司
开　　本　880mm×1230mm　1/32
印　　张　9
字　　数　200千字
版　　次　2022年6月第1版
印　　次　2022年6月第1次印刷
书　　号　ISBN 978-7-5594-6542-9
定　　价　39.80元

目录

目录

# 第一章 有仇不报非女子

阮昭从酒吧出来时，外面正在下着小雨。

路上行人稀少，她招手打了一辆出租车，等不及车子停稳，便拉开车门坐进去，说：“师傅，君合医院，麻烦快一点。”

五月的深夜，加上下雨的缘故，还带着寒意。

司机从后视镜里看着这个身穿大红色半裙的女人关上车门，在发动汽车前，忍不住好心地开了车内的空调，心里默默叹了声，现在的女孩子都是要风度不要温度。

阮昭没注意到司机异样的视线，抖了抖裙摆上的雨水。羊绒的料子一沾水就毁了，阮昭有些肉疼地看了上面的印子自我安慰，这“战袍”是为了今天晚上特意准备的，也算是功成身退了。

车在君合医院大门口停下，阮昭付了钱，手机就响了。她接通后没等电话那头的人开口，先回了句：“我已经到楼下了。”

夜里的医院大厅已经没有白天那么拥挤，阮昭踩着高跟鞋在瓷砖地面上健步如飞，一双大白腿露在外面，与周围恨不得从头裹到脚的人俨然身处两个季节。

阮昭身材苗条，长得又美，一进电梯，惹得不少人侧头看过来。

进了儿科，阮昭身上湿漉漉的，很不舒服，先去了值班室。前台护士冒出头看着风风火火路过的人，小声问："这是谁啊？"

"阮医生啊。"旁边的人低声答。

小姑娘平时在医院满眼都是白大褂，很少见医生穿这种鲜艳的颜色，一时间看傻了，小声嘀咕说："主任看到还不得吹胡子瞪眼……"她话说到一半，头被人敲了两下，一抬头，看见来人连忙噤声。

魏劭行警告道："不许在背后议论人。"

护士认出这是肿瘤科请来进行联合会诊的魏医生，有点儿紧张，小心地觑了眼魏劭行，不敢说话了。

阮昭刚进值班室，跟要出门的同事冯筝撞个满怀。

"我正要给你打电话呢。你怎么这身打扮？不冷吗？"冯筝抓着门把手没出去，问。

阮昭满衣柜找她那件白大褂，不答反问："人什么时候到？"

冯筝抬腕看了看表，说："二十分钟后。"

阮昭"哦"了声，换上白大褂，蹬掉脚上的高跟鞋，换上平底小白鞋，快步跟上冯筝。冯筝有些不好意思地挠挠头，赔笑道："我这回真不是故意要打扰你的下班时间的，你也知道咱们科室人手本来就不够，这次接到的急诊人数太多，忙不过来了。"

阮昭随手将脸颊边的碎发撩到耳后，绑了个高马尾，道："没事，刚好我就在附近。什么情况啊？"

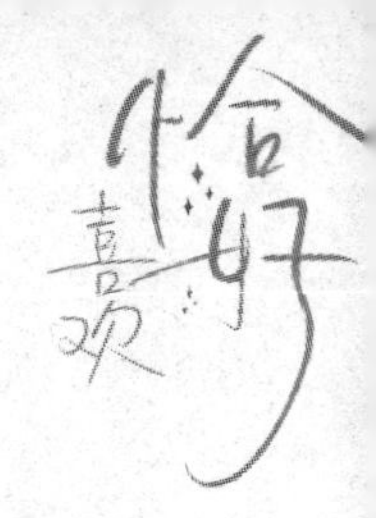


“临市的一所幼儿园的校车在野外春游时发生了事故，所处地的山区与海东接壤，又离它本市医院太远，所以咱们这边开通了转运急救绿色通道，就近将病人运送到咱们医院来了。”

阮昭揉了揉眉心提醒自己打起精神来，抬腕看了下时间，已经过了十二点。

她戴上口罩，弯腰在洗手池将手清洗了两遍，打上消毒液，一撇头，见几个实习医生站在走廊，不知道在议论什么。她招招手，其中一个男生看见了，叫了身边的人一块走过来。

“一会儿病人过来了先不要慌，按照伤情程度进行分级。今天晚上咱们有场硬仗要打，都仔细点。”

阮昭话音刚落，走廊那头传来脚步声，一个戏谑的声音插进来：“阮大美女。”

阮昭目光扫过去，刚才的凌厉劲儿消散了些。

阮昭冷眼瞪着魏劭行：“你是来帮忙的，还是来捣乱的？”

“开开玩笑嘛，你这么紧张干什么？把你面前这几个还没毕业的小孩子都吓到了，怎么，你心情不好啊？”

阮昭躲过他正欲放在她肩上的手，魏劭行凑过来小声道：“你不会因为我没接到你电话还生气吧？姑奶奶，我发誓，那会儿我真的在忙。”

阮昭正要回话，身后一阵熙攘，冯筝喊了声：“咱们上去吧，他们来了。”

阮昭快步跑向上顶楼的电梯，而原本嬉笑的魏劭行也敛住笑意。

顶楼停机坪，专为救援飞机所设置，几人一推开天台的门，巨大的风浪席卷而来。

直升机缓缓降落中。

这时雨已渐渐大了起来，机舱门打开，一个陷入昏迷浑身是血的小男孩被救援人员抱了出来，阮昭已经赶去检查病人的生命体征。

“快，担架。”阮昭对着愣怔的实习生吼了声。

被喊的实习生如梦初醒，快步地朝机舱跑去。

“你们几个配合医生第一时间将病人送往抢救室。严耘？”

“到！”

“把飞机开回基地待命。”

“是！”

阮昭抬头，这才发现距离自己不远的男人正在有条不紊地指挥着整个运送病人的工作，没有任何雨具，他整个人已经湿透，但怀里的患者被牢牢护着，半点也没有沾到雨水。

阮昭环顾四周，他带领的救援人员跟他的动作是一样的。

雨雾蒙蒙，她看不清男人脸上的表情。但他的声音沉稳又具有穿透力，好像一支强心针，让在场的所有人都安静下来，守在自己的岗位上。

三十秒后，原本风平浪静的走廊突然涌进无数人声，痛苦声不绝于耳，乱作一团。病房的白炽灯惨白，空气中弥漫着血腥气。

“阮昭，你的头发……”冯筝小声提醒。

阮昭扭头，这才注意到原本束起的马尾不知什么时候散了下来，想是因为飞直升机风浪的冲击，连绑着的橡皮筋也丢失。

“你有多余的橡皮筋吗？”

冯筝递过来一个，阮昭迅速地绑上后，双手进行消毒。

医院的儿科很少一下来这么多病人，阮昭进急诊室的时候也愣

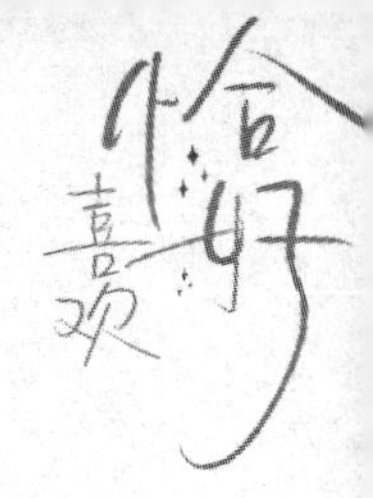

了一下，手臂被一个身穿蓝色制服的男人抓住："医生——"

这人跑得上气不接下气，来不及平复气息，忙说："您快去看看，有个小孩一直喊难受。"

阮昭过去时，那孩子被一个男人抱着，已经有实习医生在对他进行基本检查。小男孩不知是不是惊吓过度，一直在哭，现在到了陌生环境，面对围着自己的医生更是怕得不行，一时间哇哇大哭，对于检查极不配合，几个护士束手无策。

"什么情况？"阮昭快步进去。

"这孩子情绪不太稳定。"病房吵嚷，男人的声音如一股清泉滑入耳内。

阮昭视线往上，对上一张五官分明的脸。

她愣了愣，男人没注意到她情绪的变化，说了下基本情况："他外伤不重，已经进行基本包扎，但在过来的路上呕吐过两次。我跟他进行过对话，意识是清醒的。"

阮昭支开了护士，将目光落在面前这个面色苍白的小男孩身上。走上前去，蹲下身，她摸了摸男孩凌乱的蘑菇头，友好地问："你多大啊？"

"四岁。"

"叫什么？"

"童凌。"小男孩乖乖地答道，漂亮又和善的女医生身上好像有种特别的吸引力。

"你饿不饿？"阮昭见小男孩舔舔嘴唇没说话，从口袋里拿出个面包来在他眼前晃了晃，"这儿有面包，你吃不吃？"

小男孩眼睛亮了一下，随后很快黯然下来，说："医生说我不能吃东西。”

“不吃东西人哪有力气啊。”阮昭笑了笑，摸了摸他的脑袋，轻声说，“不过你得先按要求接受检查，结束了姐姐带你下楼去吃好吃的好吗？”

小男孩嘟囔：“要多久？”

“很快。”她取下听诊器探进孩子的外套里，心肺有轻微杂音。

小男孩显然不信，追问：“姐姐你是这里医术最好的医生吗？”

阮昭装作沉思了一会儿，回道：“医术是不是最好我不知道，但有一点我敢肯定。”

小男孩凑过去小声问：“什么呀？”

“最漂亮。”

小男孩“喊”了声，抱着孩子的男人没憋住笑。听清了笑意里淡淡的嘲弄，阮昭抬眸狠狠瞪了男人一眼。

男人移走视线。

小男孩又问：“姐姐，你拿的这个是什么？”

阮昭低头看了眼听诊器，温声说：“是一面小镜子。”她一边在病历本上记录小男孩的基本情况，一边开玩笑地看了他一眼，“你要是有什么难受的地方，拿它一照就知道了。”

“那姐姐，你可以把它送给我吗？”

阮昭冲他眨眨眼：“可以啊，你要是乖乖听话，姐姐送你一个。”

大概是阮昭表现得过于耐心和温柔，男人忍不住多看了她几眼。

“真的？”小男孩苍白的脸上终于有了笑意。

“不过你要这个做什么？”

“我想拿回家给我妈妈。她怕花钱，有病总不看医生。如果有

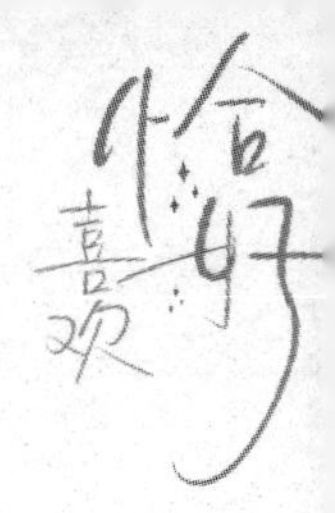

了这个镜子，她就不会那么难受了吧。”

阮昭写字的动作滞住。

抱着男孩的男人手一抬，站在他边上的人过来了。

阮昭温柔地说：“你要想健健康康地回家，得先去做个全身检查，姐姐会在这儿等你。”

小男孩放松了些，不再抓着男人的手不放，乖乖地躺上推车，被医护人员推去彩超室了。

“他外伤不重，看他一直咳嗽，说话气短，不排除有胸腔积液的可能，具体要看检查结果。”

阮昭说完侧身，正对上男人厚实的胸部。

他方才一直半蹲着，现在站直身，高出阮昭整整一个头。

男人身形挺拔，眉宇之间少了普通成年男人的懒散气，脸颊轮廓极深邃，饶是见惯了男人的阮昭也看得深吸一口气。

“谢谢医生。”

阮昭咳嗽一声，肃着张脸点了点头，去看其他病患了。

三个小时之后，重症病房恢复了平静。阮昭终于有时间喝点水，她寻了个无人的走廊正好清静会儿，肩膀被人一拍，她扭头，冯筝给她扔过来一个饭团，热的。

她就着热水像吞药一样吃了几口饭团，侧头见那些穿蓝色制服的人还没走，问冯筝：“这些人是干什么的啊？”

“市里空中救援队的。你刚来君合没多久，第一次见吧？”

阮昭嚼着饭团“嗯”了一声。

“就那个最帅的，”冯筝指着之前跟阮昭说话的那人，托腮露出一张花痴脸，“是他们的队长。每回他们到咱们医院出任务，好多小姑娘都高兴得不得了。听说他以前是航空总部的，不知道出了什么事，跑来干这个了。”

阮昭挑眉，扭头问：“干这个有什么不好？”

“好是好，帅哥来为民服务我们自然是高兴啊，但说到底这哪有在航空总部做事体面啊。”

阮昭努努嘴，朝着那个背影看过去。

半晌之后，她指着那边突然顺口一问：“他叫什么？”

“许队——许——”

许煜带着一队人从医院大厅出来，身后有人追上来。他停下脚步，看清了来人后，指着街道那头停的一辆白色越野车跟队员说道：“你们先上去吧。”

追来的那个戴眼镜的男人笑着从口袋里拿出一包烟递给许煜：“来，辛苦了。”

许煜摆手婉拒：“谢谢，我不抽烟。”

“哦哦。”那人拿着烟的手揣回口袋，换成一张名片，“许队长，您好，我是省报记者，想对您进行一个追踪报道，不知道您这边有没有时间？”

“采访我？”许煜打量了对方两眼，这人他见过两次，不知道哪儿来的韧性躲都躲不开。

“我看过资料，您之前担任过两次地震救援的指挥，这次临市的爆炸事故在网上热度挺大的，很多人关注，想向您了解下当时的具体情况。”眼镜男知道许煜是块难啃的骨头，之前不少同事上门

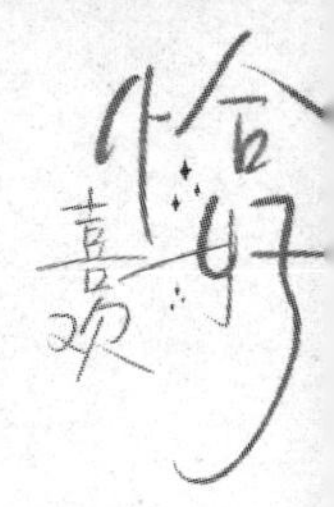

采访他都吃了闭门羹，但现在能跟许煜面对面交谈，机会难得。

他推了推镜框，说：“如果您能接受我的采访那是最好的了。”

许煜耐着性子等他说完，下巴微抬，面色渐冷：“我一个普通人没什么好报道的，如果您想了解此次救援情况，最迟明天救援队会出官方通告，谢谢。”

“欸。”眼镜男还想说什么，许煜已经走远了。

许煜上车时，队里的几个小伙子你一言我一语地闲聊。

“这帮记者也真够闲的，大晚上的都跟到医院了。”

“许队今天竟然搭理他了，脾气见好啊。”

“是看见美女了吧？”

“哪个，我怎么没看见？”

“就跟许队说话那个，轻声细语的。”

“我去，人家戴着口罩捂得严严实实，你竟然能看清？”

“我敢拿我这个月的奖金打赌，那女医生绝对是个美人坯子，反正我没见过眼睛那么好看的。”

“嘁，说得好像你见过多少女的似的。”

男生话音刚落，车门被拉开，许煜木着张脸坐上来，一身寒意吓得几个小伙子没敢再多话。

“许队，咱们去哪儿？”坐在驾驶位的付刚问。

“今天本来你们都在休假，是因为突发事故才叫你们过来。现在事忙完了，哪儿来的回哪儿去。”

付刚看了下时间，说：“都这个点了，一起吃顿早饭再散吧。”

众人点头说好。

车在主干道开了一段，眼尖的付刚往路边一瞅，这不是君合医院的阮医生吗？付刚咳嗽了声，将车缓缓停下。

正眯着眼的许煜侧头问："干吗？"

付刚往车窗外一指。

许煜顺着他手指的方向看过去，女人一身红裙正耷拉个脑袋在人行道上晃悠。

"这深更半夜的，人家一个女孩子回家不太安全吧？"

付刚朝身后的队友眨巴眨巴眼睛。

队友都想知道，这女医生长啥样，连连点头说："是啊，是啊。"

许煜闭眼重新靠回去，没阻止。

"阮医生。"

阮昭困得眼睛都睁不开了，偏这个时间点又不好打车。原本她想在医院眯一下等天亮再回去的，谁知道值班室的上下铺已经睡满了。

她停下脚步循声看过去。

从车窗里探出个脑袋，她认不得人，但认得那身制服，于是小跑过去，上了车。

车内本来就没几个座位，她一上来，更显挤了。

一股淡淡的香水味钻进许煜的鼻子，他睡不着，现在又不好直接睁开眼。

阮昭穿得少，紧身裙子衬出玲珑身形，两只细白胳膊抱在胸前，尤其刚一坐过来，大长腿直接贴在他的小腿外侧，即便隔着衣料他也觉得不自在。

阮昭之前在医院戴着口罩，取下后，整张脸彻底袒露人前，配上她身上的大红裙子，有一种惊心动魄的美。队里的几个小伙子都

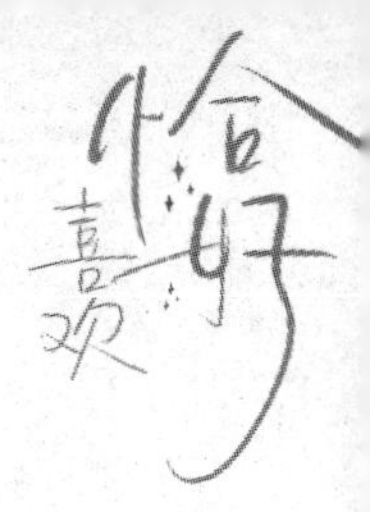

是刚从学校毕业后直接拉到训练场封闭训练了三个月，连食堂打饭的都是男人，哪里见过阮昭这么漂亮的。一个二个的傻了眼，不敢朝阮昭看过去，只是暗地里比了个大拇指。

阮昭跟一帮男人挤在一块儿也没什么不自在。

她属于脸皮厚到撞到别人恶言议论她都会面不改色心不跳经过的，这才哪儿到哪儿。

车身一个颠簸，后排一个小伙子“哎哟”一声，突然打破了车内的寂静。边上的队友吼了一嗓子：“小方你怎么这么弱，别挨我身上，跟没长骨头似的。”

“你闭嘴吧，上周我负重五公里的时候，你不知道在哪儿猫着呢？”

“你怎么还贴上膏药了？啧啧。”

那个叫小方的男生连捣了跟自己玩笑的队友几肘子，余光扫了扫正在闭眼休息的队长。

阮昭浮出一丝笑。这人才没睡着，刚一个急刹车的时候，她惯性往前倾，差点撞向前面的椅背，得亏边上伸出一只手在她前面挡了一下。

阮昭低头看着向着自己这侧的手背，再扫了眼闭眼假寐的手的主人，还挺有礼节。

“谢了啊。”她低声说了句。

人家没搭理自己，阮昭耸耸肩。

“阮医生，你们天天值班到这么晚啊？”

阮昭扭头，问话的是刚刚跟队友玩笑的男生。

阮昭摇了摇头：“没有，今天有特殊情况。”

“你应该让你老公来接你。”男生说。

边上的人也正色道：“对啊，你一个女孩子走夜路太不安全。”

阮昭哑然一笑：“你们哪里看出来我结婚了？”面对一群半大孩子，她没好意思说出下半句话——明明是风华正茂的美少女。

男生的视线往她手上一扫。

阮昭转了转手指上的尾戒：“这个啊，叫‘单身戒指’，我瞎戴着玩的。”

大家“哦”了一声，没对象啊。

阮昭见大家都盯着自己，问：“怎么了？”

小方挠挠头：“像你这么好看的女孩子，不应该没男朋友啊。”他眸光扫了眼坐在阮昭旁边的队长。车窗外的建筑灯光打进来，落在两人身上，窈窕姑娘坐在连睡姿都十分板正的帅气男人身边，简直是一对璧人。

他瞳孔里闪过一丝光，往阮昭那边移了移，问：“阮医生找对象有标准没？”

“别骗人就成。”

“啊？”

“啊什么啊，现在社会险恶，浑蛋太多了。”她把“浑蛋”两个字说得轻飘飘，话音又带着笑意，仿佛那不是一句骂人的话，甚至还有几分动听。

众人顿时明白了，原来是个情路坎坷的姑娘啊。

阮昭低头自顾自地说：“我高中就遇到一个。”不过说完她又笑了句，“跟下了降头似的。”

她话音刚落，身边的男人突然身子一僵。

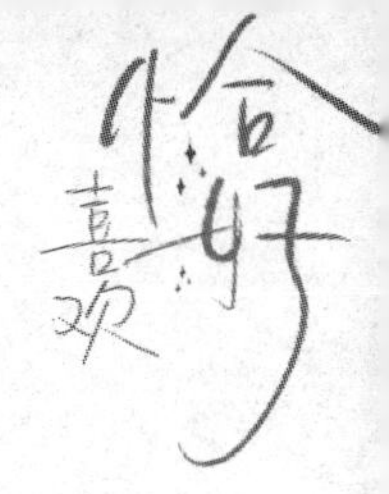

阮昭很快感觉到了，来了兴致。

“前男友吗？”几个男生原本都不是八卦的人，只是这夜里乌漆墨黑的，高架上竟然开始堵车，打发漫长车程的办法只有闲聊。

“也不算。我们高中同班两年没怎么说过话，一直到快毕业，他突然让我陪他谈场假恋爱。”

“哈？”大家都乐了，心想怎么有男的这么㞞。

有人没憋住，笑着大声说：“凭我的直觉，这男的百分百喜欢上你了，又不敢真的表白，只能绕个大圈子。”

阮昭淡然地问：“是吗？”

“怎么会有这种奇……”“葩”字没说出来，他侧头，突然发现许煜不知道什么时候醒了，正阴恻恻地盯着自己，他舌头打了个哆嗦，“队……队长。”

许煜目光往后座一扫，示意他坐后面去。

男生意会到了，耷拉着脑袋走了，这一排就剩下阮昭跟许煜两个人。许煜不知道从哪里找来条毯子，劈头盖脸地扔到阮昭身上，冷着嗓音道：“披上。”

阮昭将毯子扔到脚边，神情里一副“你让我披我偏不”的抗拒。

许煜打量了下这个前一秒还在跟自己的队员相谈甚欢的女人。而阮昭丝毫不惧他的低气压，对上那双黑压压的瞳孔：“你对我有什么意见吗，许队长？”

男人微拧了眉。

后座的队员们看着两人一来一回，心里直犯嘀咕，不会这个阮医生跟咱们队长认识吧？

“停车。”许煜沉着声音说。

付刚找了个地方靠边熄火，就听许煜继续道：“假期继续，就地解散。”

一群人齐声喊了声是，纷纷避开这个是非之地。

车门被拉开，阮昭也跟着他们一起下车，站在车门口，跟坐在车内的许煜挥手：“我家就在前面不远，可以自己回去，谢谢。”

她没看清车内的人是什么神情，踩着高跟鞋往人行道上走。

走了一段路，阮昭突然觉得有些不对劲，再扭头，许煜已经走到车门外。她埋头就走，越走越快，最后小跑起来。

许煜眼见着追不上她，单手撑着街边花坛的栏杆一个利落的侧翻，落在离她前面不远的地上，双手插兜睐着一个急刹车停下的她，蹙眉：“你跑什么？”

这话我也想问啊，你追什么？阮昭抬头，看到暖黄路灯下那张棱角分明的脸。

许煜抬了抬下巴：“我送你回家。”

“不用了。”阮昭没动。

男人快走几步，一把抱着阮昭的腰，将她扛在右肩。阮昭顿时弯成一只熟虾，尖叫连连，连远处的行人都被惊动。

许煜冷着一张脸，走到车边，拉开车门，将阮昭塞进副驾驶。

阮昭一脚踢在他的小腿上。

那一脚不轻，但他眉头都没皱一下。

两人四目相对，就这么对视着，阮昭平复了心情，含着丝笑散漫地倚在座位上不乱动了：“你们干救援的都这么喜欢助人为乐？”

许煜懒得搭理她的嘲弄，准备拉出安全带给她系上，孔被她坐住了。

“移开。”他弓着背，视线正对上她曼妙的腰肢。

阮昭乐了。

她伸手扯住许煜的衣领，狠狠将他往自己怀里一拉。

许煜没料到她有这步动作，手没找准支撑点，直接往她身上撞去。

阮昭嘴角上扬，笑得既嚣张又浪荡，红唇凑到他耳边，非常暧昧地压低声音：“这么多年不见，一见面你就要跟我‘车震’啊？许煜同学？”

“阮昭你有病是不是？”许煜脸上终于有了点怒气，不再像之前一般敛着情绪。

他越生气，阮昭越高兴。

她轻笑了下，撩了撩那头大波浪鬈发，点头：“不然我干吗当医生？”

“儿科医生？”许煜反问。

阮昭卷起耳边的碎发绕了几圈：“阮三岁，不行？”

许煜被她绕得没脾气了，得，他欠她的。

他脱下外套，披在她身上，怕她不穿，耐心地将衣服拉链拉到了顶，将她裹得个严严实实后，才回到了驾驶位。

阮昭随许煜怎么弄，歪在座位上打了个盹儿。

梦里，时间又回到那年运动会，穿蓝色校服的男生刚参加完长跑，脖子上的汗珠在夕阳的映射下泛着光。他突然朝她走来，拿着瓶可乐往她面前一递：“要不要做我女朋友？”

她慌乱得一直狂按手里的相机快门，咔嚓咔嚓。

阮昭恨不得跑到梦里把自己揍醒，别答应啊千万别答应。

醒来一睁眼梦里那张脸正在面前晃悠，许煜全然没听清她刚刚半梦半醒间嘀咕的是啥，解了她的安全带，淡淡道：“到了。”

阮昭打开车门下了车，高跟鞋在地面上狠狠地蹬了两下。

呸，噩梦。她转身裹紧了衣服进了小区。

直到阮昭的背影被一栋建筑物挡住消失不见，许煜才重新拧了钥匙，将车头掉转到相反的方向，猛踩了油门。

等红绿灯的时候，他得空看了下手机，有两个未接来电。他正欲回过去，绿灯亮了。

车拐进一个胡同，熄火时，许煜看见副驾驶位上掉了根橡皮筋，他伸手捡起来，断的。

他低头看着掌心里的橡皮筋，想到阮昭那头浓密的长发，发了会儿呆，就听见身后一句：“队长。”

许煜快速将它揣进兜里，扭头，一个身穿黑色外套的男生小跑着过来。男生跟许煜一样剃着个平头，笑起来眉眼弯弯的：“怎么才回？”

许煜拔出车钥匙关上了车门，带着平头男生上了正对面的那栋楼，问：“等很久了？”

“没，刚到。”平头男生将手从兜里拿出来，走路姿势也板正了些，规规矩矩地跟在许煜后面，“我打你电话你没接，来这里撞撞运气，没想到你还没搬走。这里快拆迁了吧？”

“嗯，快了。过两天是要搬家。”

“找好地方没？”

“还没来得及。”许煜进门洗了把脸，“最近有点忙。”

简装的房间，传来的男人声音有点沙哑。

“许老师。”平头男生话语顿了顿，走过去倚在浴室的门框上，“过两天我正式试飞了。”

“好事。”许煜拍了拍他的肩膀，深邃的眉眼有了笑意，“施俊呢，怎么没见他跟你一块来？”

“他……”史航艰难地扯了扯嘴角，不知道怎么说。

对方的吞吐让许煜正色了三分：“他有事？”

“他递退学申请了。”史航无奈之下只好全盘托出。

水龙头下的水流声戛然而止，许煜停下所有动作，问：“马上就要毕业，他退什么学？”

“我也是这么说的啊。你知道施俊那倔脾气，不知道遗传的谁的，九头牛都拉不回。”

许煜抬眸看了史航一眼：“原因呢？”

“我也是问了他好多次才知道，他奶奶病了，肺癌。他说他要退学打工，怎么着也得给奶奶治病。”史航急得抓耳挠腮，“我也知道啊，病肯定得治对吧，但这紧要关头了，学怎么能说退就退。当时是你一手招他进来的，这几年，他家困难，你一路资助他到现在，他怎么有脸来见你。”

许煜沉默了一下。

他往洗手池上一靠，没在意衣服会不会打湿。

良久，他才开口：“我会让学校那边压下施俊的申请，他奶奶的事我来想办法，你把他给我看住了。”

“知道。”史航想了想，忍不住道，“要不随他算了，帮得了这一次帮不了一辈子，你为他做得够多了，图什么……”他话说着说着忽然停了下来。

浴室的灯光暗淡，半开着的窗户将它和凌晨四五点的暗蓝夜色切割开来。许煜刚换的一件灰色毛衣，后背和手腕都被洇湿了一大片，他也不躲开，垂着眸，眼尾有之前受伤的痕迹。

史航刚进航空大学时就听说过许煜，却没想到他会成为自己的教官。许煜从大学毕业之后，来航空大学任教的时间不长，他们是他带过的唯一一届。

有时候，史航觉得许煜不太像其他老师，生活中就是个大哥哥。

房间里一阵沉默，过了一会儿他听见许煜沙哑地说："有些决定一旦做了不是后悔就能挽救的。"

阮昭回去刚洗完个热水澡，门铃就响了。她得补一个早觉，从瞌睡中蒙蒙地走去开了门。魏劭行自己进来换了拖鞋，亮了亮手里的塑料袋："给你带了早餐。"

阮昭揉了揉头发，狠狠地瞪了他一眼："你知不知道，扰人好觉是不道德的。"

"吃完了睡觉一样的嘛。"

魏劭行从进门起就挂着一副讨打的笑容，好吧，见面三分情，她忍了。

自从跟魏劭行做了邻居，他三天两头跑来串门，刚开始还知道找找借口，后面干脆一听到她这儿有动静就赖上门了。

"过来吃啊，别客气。"魏劭行坐下了，亲切地招呼了下阮昭，"我不是让你等我吗，一出医院就不见你人影，怎么跑得这么快？"

"躲你，你不知道医院里关于咱俩有不好的传闻？"阮昭蹬掉拖鞋盘坐在沙发上，歪头擦了下打湿的头发。她扬起手，缎面袖子

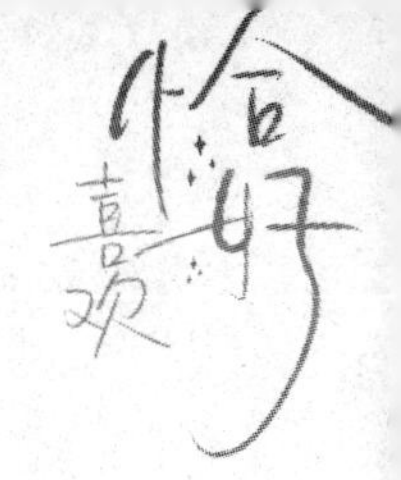

滑到肘部，露出细细的小臂，透白的肌肤在灯下发着光。

魏劭行喝了口稀饭，闻言完全不在意，挥手笑着说：“没事，也传不了多久了。”

“怎么？”

“我那房子快到期了，本来打算续约的，结果房东不肯，说得给自己男朋友住。”

阮昭“哦”了声，目光一扫看见进门时丢在沙发上的男人的外套，忘还给许煜了。

魏劭行看她不说话了，笑盈盈地问：“你会舍不得我吗？”

阮昭由衷地感慨：“会啊，不过好邻居嘛，旧的不去新的不来。”

魏劭行悻悻地吃着早餐，嘴里忍不住嘀咕，这家伙什么都吃，就是亏不能吃，从她嘴里从来讨不到便宜。

“你昨天晚上打我电话干什么？”

“捉奸。”阮昭大大方方地回了一句。

魏劭行从没见过说话这么直白的，匆忙地咽了一口咸菜，问：“你不是跟之前那个小明星分手好久了吗？什么时候又谈了一个？”

“没。”阮昭摇头，“是我拉黑他之前意外发现他发过的一条朋友圈里，桌面的倒影里居然有个女人的影子？我生日那天他不在，借口出去与别的女人鬼混，别的可以忍，戴绿帽子不可忍。”

魏劭行架着胳膊，被刚吞进去的食物噎了一下，感叹女人都有做侦探的潜质啊。

“我找人黑了他的微博，找到了当天的私信记录。那女人是他同公司的师妹，两人纠缠的时间不短了。刚好昨天两人又约了见面，我当然不肯放过大好机会了。”

“那他呢，他怎么说？没给个解释？”

阮昭冲魏劭行眨了眨眼睛：“我管他说啥呢，遇上这种事不用听人叨叨，直接上手就完事。”

魏劭行狗腿地问：“你还缺个小弟吗？”

阮昭余光一瞥：“你赶紧吃完麻溜地滚蛋，不然——”她亮了亮手刀。

好好的美女可惜长了张嘴……

“也不一定是别人真出轨吧，我觉得你自从经历了以前那事，对人缺乏基本的信任。”

“哪个以前？”

“就你上高中那会儿啊，不是有个男生因为太受欢迎，最后以不想被打扰学习为由找你谈了场假爱，后面一毕业考上了航空大学就把你踹了的那个。”

阮昭坐直了身子，眼睛盯着魏劭行问：“你听谁说的？”

魏劭行回忆了下：“你自己啊，而且是酒后吐真言。”

阮昭一下靠回沙发垫，她倒没觉得这事对她影响有多大，年少无知嘛，谁没有一脚踩进哪个大坑。

魏劭行侧头看见阮昭咬着大拇指指甲盖不知道在想什么，这个动作他很熟悉，每次这个女人要找人报仇的时候就是这副表情。

……

# 第二章 无法跟人分享的秘密

阮昭第二天一大早去医院，早上病患少，她把昨天的病理报告整理出来，刚进主任办公室，就听见里面有个女人在控诉：“这种人得开除！一个以暴力解决问题的人，怎么能成为一名救死扶伤的医生？”

顾合一被吵得一个头两个大，不住地打圆场：“我现在还不了解情况，等阮医生过来了，咱们具体讨论，好不好？”

正说着，见阮昭推门进去，顾合一如释重负地往座椅上一靠，冲她摊了摊手，示意她自己来解决这个烂摊子。

阮昭目光一扫顾合一边上跷着二郎腿的女人和她身旁跟着的那位戴墨镜一语不发的男士。

男士听见动静抬眸抚了抚墨镜，跟阮昭的目光避开了。

阮昭瞅着他眼睑下遮挡不住的瘀青，这才想到昨天自己下手未免过重了些，毕竟他还是个靠脸吃饭的人。但人打就打了，再说她有理有据，也并没有凭空污蔑别人，于是装作没看见，进来将一份报告放在顾合一办公桌上，自顾自地出去。

女人将高跟靴往地上一蹬，站起来声音尖厉地喊：“阮昭！”

阮昭回头，淡淡地扫了女人一眼，询问：“你是新来的病人吗？看诊不在这间办公室。”

女人指着她的鼻子大步走过来：“你在这儿跟谁装不认识呢？”说完扭头对坐在一旁打游戏的男士喊，“王骁你过来。”

被叫的人不情不愿地关上手机，迈着长腿走过来。女人将他的墨镜扯开，指着他脸上的伤气不打一处来：“这伤你怎么说，是不是你打的？你知不知道他这张脸有多值钱，今年的绩效全指着他了，你这一打我们得损失多少代言费？”

顾合一看热闹不嫌事大，伸着脖子看了看小伙子脸上的瘀青，不上不下正好在眼窝上，差点没憋住笑。

阮昭很认真地看过去一眼，镇定自若地回道：“挺好的，比他之前那张正常的脸更有特色。”

“你……”女人气结，“我告诉你，你得赔偿！不然这事不可能就这么过去。”

阮昭手往白大褂口袋里一插：“你想让我赔多少？”

女人伸出五根手指，狮子大开口：“最起码这个数。”

阮昭摇头：“我没钱，我很穷的。”她一指顾合一，“不信的话你可以找他要我的工资单。再说，我要有钱，我会跟他谈恋爱？一手搂一个帅哥不香吗？”

顾合一听着听着瞠目结舌，她这是什么恋爱观？

“你……”

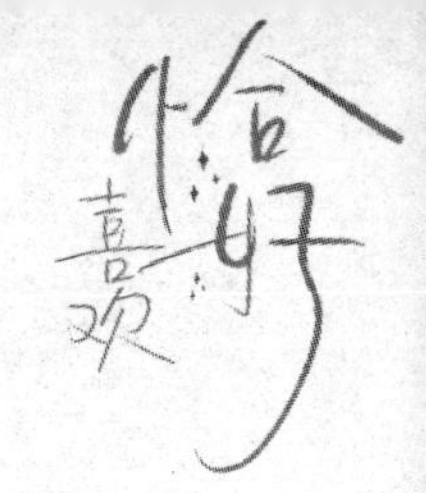


阮昭打断女人的话："这位大姐姐怎么不问我为什么打他？我倒想问问，贵公司在给他树立暖男人设的时候，有没有花时间去了解他的私生活呢？"

"我们家艺人私下里好得很，轮得到你置喙？"

阮昭直视女人，手指往王骁的方向一勾："我跟他谈恋爱那会儿，你还没入职吧？"

女人吃了个瘪，兀自一屁股重新坐回椅子上，跷着二郎腿："反正我不管，你打了人就得负责。他这段时间的误工费你要是不给，我就直接去找院长。"

"不用这么麻烦，走廊里有意见箱，你还有什么意见一并提了。"

话一出，对方被彻底激怒，指着阮昭的鼻子说："行啊，你等着。"

人走了，办公室终于清静下来。墙上的钟嘀嗒嘀嗒地走着，阮昭脸上有点挂不住。

"要不我解释解释？"她将门关上，转身对着顾合一尴尬地笑了笑。

顾合一正翻开阮昭送过来的病理报告，抬头淡淡地瞥了她一眼，没理她，低头继续看报告。

"这是昨天晚上送过来的病患？家属来了没有？"

"没。父母通知不上，只能打电话去孩子居住的街道办。那边的人说孩子妈妈在外地，家里只有个老人，他们会想办法尽早联系的。"

顾合一点点头，见阮昭不走，问："你还有事？"

阮昭搬了把椅子坐过去："我今天看小男孩的片子，发现他的肺部有小面积结节，我想给他做个全面的病理检查。孩子的监护人不在，这个费用肯定是出不了，能不能先让孩子做了——"

她见顾合一沉默不语，又说："钱的话主治医生先来垫一部分。"

顾合一抬头对上阮昭水墨似的双眼。

他愣了下神，随即垂下目光："你刚刚不是说你缺钱吗？"他放下笔，叹气，"阮昭，医生不是你现在这种做法的。如果到时候病人家属不认账，这钱医院不会报销。"

"没事，这不是急事急办嘛。"

阮昭作势要出门，身后的声音把她叫住："你等会儿。"

阮昭扭头，见顾合一从柜子下面拿出一个白色塑料袋，里面装着一个透明盒子。顾合一揭开盖子，房间里一阵香气扑面而来。

徐南记的馅饼，阮昭咽了咽口水。

"不想吃？"顾合一见她没动，问道。

阮昭快步走过去："给我的吗？"

顾合一："这屋子里还有别人？"

什么情况，一大早她害他被人闹，这事儿写一万字检查还不够呢，怎么还给她送好吃的。

阮昭扣上盖子："那我带回去跟大家分了。"

"不用。"顾合一一指对面的椅子，"你就在这儿吃吧。"

阮昭在心里"啊"了一声，看了看对面这位年轻有为的儿科主任，顾合一虽然年长不了她几岁，但日常老干部的作风自带一股疏远气场，整个医院的人都说顾医生只可远观，外人勿近。

让她在他面前吃东西，这不相当于凌迟吗？

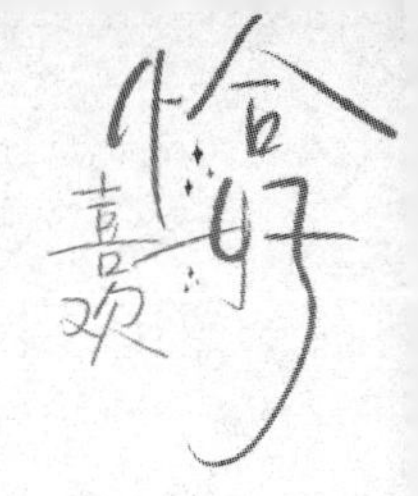


阮昭重新揭开盖子，咬了一口馅饼细嚼慢咽，唯恐搅扰了顾合一。

顾合一抽了两张纸巾丢给阮昭，她刚想说谢谢，就听他清冷的声音说：“别把油滴在我的办公桌上。”

她愤愤地嚼着，已经用眼刀将他杀了无数次了。

男人没察觉到女人的杀气，将手里的报告细细看完了，一时也不知道说什么，随口问：“你昨天休假就是干那事儿去了？”

阮昭想了想，不知道顾合一说的那事儿跟她干的那事儿是不是同一回事，她将吃的咽了，才说：“嗯。”

“分手就分手，为什么打人？”

“他劈腿啊，我头顶一片青青草原，没把他大卸八块就不错了。”

顾合一咳嗽了声，清了清喉咙：“节哀。”

你滚蛋吧，怎么听出你在这儿幸灾乐祸呢。

“你吃完就走吧，下回别再这么冲动了。另外，私事不要带到医院来。”

“知道了。”阮昭如蒙大赦，抓起外卖袋子拔腿就出了办公室。

阮昭刚掩上门，一个黑影挡在她面前。阮昭抬头，看到对方后压住火气才说：“还不走，等着看我好戏是吧？”

王骁耸肩：“我是看你被领导留下谈话，以为你会挨骂，本来想找机会进去解释一下来着。”说完，他戴上墨镜，看了看走廊里来来往往的人，“这里人太多了，我们到外面说话吧。”

“我跟你有什么好说？”

阮昭转身要走，手臂被对方拉住。

“昭昭。”

“你再这么叫我，信不信我再揍你一次？”

王骁的笑容僵在脸上：“就一次，我以后不见你了。”

阮昭冷着张脸站了片刻，快步朝天台方向走去。

魏劭行所在的科室跟阮昭虽然不在一个楼层，但早上过去找人的时候不在，又从小护士的口中得知她被人投诉一事，接连打了好几个电话都没人接。

【有事没？】他低头发了个信息过去，回到办公室，同科室的路可燃敲了敲门，将脑袋伸进来问：“老魏，这会儿有病人没？”

魏劭行看了看时间：“一会儿有个术前检查，怎么？”

路可燃嬉笑着过去一把抓住他的胳膊：“请你帮个忙，我有个病人想让你帮忙看看。”

“什么病人？”魏劭行狐疑地看了她一眼，路大小姐可是院长的亲外甥女，光凭这层关系就成了医院最好混的捡漏大师，疑难杂症全往他这儿排，过筛到她那里已经没什么要紧的患者。关键是这人平时还不低调，看谁眼里都透着一股子傲劲儿，魏劭行没见过走后门走得这么厚脸皮的，两人平时交流不多。

“就我一朋友的家属。”路可燃没多说。

魏劭行随她走进接诊室，病床上躺着一位年过半百的老人。他查看了病人的状态，问：“筛查过螺旋 CT 了吗？”

“嗯，肺部有阴影。”路可燃递过去一张 CT 片。

魏劭行接过仔细看了看，心下大致有了判断：“先办理住院吧，继续保守治疗只会让病情恶化得越来越快。然后做个穿刺检查和活检，检查结果可以直接送我办公室。”

“好。”路可燃答完欲言又止。

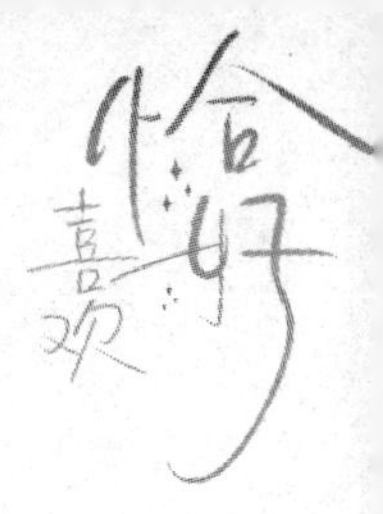

魏劭行难得见她这副样子，说：“你有什么事就直说。”

“我想做这个病人的主治医师，但这病挺棘手的，你能不能做我的助手？”

魏劭行做了几年的主治医师，除了实习期给教授做一助之外，这几年早已独当一面，这位大小姐会不会太……不把人放在眼里了点？

路可燃着急地往走廊外看了一眼，然后回头说道：“我没别的意思，你很优秀我知道，但这个病患真的对我很重要。”

魏劭行顺着路可燃的视线从窗户看到站在外面的男人，再瞧了瞧路可燃紧张的样子，大概猜到了八九分：“你男朋友？”

路可燃脸上泛起一抹红晕，含糊其词：“不是。”

魏劭行没多问了，帮路可燃这个事儿算给自己找麻烦，但如果真把病人交到路可燃手里，他还真不放心。别的不说，这两年路可燃参与的大型癌症诊疗屈指可数，这病人以她的能力压根儿接不住。他沉默了一下，随后说：“先按照我说的意思确诊吧，后面的治疗方案我会配合。”

“谢谢。”路可燃如释重负地呼了口气。

魏劭行心里嘀咕，能让她变成这个样子的到底是何方神圣？

他边走边将听诊器挂在脖子上，出了接诊室。那人就靠在走廊的墙壁上站着，身形挺拔，从侧面看过去，鼻梁很高，眉骨英挺。

男人见他出来，也走了过来。

魏劭行个头不算矮，但在男人面前低了半个头。他仰脖，记不得在哪里看到过这张脸。

路可燃从魏劭行身后走出来，朝着面前的男人喊：“许煜。”

魏劭行暗自扯唇笑了笑，绕开许煜走的时候在心里腹诽，路可燃眼光不错啊。

路可燃小跑着跑到许煜面前：“你等着急了吧？”

“检查结果怎么样？”

“肿瘤在肺部扩散得很快，虽然是中期，但病人年纪偏大，治疗起来有些麻烦。”

许煜脸色沉了沉。

路可燃双手插兜，跟许煜边走边说：“不过虽然无法治愈，但如果积极治疗，病人五年的生存率还是有的。”

“麻烦你了。”许煜看着她，认真地说道。

“没事啊，这是我的职责。而且你跟我开口，这点忙我肯定得帮。”路可燃低头一笑，“其实之前跟你吃完饭没怎么联系了，我还以为你对我有意见呢。”

“忙，有点。”许煜一字一句地答。

路可燃点点头，看着这个在叔叔家有过一面之缘的男人。听说是他叔叔一个老朋友的学生，之前是飞行员。她应邀去叔叔家吃饭，没承想在那次聚餐时对他一见钟情，奈何人家对她没半点意思，正苦于没有后续，谁承想竟然在医院偶遇。

两人一前一后地走着。

“这病人跟你什么关系啊？”

路可燃早前就了解过许煜家的情况，土生土长的北方人，在本市算小康家庭，大学就开始搬出来独立，家中父母健在。

“我学生的家人。”

“哦，差点忘了你之前做过教官。”

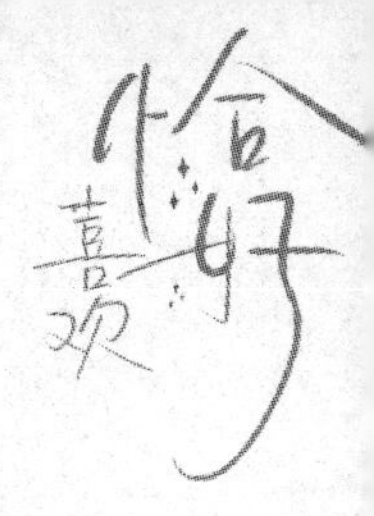

“嗯。”

“我已经给病人安排好病房，检查结束了就能办理入院手续。你这边没空的话，我可以帮忙。”

“也不用这么麻烦吧。”许煜想了想，“住院手续我等下自己去办，你忙你自己的事去就成。”

路可燃自然不想走，但人家摆明赶人了，她又不好留在这儿，干笑两声：“也行，你有事儿去我办公室找我就行，我今天都在的。”

许煜眼神透过长廊的大落地窗看下去，目光没移走，像是没听见路可燃的话。

“许煜？”她不知道他看什么这么出神，伸手在他眼前晃了晃。

许煜扭头，对上路可燃的视线：“好，谢谢。”

他瞳孔漆黑如墨，看得路可燃心头一动。她抿着嘴唇，挠挠头走了。

许煜耳朵里嗡鸣一阵，得到了片刻安静，楼下传来争吵声。

他低头看过去，对面楼下的走廊上两个人拉扯着，似乎在吵架。

“阮昭。”王骁喊住走在前面的女人，“你站住。”

阮昭抱着手臂回头，扬起头露出瓷白的脖颈。

她这一抬头不要紧，偏偏朝许煜所在的方向看过来。两个人均是一愣。

许煜不知道隔这么远，阮昭有没有看清自己，于是换了个姿势，背靠在窗户前的栏杆上。

阮昭定了定心神，才开口：“你想说什么？”

王骁以为她气终于消了，朝前走了几步：“你昨天动手，把我朋友吓得不轻，不过这些都没关系，我不怪你，以前的事一笔勾销了行不行？”

“什么意思？”阮昭睨他一眼。

“咱们还是跟以前一样。哪个男人不犯错误啊，我也就这一回。”王骁往前倾身，伸手捞阮昭的肩膀，被她不动声色地躲过，顿时面子挂不住了，“差不多得了啊阮昭，要真的把账算清了，你也未必没有错。”

阮昭双手插兜，轻抬下巴：“说说。”

“就说咱们在一起的这一年吧，你从来不让人碰，但凡是个有正常需求的男人，哪个会受得了？”

“你过来。”阮昭勾唇微笑，纤长的食指朝他勾了勾。

她明明穿着简单的白大褂，却衬着那张脸美艳得不可方物。

王骁朝她凑过去。

下一秒，他的手腕被突然扣住，反方向狠狠折回去，“咔嚓”一声，他疼蒙了，不确定手腕是不是真断了。

他“哎哟”一声，龇牙咧嘴地抬头，见阮昭掸了掸衣服上的灰尘，淡定得可怕。

远处旁观的许煜默默地别过了头。

“你要再多说一个字，骨折的可不单是这只手了。”阮昭眼中凌厉乍现，言语间也少了平日里软绵绵的调子，“回去让你经纪人算算，这只手值多少钱。”

说完，她绕过王骁，往回走。

大约走了十几步，她再抬头时，刚刚还在楼上走廊的男人已经

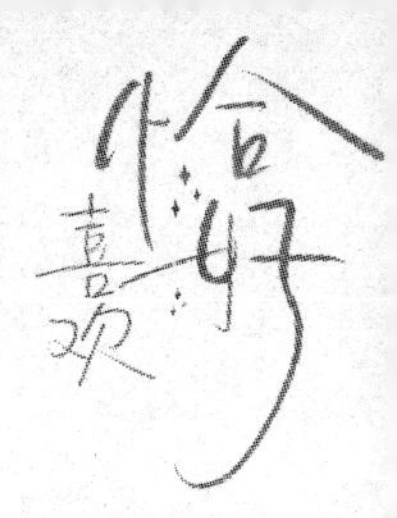

不见。

她手心一阵热汗，回到二楼大厅，空调的冷气将她从头到脚裹住。

她坐电梯去一楼收费大厅，刚出电梯门就听见后面有人喊：“阮昭。”

她扭头，魏劭行已经快步从护士台过来了：“你跑哪儿去了，让我一阵好找。”

“干吗？”

“没什么事，就关心关心你。听说你被领导叫去问话了？”

阮昭心不在焉地“嗯”了声：“小事儿。”

“怪我昨天没及时赶过去。”魏劭行叽叽歪歪一通，阮昭没怎么认真听，听他说完了她才问：“中午一块儿吃饭？”

魏劭行抬手看了看表：“没时间了，今天路可燃来了个病人，科里得讨论治疗方案。”

收费窗口排着长队，队伍末尾有个人穿着黑色的短袖，手臂弯曲在胸前，拿着一张单子。他垂着脸，看不清楚眉眼，姿势保持了几秒钟。好看的肌肉线条格外显眼，阮昭不由得多看了几眼。

队伍外，突然有人喊：“喂。”

阮昭扭头看到跑来的人，笑了笑：“你属什么的，说曹操曹操就到了。”

“许煜！”

她听清来人喊的名字，猛地再朝路可燃跑的方向看过去。

看单子的男人疑惑地扭头，他一下看见离自己不远的阮昭，愣了一下，以为是她在叫自己，盯着她不动。

阮昭被他看得好不自在，路可燃一个侧身挡在她面前，朝人挥了挥手，边喘气边说："你怎么不跟我打声招呼自己下来了。"

许煜的视线从阮昭身上移开，跟路可燃打了个照面。

路可燃已经走到许煜面前，揽过他的手臂，说："跟我走吧，缴费走员工通道。"

"不用。"许煜将手臂抽开，"还是排队缴吧。"

他坚持，路可燃也不好再多说，耐心地站在边上等着。

魏劭行看路可燃乖巧的样子，笑道："看到没，爱情的力量真伟大啊。"

"什么？"

"那个男人，"魏劭行朝队伍指过去，"路可燃的男朋友。"

阮昭扫了魏劭行一眼，问："你听谁说的？"

"亲眼所见。再说，要不是男朋友，路可燃会这么寸步不离地跟着，你又不是不知道她什么样。"

"是吗？"阮昭看过去一眼，男才女貌，好不般配。

"走吧。"魏劭行喊了她一声。

阮昭收回视线。医院里熙熙攘攘，不知为何，她走了几步，鬼使神差地又回头看去。这时，被看的人像是感应到什么似的，正好扭头，两人目光撞上，皆是一愣。

阮昭心情复杂。

她也弄不清是为何，一整天心里燥热得厉害，晚上八点下班的时候，一连喝了两大杯水。

晚上没怎么吃，想着白天跟魏劭行约好了下馆子，特意留了肚子，此时饥肠辘辘，整个人也无精打采的。她站在大厅的风口给魏

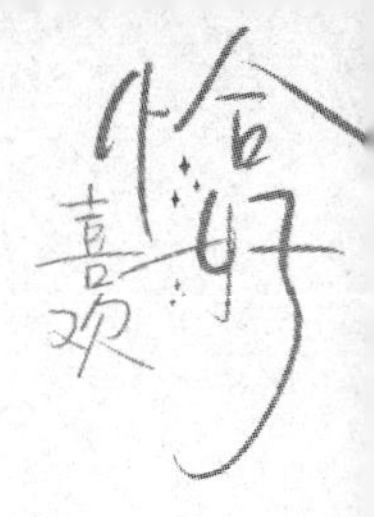

劭行打了好几个电话催。没一会儿，人下来了，身后跟着几个同事。

魏劭行大步朝阮昭走过来：“有人要请客。”

他话刚说完，路可燃留下那几个同事，对着阮昭打了声招呼：“阮昭，你也一起吧。”

阮昭刚想拒绝，魏劭行冲她使了个眼色，小声说：“白来的饭你不蹭？”

“你们科室的人我都不熟，去干吗？”

“我这不在嘛。我帮了路可燃的忙，你说什么也要帮我吃回来。”

阮昭犹豫了会儿，路可燃微笑：“不用怕尴尬，正好咱们可以交流下工作的事儿。”她说完，快步去医院停车场把车开到门口。

一群人等着自己，阮昭不好再拒绝，只好跟着。

原本五个人正好，现又加了阮昭一个，有两位同事打了出租车先走，阮昭和魏劭行跟着剩下的人上了路可燃的车。车开到一个十字路口，路可燃转动着方向盘停下车等红绿灯，对后座的众人说：“我订了个包厢，打算叫上我朋友的，他有事先走，不知道后面会不会来，不来的话咱们就先吃。”

一个年轻小姑娘嬉笑着问：“这么大方？是不是上次培训的奖金发了？”

路可燃也跟着笑：“是啊，你们都有口福了，想吃什么随便点。”

几个跟她相熟的女生闻言拍手：“燃姐‘壕’气。”

路可燃在医院是有名的富二代，平时别的本事没有，拿吃的笼络人心很有一套，把嘴馋的小姑娘们哄得高高兴兴的。

一路没怎么堵车，不到半个小时已经到了餐厅门口，一行人上了二楼。

海东市靠近海域，夜市众多，不论是喝啤酒撸串的烧烤摊还是有点情调的法式餐厅全都人满为患。在医院待惯的他们最喜欢这烟火气，心情顿时大好。

餐厅的店员领着一群人进了包厢。

这是一家主打本地菜的网红餐厅，平时极少预约得上，更别说在生意这么火爆的时候了。包房里布置雅致，一进门，几个小姑娘一窝蜂围着拍照。魏劭行对阮昭说："这哪里是请咱们吃饭啊，分明是约会被'鸽'了，她顺水推舟。"

阮昭拦着他胡说八道："不清楚的事不要乱说。"

路可燃拿了菜单进来，对着服务员念了一大串菜名。

有同事见状阻拦："也别点太多了吧，等下该吃不完了。"

路可燃笑道："我只是在我平时吃的基础上加了两道而已。"

拦着她的同事被噎了一下，有钱也不是这个花法啊，但也不好再多说什么，拎着茶壶倒茶去了。

"阮昭你平时爱吃辣吧？"路可燃合上菜单交还给服务员，冲着桌子那头问。

"微辣能接受得了。"阮昭答。

"不对啊，我听魏劭行说你是本地人，应该很能吃辣的。"

"可能我小时候跟我外公外婆待的时间比较久，他们是外地人，所以我口味也随他们，清淡。"

"具体地方是？"

"凉城。"

"啊，巧了，我朋友就是凉城人。"路可燃一拍桌子，吓得众人一跳。她意识到自己有些激动了，于是抱歉地笑笑，"难怪了，

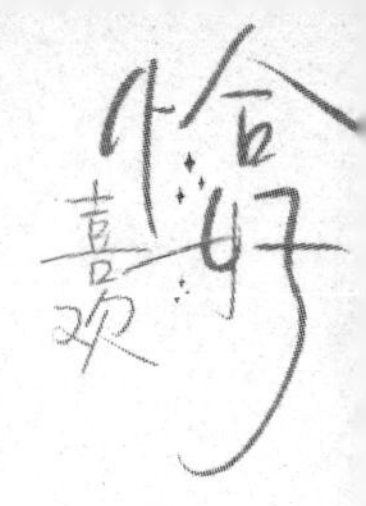

他也不爱吃辣。凉城我倒没去过，好玩吗？”

“一般般吧。”阮昭吝惜地回了几个字。

她原本不是内向的个性，只是这一瞬间不知道为什么，不想说。

不愿意对着这个女人分享有关那个人的任何话题。

好事的女同事凑过来，插进话题中：“你说的谁啊？”见路可燃脸有些红，于是自问自答，“是不是今天来医院找你的那个人？”

路可燃迟疑了一下，才答：“嗯。”

“他好帅啊！你从哪儿得来的香饽饽，难怪之前院领导给你介绍男朋友，你都看不上。”

路可燃被打趣，一张脸更红了：“你说的哪儿跟哪儿啊。”

“你们怎么认识的？”

“就……他是我叔叔朋友的学生，之前吃过饭就熟了。”

“哦。”众人恍然大悟，纷纷表示羡慕。

“欸，你们看了今年的调查报告没有，男女比例严重失衡。我妈又在给我张罗对象了，怕我四十岁还成不了家。”

路可燃撩了撩头发，轻松地回：“我没被催婚过。”

“你身边又不缺追求者，父母肯定不急。”

大家围坐在一桌，就阮昭没加入话题里。她平时跟他们连工作上的交集都没有，更别说私交了，现在坐在一桌，更是只能干瞪眼。她开了局游戏，刚打到一半，魏劭行这几位同事都是健谈的，拉着阮昭问：“阮医生有男朋友没？”

旁边的人笑着回答：“怎么没有，魏医生不是在边上吗？”

“欸，你们可别误会啊，我们不是那种关系。”

两人摆手连连否认。

说话间，服务员已经将菜一一上了。路可燃频频看着手机，脸上挂着着急的神色，出去走廊打了好几个电话。

大家心知肚明她在等人，对着一大桌子菜没一个人开动。

几个女同事接着刚才的话题往下聊。

“阮医生你们科室比我们外科相对轻松一点吧，经常加班吗？”

“还行。”

魏劭行接过她的话：“她外号拼命三郎，基本在值班室常驻。”

“难怪，这次年中的表彰名单上有你。”

另一人喝了口茶，说：“你也加油吧，光羡慕是羡慕不来的。”

几个人不咸不淡地聊了会儿，阮昭借口去了厕所，回来时大家已经开吃了。路可燃打完电话回来，脸色不大好看。

阮昭暗地里撞了撞魏劭行的胳膊，冲他眨了眨眼睛。

魏劭行摊手，表示自己也不清楚是什么状况。

他正享受着剥小龙虾的乐趣，虾肉都给到阮昭盘子里。

阮昭问：“你自己不吃？”

“我这不得伺候好你吗？”

阮昭白了魏劭行一眼，她差点忘了他对龙虾过敏了。

“哦，对了。”路可燃突然说，“你们想看飞行表演吗？我有几张内部票。”

有人来了兴趣：“什么表演，我怎么没听说过？”

“是本市民航公司和政府联合组织的一次航展。”

“去啊，一般人可看不着。”

几个人兴致勃勃。

阮昭正专心致志吃着龙虾，魏劭行突然凑过来，害得她差点将

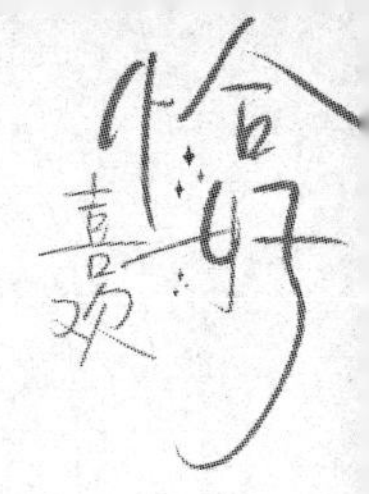

红油滋到脸上。她侧眸，对上魏劭行那双乌黑的大眼睛，问：“干吗？”

“你说，这种航展上可不得来几个女飞行员？”

“你想去就直接找人家拿票。”

“一个人去多没意思。”

言外之意是又要她当僚机。

阮昭低头嘬了口龙虾壳，她严重怀疑魏劭行的妈妈当初生他时搞错了性别，怎么比女孩子还黏人。

“魏劭行，你周末都不约会的吗？”

“暂时没这个打算。而且我不是刚失恋嘛。”

这家伙打算用这个当借口到什么时候？

阮昭没搭理他，却听见他继续说：“再说，你不是喜欢飞行员吗？”

他说这句话的时候，对面的路可燃突然看过来一眼。

阮昭噎住，这时听见路可燃说：“阮医生喜欢飞行员啊，那正好，我让我朋友给你介绍啊，他有不少队友是单身。”

“好……”

魏劭行一个“好”字卡在嗓子眼儿，被阮昭一个眼刀刺中。

路可燃以为阮昭害羞了，说：“到时候约吧，我在微信上把地址跟时间发给你们。”

阮昭没拒绝，人家贵人多忘事，是真有意还是假客套都难说。再说就算真去也没什么，航展那么大，不见得就真的会跟许煜撞上。退一万步说真撞上了，那也没什么，她又没做过亏心事。

如果她与他真有缘分，不至于高中那年分开到现在没有任何交集，既然已经如此浅薄了，又何须回避呢。

回去的一路上阮昭都没说话，出租车在城市里绕，道路两边的大片梧桐枝繁叶茂。阮昭以前在凉城念书的时候，学校里也有一棵梧桐。在最难熬下去的高三时光，她从教室窗口看到那棵梧桐以及梧桐树下站着背书的少年，内心总能被点亮。

在成为许煜假女朋友之后那年，他们之间有过共同的朋友，聚会也有过不少，但依然是私底下很少说话的程度。刚开始流言传得沸沸扬扬的时候，班上的老师把两人叫到办公室谈过几次话，后来见他们实在不像是谈恋爱的样子也就不了了之。

两人这种不咸不淡的关系一直持续到高考结束那天晚上。那天晚上发生了什么，阮昭突然有些想不起来。又或许那天晚上只是她的一种想象，其实许煜根本没有出现。

“到了。”魏劭行冲后座发呆的阮昭喊了一声。

阮昭开门下车，魏劭行走在她身侧，嘀咕了一句：“我感觉你心情不太好。”

“没。”

“吃饭的时候就见你恹恹的，王骁那小子做什么了？”

“跟他有什么关系？”

“那跟谁有关系？”

“你少管。”

魏劭行还在身后念念叨叨，阮昭踩着高跟鞋上楼。楼道里的灯坏了，她慢悠悠地爬上三楼，远远看见房门口放着个盒子。大概是个快递，能这么放心大胆地把快递放门口的，不用想也知道是谁。她捡起快递盒子，边掏钥匙开门，边看寄件人名字，没一会儿手机响起来。

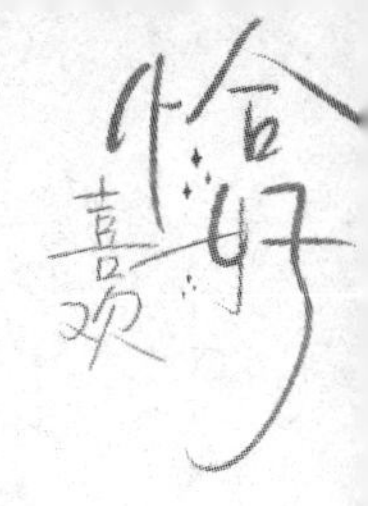

阮昭刚按了接听键，丁缨姿的声音就响了起来："这么晚了才到家呢。早就告诉你换个清闲的部门，太晚了一个人回家不安全，你这孩子怎么不听劝呢。"

阮昭揉了揉耳朵："我这不学了跆拳道嘛，一般男生打不过我。"

"那遇到不一般的呢，阿昭你不能太大意了。"

"知道了，小姨。"

母亲去世后，阮昭跟家中的亲戚或多或少疏离，唯有跟小姨最亲。

阮昭拆开快递盒，对着这个檀木盒子瞅了瞅："这是什么，包装还挺别致。"

"我上次去庙里上香，庙里办了个'寻求有缘人'的活动来吸引香客，我报了你的生辰八字，这菩提子就一对，可是开过光的。"

"戴上了就能给我招个桃花，找到对象了？"

"八九不离十。"

阮昭忍俊不禁，那她跟这串佛珠过得了。

"我不信这个。"

"我不管。"丁缨姿态度坚决，"你先戴上，护个平安也好。"

"嗯。"阮昭知道老人的心意拗不过，只有顺从，"其实，我前不久才谈了场恋爱，你完全不用担心。"

"男朋友呢？"

"分了。

听了阮昭淡定的回答，丁缨姿气得半死："你光谈恋爱有什么用？到底打算什么时候结婚生子？"

"结婚我没有想过。"

“你都多大年纪了，还不计划？”

“你让我为了一个男人去过锅碗瓢盆鸡飞狗跳的日子，我做不到。”

电话那头丁缨姿长长地叹了口气：“你一直是这个态度，让我以后怎么放心。”

又听丁缨姿絮叨很多才挂断电话，阮昭打开檀木盒子，里面果然是一串精致的菩提子。抛开那些乱七八糟的寓意不说，做工是真好看，拿来辟邪也好。她手腕细，拉到最紧也只能勉强戴上不掉落下来。

第二天是星期六，阮昭跟同事调班，有两天的休息时间。人一到假日，完全放松下来，早饭也省下不吃了，睡到十一点。窗户外传来几声鸟鸣，街道上偶尔传来孩子骑自行车路过的车轮声。

魏劭行最近在忙搬家的事儿，没他吵闹，一下好不习惯。

起床后阮昭进厨房煮了碗面，就着半瓶老干妈正吃着，手机收到了新好友的验证消息。阮昭通过后，才知道对方是路可燃。

“我找魏劭行要的你微信。航展是明天，咱们今天下午就过去吧，我提前订了酒店，先在基地参观参观。”

阮昭没想到路可燃会把这事儿记在心上，打电话给魏劭行问这是什么情况。

“人家八成是想借着给你介绍对象的由头去见她对象，看昨天那个状况，估计是吵架了。”

阮昭愣住：“魏劭行，拜托我不缺男人。”

“你缺好男人，你看看你身边都是些什么烂桃花。正好趁着周末出去散散心。”

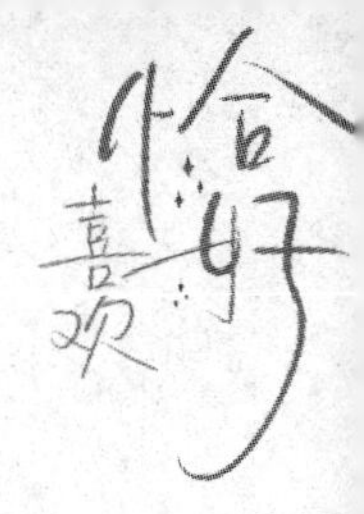

阮昭烦躁地换了只手拿手机，问：“你什么时候到？”

“我……有点事去不了了。”

阮昭正要开口骂魏劭行，就听电话那头的人提高了分贝喊：“喂，听得见吗？阮昭，我这边风大信号不好我先挂了。”

浑蛋，事情都是他挑起的，现在撂挑子走了。

阮昭关掉通话界面，在微信窗口给路可燃回过去一个“好”。

她收拾了碗筷，重新洗漱一番，下楼去地下停车场找到自己那辆旧款奥迪。

车一路向外驶去。

# 第三章 有些东西放不下

海东市空中救援队第二分队。

烈日下，训练场上一行队员正在进行体能训练，军绿色的短款上衣全部湿透，汗如雨下。最近的气温真不是开玩笑的，虽然还未进入六月，但海东市靠近南方，日平均气温已快突破 30℃大关了。

在太阳底下高强度训练，跟煎牛排一样，人只差吱吱作响了。

“这天什么时候下一场暴雨才好啊。”方一惟嘟嘟囔囔地朝队友嘀咕着，奋力扛起轮胎冲在队伍末尾。他满头大汗，人已经跑得上气不接下气了。

付刚偷偷瞅了一眼肃着张脸吹口哨的队长，小声提醒他：“你不想加餐的话，赶紧跟上吧。”

方一惟被付刚一提醒，突然想到之前因为自己偷懒在训练结束后又被加了五公里负重的事儿，吓出一身激灵，瞬间觉得有劲了。

队伍最前面，许煜带领着队伍匀速前进，目光一一扫过身后年

轻的面孔。他的衣襟大部分被汗液泅湿，呈半透明状态贴在身体上，隐约能看见里面坚硬的肌肉群。

“许队！”副队长从大楼那边跑过来。

许煜闻言叫停了队伍，沉着嗓子说：“今天的训练就到这儿，原地解散。”

高强度的训练终于结束，所有人都松了口气，扛着训练器材往保管室里送。副队长见人散得差不多，才低声跟许煜说：“主任一会儿要过来，咱们是不是得准备一下，订个餐厅？”

许煜略一思考，边走边说：“就在食堂吃吧，让师傅加两个菜。”

副队长原本还想说人家主任好不容易来一回，总得在外面找个好点的馆子吧，结果提议压根儿没说出口。他跟许煜相处了一年多，早该知道如果许煜真的有对领导溜须拍马的意思，早就晋升到总队去了。别的不说，就凭许煜带出的这个分队，把一群被挑剩的苗子练成任务完成率第一的尖刀队伍，标兵锦旗回回往队里送，跟许煜一块过来的上一任指导员早已调任，就许煜还在原地打转。

他自己不急，副队长都跟着急了，但又不怎么好开口。

许煜扭头看了副队长一眼：“您也是我的长辈了，有什么话不妨直接问。”

“你……该不会又要跟主任吵起来吧？”副队长挠了挠头。他想起上次，因为有个队员在执行任务负伤最后导致不得不离职一事，许煜直接冲到领导办公室拍桌子理论，动静大到整个救援大队都有所耳闻，以至于后面好长时间谁见到他都退避三舍。

许煜笑了笑，小跑着上了台阶：“您多虑了。”

看着他的背影，副队长松了口气。

进到办公室，临安市救援主任徐铭已经坐在里面，见许煜进来，冲他招手：“在训练？”

“是。”许煜一身臭汗，还没来得及换衣服，幸好这训练服是深色的，显得没那么尴尬。

“我没打扰你们吧？”说完，徐铭抽了张纸巾递过去。

许煜接过擦了擦额头上的汗，摇头：“已经结束了。”

徐铭坐在办公桌的最上方，看着侧坐方向的许煜，笑着说：“你不知道我有多后悔把你调过来。原先只是你自己想锻炼一下那就由着你，谁知道现在有事反而叫不动你了。”

许煜习惯性地挺直背脊坐在椅子上，下身一条休闲工装黑裤，系上腰带，腰身精窄，精气神十足。他目光平和，大约猜出了领导的来意，但没直接拒绝：“什么事，您说。”

徐铭揉了揉眉心，换了个话题：“你是什么时候来的我们队？”

许煜说：“毕业后的第三年，算算时间，有四年了吧。”

“噢。”徐铭说，“我还记得你大学还没毕业，国内好几家民航公司就争着要你。我为了救援队去你们学校招人，你们系老师死活不肯把你让出来。我只当你跟我们没有缘分，没想到你留在学校任教两年，最后还是过来了。”

许煜低头：“那是好久以前的事了。”

“许煜，告诉我，你还想飞吗？”

“不想。”

“你少唬我！”徐铭被许煜软硬不吃的态度激怒得站起来在办公桌前踱步，“我看过你以前的飞行记录，3482 个小时，我不信你没有哪一刻不想重新坐上驾驶位！”

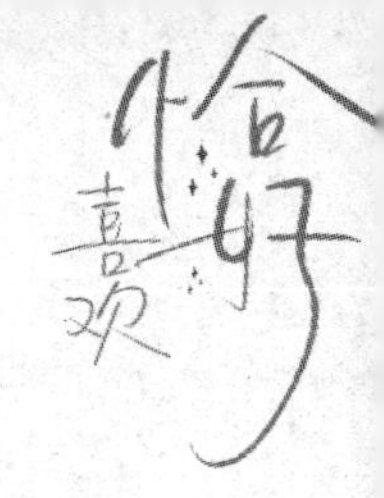


“主任，我不行了。”许煜抬眸，脸上的笑容没有变，他直视着这位惜才如命的领导，眼神始终平和无波，“您知道的，回不去了。”

“我在给你机会。”徐铭唾沫星子横飞，“你知不知道，这个航展的主飞人选是我特意为你争取的。我知道你之前身体是出了点问题，但现在不都好了吗？你说不干就不干，这不是打我的脸吗？”

“是我的原因，我很抱歉。”

“不嫌二分队池子小啊？”

许煜笑说：“我只是小鱼小虾。”

徐铭一拳头打在海绵上，没得到任何回响，气得差点抽过去。

“行吧，你有你的理由，我说不过你。你既然执意拒绝，这些放到以后说吧。我今天过来找你是有其他的事，你去换身衣服，马上跟我走。”

徐铭走到门边见许煜没动，蹙眉：“怎么，我一个直属领导还使唤不动你了？”

“您要去哪儿，我开车送您吧。”

“不然还要我自己走回去？”

看来徐铭找自己是私事，不然不会把专用司机遣回去。许煜没多猜具体是什么，起身回宿舍洗漱。

副队长在食堂安排了一桌子菜，徐铭哪有心情吃，婉拒了下属的邀请，在车里坐了会儿，看人已经过来了，脸色这才缓和了不少。

航展活动安排在临安市之前说要建设的飞行基地里，而路可燃发过来的酒店定位却在距离其十公里之外的郊外山庄。车内空气不好，阮昭滑下车窗，山道的空气清新，吹得人心旷神怡。

“隐于世私厨。”阮昭熄了火，下车站在山庄门口默念了匾上的名字。

她慢吞吞地走过去，边走边四周望。

边上就停了两辆车，其中一辆红色奔驰，阮昭记得，是路可燃的没错；另一辆白色越野，车身硕大，显得边上的轿车格外娇小。

她脑子绕了一圈，这车好像在哪里见过。

不管是谁的车，反正人该来的都来了，就她一人到得最晚，挺不好意思的。

阮昭快步进入大厅，在服务员的指引下绕到后院的 VIP 餐厅，还没进去，就听见走廊上有人在讲话。

“您没告诉我这是相亲。”

“我说你这人怎么这么轴呢，组织上心疼你给你安排对象，连你的人生大事都想方设法帮你解决，你有什么不满意的。”徐铭顿了顿，继续说，“你知道今天跟你见面的是谁吗？君合医院院长的侄女，她叔叔主动让咱们救援队的负责人陈总队帮忙牵线搭桥，家世、职业都不错。”

被问话的人沉默了会儿，才开口：“这算任务吗？”

“不是任务，看不看得上另说，别失礼了人家。”

“嗯。”许煜沉声应下一个字，再没别的话了。

阮昭站在那儿，偷听了别人的话，此时过去不对，不过去也不行，一时之间僵在原地。直到服务员端着菜品从她边上经过：“抱歉，让一下。”

服务员这一出声不要紧，被打扰的其中一人朝阮昭这边看过来。

四周安静得落一根针也能听见。

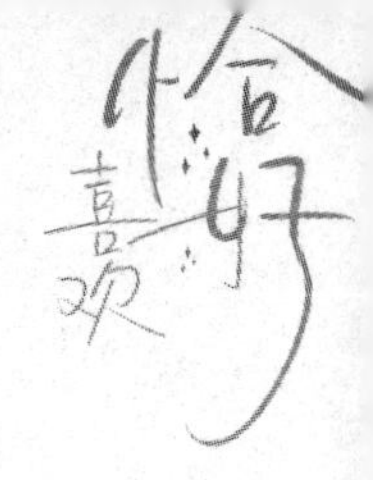


许煜见徐铭朝长廊的另一个方向看，也跟着他回头，认出来人，眉心皱起，满眼疑惑。

就这样面对面，阮昭看到那张年轻又英俊的脸，紧接着，许煜嘴唇翕动，说了句唇语，她没看懂。

她知道这一趟是会遇上许煜的，又或者，她打定主意要遇见他的。

真见到许煜这一瞬间，她没什么意外，淡定地跟他擦肩而过，进包间去了。

只留许煜愣在原地。

一桌子人没几个是阮昭熟悉的，她放下包坐定后，许煜才推开门进来，坐在与她直角最近的位置。路可燃起先还跟她把屋内的人介绍了几句，看到许煜后，一双眼睛再也离不开了。

阮昭见状在心里腹诽了句，这是几辈子没见过男人。

不过这许煜嘛——他在读书时期就挺帅的，当初他说怕因为耽误学习找她做假女友。这事放在别人身上早就被她打死了，也就看中了他一身皮囊还算凑合，勉强能跟她传个绯闻吧。

阮昭眯着眼睛仔细看了看，现在的他比之前更有男人味儿了些。

她一边看一边吃面前那盘大虾，汤汁沾到嘴角，她用舌尖舔了下，偏巧许煜看向她。

阮昭凝住笑意，视线瞥向别处了。

许煜本就不想来聚这个餐，更没想到会在这顿饭上遇到阮昭，他一时心里烦躁。

“来，许队长，人家路医生跟这位——”徐铭话音停住，打了个磕巴。

“阮昭。”阮昭见对方手朝向自己，微笑着自我介绍了下。

徐铭笑了笑：“对，还有阮医生，她们远道而来，咱们一块儿碰个杯。”

见许煜没动，徐铭扯了扯许煜的衣服，许煜僵着张脸站起来。

路可燃忙道：“不远不远，从我们医院过来开车就个把小时。倒是我们突然过来，打扰了。”

许煜没接话，仰头把杯里的茶喝了，随后又把杯子倒满，转向阮昭。

“幸会。”

犹豫了半天，他挤出一句话。

那双漆黑的瞳仁盯着自己，阮昭一愣，还没来得及回话，就见许煜先喝了茶，略一点头，算把这个过场结束了。

四个人心知肚明这是相亲局，阮昭这个多余的人自然没有过多参与话题中。她默默吃饭，偶尔给魏劭行发一条信息，骂他两句。

“姑奶奶，你不高兴啊？”魏劭行在连打好几个喷嚏后，贱兮兮地回了句。

“有什么值得高兴的。”

“谁又惹你了？”

阮昭将手机屏幕敲得啪啪响：“滚！绝交！”

魏劭行讪讪地回：“好，我滚我滚。”

阮昭一抬头，见屋子里的人都盯着自己。她收起手机，咳嗽了声：“工作。”

徐铭恍然，随后夸赞：“阮医生虽然年轻，但对工作真是尽心

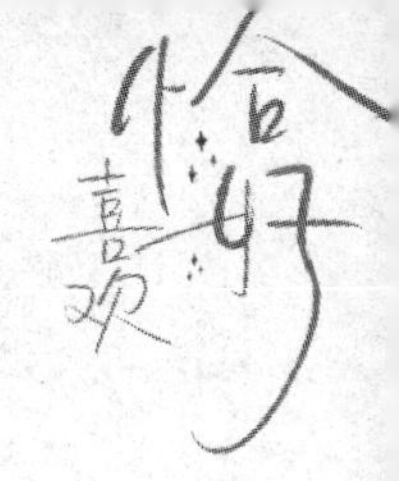

尽责啊，这个时间点了还在忙。”

阮昭挤出一丝笑，见服务员上了一扎饮料，紫色的汁液，不知道是什么果汁。湘菜爽辣可口，配点冰镇饮料正好。她倒了杯，尝了口，还挺好喝，喝完又继续倒了几杯。

一顿饭吃到下午五点多，天也渐近黄昏。

一桌子的菜没怎么动，话也聊得差不多了。徐铭扫了一眼边上工具人似的许煜，迟疑地问路可燃的意见：“时间也晚了，路医生，要不今天先吃到这儿？明天你会去航展现场吧，许煜负责媒体采访那块儿，事情结束了你们再找时间约。”

徐铭朝路可燃使了个眼色，路可燃心领神会：“好啊。”

阮昭跟着站起身，头有点晕。

四个人出了私厨的大门，阮昭下意识往车边走，撇下另外三个人在路边说话。她走着走着，觉得有点不大对劲，先前只觉得是房间太闷了所以头晕，现在却越发晕得厉害。她摸了摸脸，好烫，随后将手机掏出来照了照，一张脸红得跟个猴屁股似的。

她扶着车门站了会儿，等头晕稍微缓过去一点才拉开车门，谁知一只手从她后背伸过来，替她拉开车门。

阮昭手里一空，扭头看向来人，一时摸不着头脑：“干吗？”

许煜刚把徐铭他们送走，抱着臂低头看着阮昭没说话。

阮昭往他身后看了看，见原先停在对面的两辆车已被开走，顿时了然：“你要蹭我车啊？”

见许煜沉默，她又说：“想让我带你就直说，老同学我还能留你在郊外过夜？”

许煜懒得搭理阮昭：“钥匙给我，你去副驾驶。”

“这是我的车。”

“酒后驾驶，暂扣 6 个月驾驶证，并处 1000 元以上 2000 元以下罚款。”

阮昭费劲地想了想，大概知道为什么头晕得这么厉害了。

许煜开车跟他平时一样沉默，单手扶着方向盘，偶尔在后视镜里留心一下阮昭的状态，还好餐厅所赠那扎果酒度数不高，不然按她那个喝法，早就不省人事了。

阮昭瘫在座位上有点怀疑人生。她可不是酒鬼啊，先声明，她有职业道德，基本滴酒不沾的。可偏偏就坏在滴酒不沾上，她压根儿没尝出那是酒，还以为是饮料。

路可燃的相亲对象这会儿在她车上送她回家，也不知道人家在怎么骂自己。

算了，随人家吧。

阮昭扭了扭脖子，许煜见她醒了，一直盯着他，那眼神盯得他发毛。

“你看什么？”

“男人啊。”阮昭说话轻飘飘的。

“看你挺帅的。”

“谢谢。”

阮昭手肘抵在车窗上，扭头：“你真看上路可燃了？”

许煜没反应。

阮昭又说：“你看上了就直说啊，我给你牵线搭桥。”

许煜依旧没反应。

阮昭撇了撇嘴，抚了抚耳边的碎发：“看来你这几年混得也不

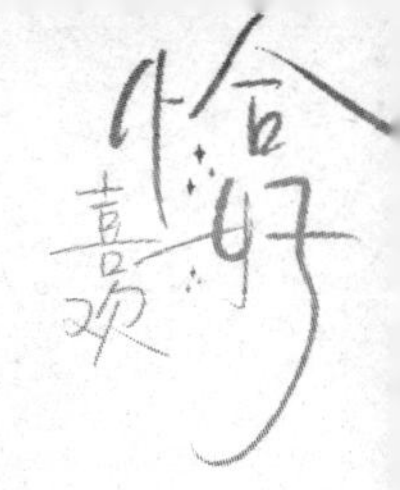

怎么样嘛，谈个恋爱还要相亲。我听说，年纪大了还要相亲搞对象的那种男的，一般不是人品不行就是身体不行，你是哪种？”

许煜终于被阮昭念叨得几乎跳脚，恨不得把人赶下车，要不是看在这车是她的分上。

“你想骂我就直接点，不用借着酒劲发神经。”他耐着性子回了句。

阮昭低笑两声：“你发脾气的样子更帅了。”

许煜一个急刹车，说：“你神经病啊。”

话刚说完，便见阮昭露出难受的神色，紧接着捂住嘴。

他问：“你怎么了？”

“我想吐——呕。”

看着阮昭一身污秽，许煜嫌弃地蹙眉，问：“你住的酒店在哪里？”

“等会儿，手机上有定位——”阮昭摸到手机，按了按电源键，手机没电了。她翻了下包，充电器忘带了。

阮昭愣了几秒，抱着一丝希望扭头问：“酒店是路可燃订的，你是不是有她微信？”

“没有。”

吃了这么半天的饭，微信都没搞到手？

许煜斜了阮昭一眼：“你那什么眼神？”

阮昭沉默了下，现在不是嘲笑他的时候，于是赔上笑脸：“你有现金吗？”

“没带。”

“那手机先借我用一下。”

许煜将手机丢过去。

“密码？”

“6 个 1。”

许煜的手机界面几乎没有任何娱乐软件，她只得先下了个大众点评，点进去一看，附近的酒店已经被订光了。这个航展比她想象的要火爆。

阮昭恹恹地将手机还给许煜。

车开到城区，等红绿灯的瞬间，许煜的手腕突然被人握住。对方掌心温热细腻，许煜扭头，见阮昭凑近过来。

他眼底寂静如水。

“要不——”她话没说完，轻轻一笑。

阮昭一双眼睛盛着黄昏的光影，温温柔柔，整张脸十分柔和，与她之前对他冷淡疏离的模样迥然不同，看得许煜喉头一动。

许煜工作的地方离这里不远，阮昭一下车就闻到了一股属于男性荷尔蒙的味道。飞行中队的门口石碑上刻着“海东飞行救助基地”八个大字，庄严恢宏。

一路走过，时不时有直升机在训练场上空盘旋轰鸣。

其实对这支刚成立没几年的救助队伍阮昭知之甚少，只是在与许煜重逢之后，通过软件和社交平台有所了解。海东飞行救助队隶属于交通运输部，值班待命点主要涵盖海东附近的海域，但他们除了海上救援之外，还对紧急发生的人命事故进行救助和服务。总而言之，他们比一般救助队伍去的地方更危险，也更快捷。

许煜领着阮昭进去，不断有身穿训练服的队员路过两人身边。

飞行队里很少有外人进出，尤其是女人，更何况还是许队长带进来的，这个概率与火星撞地球的概率差不多。

许煜昂首阔步，目不斜视。不知道是不是环境衬托，阮昭突然觉得前面这个男人的背影有种说不出的刚毅。

许煜的宿舍在建筑群的最后面，一个大单间，内务整洁有度。阮昭站在门口瞅了瞅身上，有点嫌弃自己，感觉一进去就会把这个干净的房间弄得又脏又臭。

她把弄脏的西装外套脱下放在门口，里面一件紧身的淡蓝碎花连衣裙，味也大，但比外套好多了。

许煜把淋浴的热水调好才出来，把房间的钥匙递给阮昭，沉声说：“去洗吧。”

说完要走，阮昭拉住他：“你去哪儿？”

“有事要处理，我待在这儿也不方便。”

一阵尴尬。

孤男寡女共处一室，确实不方便。

阮昭松开手。

“你有事的话……”他顿了下，指了指桌子上的一台座机，“在这上面打我电话，按‘1’就行了。”

人很快出去，把房门掩上了。

副队长严耘正带着队员在室内训练馆进行潜水训练，方一惟扯住付刚，小声说道：“付哥，听说队长带女人回来了。”

付刚扭头，这家伙一直跟自己待一块儿，又是打哪儿听的八卦。

方一惟见他不信，又说：“是真的，一中队的人都看见了。”

“你怎么知道？”

“嘿嘿。”方一惟不好意思地挠挠头，“我刚刚偷懒上个厕所，看了会儿手机。而且白天指导员也说了，老大是去相亲了。”

“你偷懒就算了，训练时间还私带手机，不想活了？”付刚斥责他，要是那位知道了，又要挨一顿训。

“就这一回，你可别说出去。重要的也不是这个，是队长，他终于处对象了。”

付刚听方一惟一说也来了兴趣，眼睛亮了亮：“漂亮吗？”

“特别漂亮。一中队的人还以为是明星呢，可把他们羡慕坏了。”

许煜一进训练馆见一队人稀稀拉拉讲小话，皱了皱眉头，吼道：“列队。”

讲小话的两人抬头撞见队长的脸拉个老长，心想完了，又被逮住了。

一行人列队完毕。

“你俩聊什么呢？”许煜指了指方一惟和付刚，“这么起劲。”

无人敢回答。

“说话！”许煜吼了一嗓子，众人为之一振。

“报告！”方一惟弱弱地举了下手，“不太好说……要不，私下跟你汇报？”

“就在这儿说。”

“那个……我们在说嫂子的事儿……”

“什么嫂子？”

“就是你对象。”

话一出，队伍里的众人一阵憋笑。

严耘看队长神色不对劲了，连忙打圆场：“你瞎说什么？”

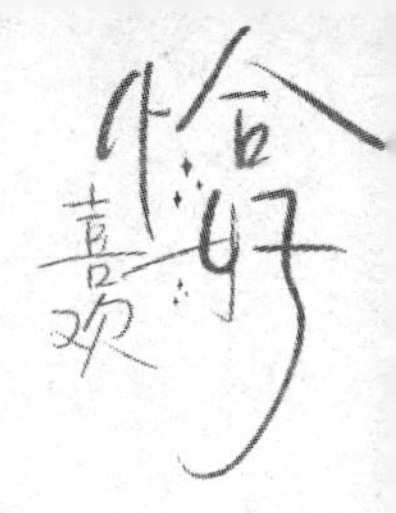

付刚“啧”了一声，心道方一惟你这小子也太实诚了，让你说你就真说啊。

许煜扯了扯嘴角，嘲讽道：“散播谣言的速度还挺快！”又吼一声，“飞行队是你们来谈论八卦的地方？！”

一队人赶紧站直立正，鸦雀无声。

许煜黑压压的瞳仁扫过众人，语气淡淡道：“下次还有这种情况，自动离队或者我给你调到其他地方，二选一。”

方一惟不过二十出头，被他这么一说吓得大气都不敢出。

手机突然响了起来，许煜脸色缓了缓，背过身去接电话。

“什么事？”

男人清冷的声音从听筒里响起，阮昭只是试一下，没想到这座机真的能通话。她说：“那个，沐浴露没有了。”

“先用肥皂吧。”

“不行，我身上味儿太重了。你们这儿的超市离得远吗，我自己去买。”

“你有钱？”

阮昭噎住，对了，手机没电，也没带现金。

“你等会儿。”许煜揉了揉眉心。

平时对许煜的微表情尤为关注的方一惟见状推测：“肯定是嫂子打来的。”

付刚说：“你又知道？”

“你见过队长在训练时间接过电话没有？”

“呃，没。”

“那你见过他在众目睽睽之下通过这么久的电话吗？”

“也没有。”

“那就是了，事出反常必有妖。”

方一惟刚小声说完，许煜挂断手机转身：“散了，去吃饭。”

一堆二十出头的男生被训得个个垂头丧气，作鸟兽散。

许煜走在队伍后面往训练馆外面走，严耘快步跟上，咳嗽一声，悄声问：“你真舍得让方一惟退队？”

许煜长睫一掩，余光扫过前方的身影，沉声说：“吓唬他而已。”

“我就知道，还以为你来真格的，吓死我了。哎，对了。”严耘笑了笑，“嫂子是怎么回事？”

“你也来插一脚是不是？”

“我可没有啊，我就单纯好奇，外加替你着急嘛。”

比许煜小一岁的严耘现今孩子都能打酱油了。许煜底下带着这帮人要不就早早结婚了，要不就是一些刚毕业的单身小伙儿，许煜的年纪比他们都大，至今都单着，要说底下人不为他着急那是假的。

严耘推了推他，提醒：“你得给大家带个好头啊，不光是在专业上，生活上也是。”

许煜不耐烦地瞪严耘一眼，严耘朝他敬了个礼，赶在他发火之前溜了。

许煜这个人平时话少，训练时话就更少，队里敢在他面前没皮没脸的也就严耘一个。严耘觉得，让许大队长主动追哪个女孩子，那可真是比登天还难。

许煜的家庭背景并不复杂，父母是普通职工，有个翻译官的姐姐，但多年前死于空难。他在海东有车有房事业有成，模样又俊，按理说很招女孩子喜欢，但他偏偏对此不感兴趣。首先，他觉得有

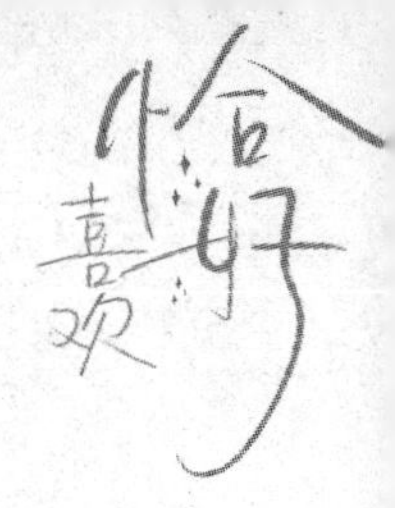

时间整那些花里胡哨的事儿还不如把精力放在队里；其次，他也没遇上一个让他搭上一辈子的人。

夜幕降临，整个训练基地陷入了沉寂，偶尔男生宿舍那边传来嘹亮的队歌。

许煜走到房间门口，看见地上的衣服蹙了蹙眉。

他弯腰捡起，转身找隔壁房间的人借了个盆。

阮昭洗了个热水澡后，酒劲才勉强散了。许煜临走之前从衣柜里找了一套长袖T恤和齐膝短裤，给她换上了。阮昭虽然身高腿长，但身形纤细，这衣服穿在她身上显得像偷穿了爸爸衣服的小孩儿。她将裤子用力往上提了提，门开了。

房间里没开灯，外面的亮光射了进来，也没显得多暗沉。

阮昭一抬眼见门口多了个高大的身影，手里拿了个盆儿笔挺地站着，那盆里装的分明是她扔在门口的外套。

这么一会儿工夫，他帮她把衣服都洗了，而且还是手洗……阮昭想到衣服上的味儿，自己都忍不住作呕。

这许煜还是个居家好男人啊。

阮昭想着，门口灯的开关被啪的一声按响，房间一下明亮起来。

她就站在许煜正对面，双手抓着裤摆提到大腿根，一双腿笔直修长。军绿色极为衬她，灯光下的人又白又亮，笑盈盈地看着他。

许煜目光下移，无意识地瞥了眼那高挺的胸部，霎时间愣在门口。身后传来一群男孩子的说笑声，许煜一脚踢上门，神色晦暗不明地越过阮昭，去阳台晾衣服去了。

阮昭被许煜吓了一跳。

“不知道你手机是哪种型号，我一样拿了一根数据线过来。还有，你要的沐浴露。另外，我在食堂给你带了份饭。”男人边走边说。

阮昭回过神来，见桌子上放着一堆东西。她走过去，找到自己要的数据线，找了个插座给手机充上电后，搬了把椅子到餐桌边，打开银色铁皮的保温盒，饭菜被贴心地分成了四层。

糖醋里脊、番茄鸡蛋，居然还有一份红烧狮子头。

“你们食堂的饭菜不赖嘛。”阮昭朝许煜站的阳台笑了笑。

“还行。”

许煜站在风口吹了会儿，等冷静后才进来：“你胃好点了吗？”

“嗯。”吐完之后还真挺饿，她将饭盒里的饭扒了个干净，菜也吃了个七七八八，最后抚着肚子仰头靠在椅子上。

她洗头后简单地用毛巾擦了擦，现在天太热，没一会儿就干了，此时沿着椅背往下垂着，在地面落下一道影子。

许煜走过去，递给她一根橡皮筋：“扎起来吧。”

阮昭眼底闪过一抹疑惑，随后笑了：“你怎么连这个都有，女朋友落下的？”

“扎上。”他又重复了一遍。

阮昭性格有点逆反，别人越说什么她越不这么干。她歪头：“为什么要扎上？是不是我散着头发的样子太美了，美到你不敢看了？”

许煜翻了个白眼。

“行，也算是个回应，你终于不是张木头脸了。”她接过橡皮筋，高高地绑好，露出白皙的脖颈。

许煜收回视线。他想起那天在医院的停机坪，一开始他便认出阮昭来。他怀里抱着病人，走在她斜侧方，她也是将头发绑成这个样子。螺旋桨的风从后面刮过来，他只听见自己防雨的深蓝色外套

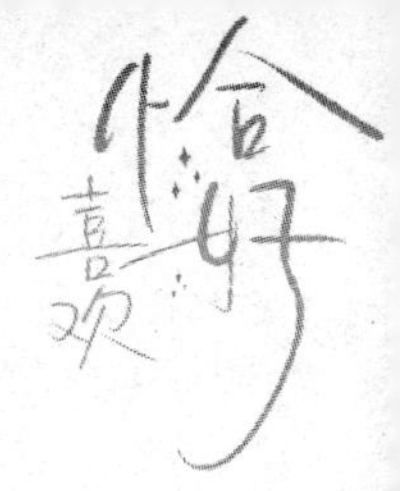

上嘭的一声，他几乎分不清那是自己的心跳还是橡皮筋弹在他身上的声音。

明明存在，却几不可闻。

他在事后鬼使神差地去寻找那根橡皮筋。

这种行为连他自己都无法鉴别原因。

阮昭饭也吃完了，澡也洗过了，房间的两个人面对面地坐着。

聊什么呢？

聊聊过去？好像没什么可说的。

聊聊现在？更没什么可说的。

气氛怎么有点奇怪？

漫漫长夜就这么干瞪着眼吗？

一向将自己不尴尬尴尬的就是别人奉为人生信条的阮昭此时也有点郁闷了。她抬眼瞅了瞅许煜，他靠在椅子上，敞着腿，低头看着手机。

“现在这个年代还有人用座机？”阮昭没话找话。

“队里配的。”许煜简单地回了一句，没话了。

阮昭起身，翻了翻书桌上的碟片，指着《火星救援》随口问：“你平时爱看科幻片？”

许煜抬眼看过来，点头：“无聊的时候打发时间。”

她点头：“我也看过，你有没有觉得马特·达蒙很不错？”

“是。如果没有强大的心脏，也无法在这场孤独者的自我救援中对抗生死的恐惧。”

他的点评简短精湛。

阮昭摇头：“我不是指这个。”

“嗯？”

“你不觉得……”

阮昭的表情很严肃，许煜甚至觉得她要与他讨论各种人生观价值观，不由得把头凑过去。

“男主角在床上也会表现得很不错吗？”

许煜无语地转过了头。

阮昭挠挠头，自己好像又把天聊死了。

许煜不再说话，双手插兜站在桌边。一分钟过去，阮昭自己都觉得不自在了——自己到底是哪根筋搭错了，才会跟一个十几年没见过面的成年男人讲黄色笑话。

“许煜。”她叫了他一声。

被叫的人给了她一抹余光，她冷不丁地来了句：“跟你重逢我还挺高兴的。”

许煜莫名被她这话勾得心里一颤，翕动嘴唇正欲接话，便听她继续说：“因为我太讨厌你了，我这辈子没这么讨厌过一个人，一个男人。”她连续强调，直截了当，气焰嚣张。

许煜眉眼低垂，自顾自地笑了笑，无所谓地点头：“读书那会儿不就是吗？”

“是吗？”阮昭扭头。

男人纤长的睫毛掩着下眼睑，落下一小块阴影。

“大概……全校都知道的程度吧。”

阮昭走近许煜一步，靠墙站定：“毕业之后，我没找过你。”

许煜点头，再开口，声音像在冰水里浸了浸，沉得吓人：“知道。”

那么多次同学聚会，有心想遇到怎么都会碰面，可偏偏没有，

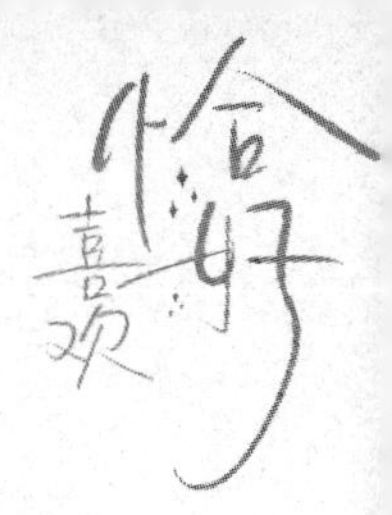


阮昭一次也没去过。

“睡觉吧。”许煜顺手拉了灯，沙发那边一阵窸窸窣窣的声音之后再没动静了。阮昭努努嘴，故意将拖鞋踩得很响，上了床。她对许煜没什么防备，加上喝多了酒，这一夜睡得很香。

第二天早上阮昭是被高昂而嘹亮的晨跑喊声唤醒的，一睁眼，阳光普照大地。窗外的操场传来整齐划一的跑步声，给人一种生命力极其旺盛的感觉。

在床上静坐三秒钟后，她才反应过来，这里不是医院。她深吸一口气，将散在肩上的长发利落地绑起，踩着拖鞋靠在窗边，默不作声地在队伍里寻找，手指有一下没一下地敲打窗沿。

许煜不在。

阮昭有些失望地挪过视线，并未听到那帮年轻的飞行队员兴致勃勃的讨论声：

“阮医生居然在老大宿舍留宿了，我没看错吧。”

“这很稀奇？”

“你新来的哪里知道，平时我们谁坐一下老大的床都被嫌弃的，他的房间从不让外人进。方一惟，你住老大隔壁，昨天听到什么动静没？”

“你脑子里都在想什么呢？大晚上孤男寡女共处一室，就必须得发生点什么吗？”方一惟压低声音回应一句，然后又自问自答，“咦，好像不发生点什么也不正常啊。”

“小方，你有这想法说明你离开窍不远了。”

领队警告似的传来几声口哨，但很快淹没在众人兴奋的讨论声中。

# 第四章 兜兜转转的时光

晨跑结束，操场集合之后，队伍都散了。阮昭心里一股失落久久挥散不去，她看了看墙上的时钟，已经上午八点半。她扭头看见卧室那边的阳台上，被晾晒着的那件外套，在风中摆动着。

手机上已经来了台风过境的提示，但操场上奔走的人群让她并没有感受到降温的感觉，反而生出一种青春正好的感触。

休假的最后一天，得回去了。

阮昭没有再赖在这里的理由，主人都不在呢。

她靠在窗边滑手机界面，正欲问许熠自己的车停在什么地方。她正欲发消息，房间门被敲响。

在得到门内的人的回应后，一颗小脑袋瓜子探进来，是一个不到二十岁的男生。阮昭认得他，之前在医院有过一面之缘。

“阮医生，你起床啦，早饭想吃什么？”男生笑起来，眉眼弯弯。

“什么都行，是去你们基地的食堂吃吗？”阮昭问。

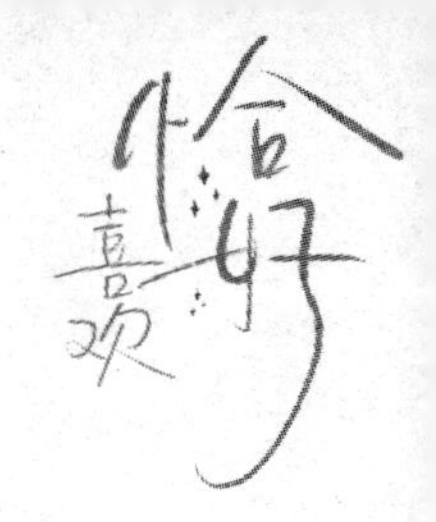

“对。”

在得到肯定答复后，阮昭快速地换了鞋：“那我跟你一块儿去吧。”

正是饭点，食堂里人头攒动。

方一惟领着阮昭走在队伍的最前面，不少人纷纷侧头看过来。

这个基地男生居多，大家都对阮昭好奇，但碍于纪律不敢多起哄，唯有把希望寄托在跟许队长关系亲近且说话不经过大脑的毛头小子身上。

这可把方一惟得意坏了，他大摇大摆地走在人堆里，目光里写满了“看到了没，我没说错吧，这是嫂子”。

阮昭没察觉到什么，她低头剥着颗茶叶蛋，有意无意地试探：“你们队长出去了吗？”

方一惟点头：“嗯，凌晨他被借调到一队出任务去了。原本定了他去航展当媒体区的发言人，但这个点他还没有回，应该还没处理完毕。”

阮昭愕然，凌晨？那许煜几乎一夜没怎么睡？

她垂眸，跟方一惟闲聊。

“你们老大有女朋友吗？”阮昭问。

“没呢，光棍儿一个。”

方一惟正说着，手臂被身边的人撞了下，那人低声说：“你怎么这么‘直男’呢，你应该说，追求队长的人很多，挑眼花了都挑不过来。”

方一惟抿抿嘴，一下不知道该怎么找补，阮昭闻言笑了一声。

方一惟被揶揄得脸色不好，瞪了付刚一眼：“你光情商高了，别的地方也没见长啊。”

“你指什么？”

“上次负重跑，你不也没跑过我。”

“都什么时候的事了，你还拿出来说。”

“什么时候都一样，要不咱现在比比。”

“比就比，你就说吧，负重多少斤？”

“五十斤怎么样？”

“行啊，没问题。”

阮昭一下被整蒙了，盯着对面拌嘴的两人。周围正在吃饭的人也欢腾一片，纷纷做起啦啦队来：“走啊，去操场练起来。”

“嫂子，你先吃着。”方一惟两口将碗里的面吃完，噌地站起，被簇拥着上操场了。

阮昭伸着脖子从窗户看过去，一群年轻小伙个个面带笑容。

看着他们在操场上奔跑流汗，她不禁笑了，许煜知道自己带的这群孩子这么幼稚吗？

阮昭在食堂吃完东西，下楼的时候方一惟刚好回来。他有点不好意思地搓了搓手，俊朗的面容泛着红光：“嫂子你不会介意吧？队长走的时候叮嘱过我，一定带你吃了饭再回去……”

方一惟的称谓像一片细小的绒毛在阮昭心上划过，阮昭没有纠正。

“你赢了吗？”

“当然。”

方一惟脸上挂着喜悦的笑，连阮昭都被感染到了，说：“我请

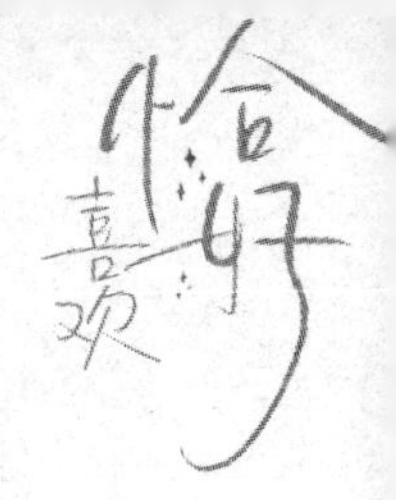

你吃水果，走吧。”

“基地里没有卖的。”方一惟挠挠头，“下次，我去医院找你吃。”

阮昭好笑：“哪有人诅咒自己进医院的。”

“嫂子，那个……他们瞎说的，老大不是那样的人。”

“嗯？”

“真的，我不说假话。他很正直很善良，就是个性有点‘轴’。”

阮昭抿唇：“你做形象代言啊？”

“我没，哎呀，我说不好了……”男生以为出了错，急得抓耳挠腮。

“我知道了。”

两人正说着话，突然有个穿着制服的男生朝两人跑过来，喊着：“阮医生。”

阮昭眯眼看过去。

男生气喘吁吁地站定在她面前：“不好意思啊阮医生，我们这边有点事，需要您帮一下忙。”

阮昭点头。

猜到是急事，在一路小跑的途中，她知道了事情的原委。

原来是东海附近一户渔民的孩子跟同伴打赌失败，一大早独自一人开船出海去了。家人晚上到家才发现孩子不见，报警之后附近街道派出所因为警力有限，才寻求紧急救助。

时遇暴风天气，救援团队利用无人机寻了数次终于在东海边一座无人居住的小岛上发现停靠渔船的踪迹。随着时间的流逝，孩子的身体状况是所有人担忧的问题。正是这点，需要阮昭的帮助。

“受近日恶劣的天气影响，东海海域上事故频发，导致随行的医护人员紧张，所以此次救援飞机上只有一位实习生，实战经验很少，所以我们请您过来做远程指导，以防突发情况发生。”

阮昭点头，对面前这位指导员说：“不用客气，你叫我阮昭就行。”

“好。”指导员脸上闪过一抹微笑，随后神情冷峻地跟边上的人吩咐，“将现场情况转播到大屏幕。”随后他对着对讲机问，“许煜，你那边情况怎么样？”

阮昭扭头，屏幕的画面延迟了两秒后，许煜严肃的脸出现在画面中。

“已经发现孩子的踪迹，但目前风暴太大，无法探查岛上的情况，飞机贸然停靠可能会带来不可预知的危险。我会在索降之后先行探查。”

“好的，你注意安全，有问题随时汇报。”

阮昭顺着镜头俯瞰整座岛，此时雾气迷蒙，只能看清一点轮廓。

这是她第一次直面这种救助现场，从许煜带好装备从高空索降开始，她一颗心便提到嗓子眼儿。这样的他，她从未见过。过去的许多年，他有过什么样的故事，她一无所知。

她只看到他提起自己的职业时，以及在救人过程中的眼神，极为坚定。

“岛上的气温 -5℃。”许煜在负重前行中汇报着情况，他的声音略低，很平稳，“目前没发现野兽的踪迹。”

岛上天气忽然巨变，狂风大作，一时之间几乎快将人吞没。前方有坍塌的痕迹，但许煜的脚步没有任何停滞。

阮昭眼睛紧盯着屏幕，心里没由来地恐惧。

怕许煜出事。

时间过去半个小时，没有找到孩子的行踪。如果再拖延下去，救援人员很可能会产生失温反应。

指挥室里的气氛凝重起来。

“如果有身体出现僵硬的情况请大家暂停前行，原地休息会比较好。”阮昭对着对讲机提醒道。

许煜听出阮昭的声音愣了一下，扭头看向身后的队员，果然已经有人支撑不住。他看向雾气缭绕的山林，安排好队员，决定独自一人去寻找。

他看向无人机，只是淡淡一眼。

她也看着他。

军绿色的冲锋衣，被雾气打湿的黑发，有点胡楂但不显邋遢的脸庞。明明相隔数里，她却觉得两人之间近在咫尺。

某种感觉悄然滋生。

又过去十五分钟，许煜终于发现孩子散落在地上的衣物，再循着被踩过的荆棘丛寻找，发现前方有个山洞，而孩子晕倒在洞口。

许煜跪在地上听他的心跳，随即说道：“他还活着。”说完，他跟后面的队友传递了信息。

指挥室内所有人的脸色都缓和了些。

“但是孩子的意识模糊，体温——”他测了测，“34℃。”

“已经是重度失温状态。”阮昭接过话，“将患者转移到背风口。动作一定要轻缓，用保温毯将患者和地面隔离。做心肺复苏时，必须是在确认脉搏和心跳已经结束的情况下才能进行，否则适得其反。

有可以提供热量的物品吗？”

“有。”许煜答。

“将其放在孩子的颈动脉和腋窝的位置，帮助他的身体回暖。”

……

实习医务人员在阮昭的指导下，有条不紊地进行着急救工作，孩子的体温趋向正常。

“谢谢。”许煜对着对讲机轻声说了两个字，随后带着队伍进行转移。

画面就此中断，阮昭放下对讲机，才发现手心出了很多汗。

指导员松了口气：“阮医生，今天谢谢你。”

“不客气，能帮助到大家是我的荣幸。”她礼貌地回应。

当她亲自接触到急救，才知道这些人都有多伟大。

而这项工作，许煜已经做了很多年。

跟许煜重逢之后，阮昭的生活没什么变化，忙着看诊、值班。她休了两天假，上班后工作多得堆成山。阮昭在大学主修儿童心内科，这个科室在国内一直是个缺口，再加上儿科医生本就小众，导致阮昭在科室一直是香饽饽，几个老教授最爱找她做一助，因为她冷静胆大，同时又心细如发，让人放心。

早上一连两台手术，阮昭刚回到休息室换衣服，冯筝端着杯白开水走进来，等她穿好衣服后递给她：“你累坏了吧？”

“还行，连轴转做手术的时候，人不会累，只觉得亢奋。”阮昭笑了笑。

“你啊，工作狂。”

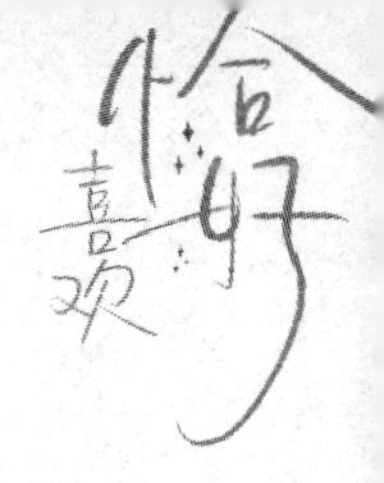

“走吧，我请你吃午饭。”阮昭拿了饭卡，拽着冯筝的胳膊往走廊外走。

一路上遇到几个认识的病人家属，跟阮昭打招呼，阮昭点头回应。到了食堂门口，她们正碰见也去吃饭的路可燃和外科的几位同事。

几个人约着一起，阮昭没拒绝。

自从上次约好去看飞行展，阮昭莫名去飞行基地过了一夜之后，她跟路可燃好长时间没说过话。她猜得出来，路可燃心里憋着气，但又不好当着同事的面面红耳赤地责问她。

“你们要吃什么？”路可燃快步走向窗口，询问众人。

一个同事看了看，随后说：“就来碗牛肉面吧。我北方人，米饭吃不习惯。”

“好。阮昭你呢？”路可燃转头看向阮昭。

阮昭随意指了个菜，亮了亮手里的饭卡：“我自己买吧，带卡了。”

“哪能让你花钱，我来吧。”路可燃抢先刷了卡。

冯筝耸了耸肩，跟阮昭面面相觑。

“我们好像跟她也不太熟吧？”冯筝小声嘀咕了句。

几个人找了张空桌子坐下后，阮昭低着头在微信上把饭钱给路可燃转了过去。路可燃面上含笑，一边吃饭一边跟几个女生闲聊。而收到转账后，她脸色不太好看。一顿饭吃得索然无味，她用勺子狠狠戳着一碗烤肉饭。

有同事问：“阮医生假休得怎么样？”

阮昭回答：“还行。”

“飞行展好看吗？”

“别提了，阮昭都没去。”路可燃找到机会插了句嘴。

阮昭点头：“我那天喝醉了，是许队长送我的。”

“那可惜了。许队长，哪个许队长？”

“就是飞行救援队的那个许队长，还能是哪个。不对啊，许队长是路医生的男朋友，怎么送……”另一个同事话说到一半，突然觉得自己多嘴了，突然止住。

只是这话中断得奇怪，平白让人多生了几分遐想。

“许队长不是我男朋友，”路可燃摆摆手，“其实就是认识的人。之前我们见过几面，叔叔有意撮合，没谈成。阿昭，那天晚上你睡在哪儿？”

“就随便找了个旅店，我没带身份证，是许队长帮我开的房。”

“你俩住一块？”

“没，开完房他就走了。”有女生在的地方就有八卦，阮昭面不改色地说了个谎。

路可燃笑了，还以为许煜对阮昭有什么想法呢，这样看来，也不算什么。她乖巧一笑：“这么说来许队长还是个正人君子。”

路可燃试探这么久，就是为了阮昭这几句解释，看来是真的对许煜上心了。

阮昭笑了笑。路可燃虽然被人叫空降兵，但她的家庭背景还是很不错的，加上人长得也不差，跟许煜也算郎才女貌，挺般配的。

她嚼着青菜看向窗外，楼下的几棵杨梅树长得极好，时节到了，阳光下，果实泛着殷红的光泽，让人口齿生津。

“那树是医院种的吗？”阮昭踢了踢坐在对面的冯筝，小声

询问。

“是啊。这片空地属于咱们科室，之前本来要种樟树来着，还是顾主任建议不如种果树，还能解解同事们的馋。”

阮昭“哦”了一声，快速吃完饭，端着餐盘出去了。

等人走远了，路可燃才有意无意地问冯筝：“冯医生，阮医生是单身啊？”

冯筝莫名其妙地扫了她一眼：“为什么这么说？”

“没。”路可燃尴尬地笑了笑，“就看她平时挺直爽的……”

路可燃话说到一半，被冯筝打断：“你这话我就不爱听，直爽就要单身啊，什么逻辑？”

冯筝最见不得背后议论朋友的，懒得再待下去，离开了。

余下的人悄悄地对路可燃说：“听说儿科的顾主任对阮医生挺好的，两人八成是在谈恋爱呢。”

上次任务结束之后，许煜被邀请去沿海附近的学校进行急救知识演讲，回飞行基地时已经过去了一个星期。他有事去救援总部，顺便取车。主任徐铭刚开完会回来，见许煜坐在办公室等着，一副正襟危坐的样子，气不打一处来，倒了杯水刻意在他面前的桌子上狠敲了下，随后去办公桌的抽屉里找到了车钥匙扔给他：“你还知道过来。”

许煜抿了抿嘴，淡淡一笑：“我要是再有钱点，可能就不来了。”

“正好，我有事要交代你，省得去你们基地跑一趟了。”

“什么事？”

“电视台有一个紧急救援类的公益节目，想给市民普及一下常识，咱们部门得出一个人，我思前想后，这个活得你来接。”

“让方一惟去吧，他年轻外形也阳光，效果应该比我好。”

“我知道你不爱上电视，但这是任务，又关系着咱们基地的脸面，交给小孩子我还是不放心。这样，你先上一期，后续我再跟电视台商量，替你下来。”徐铭见许煜有所顾虑，劝道，“现在时代不一样了，以前咱们总说不要过度曝光，但我觉得应该让大众多了解咱们这个职业，才会有源源不断的新鲜血液注入进咱们的队伍。”

“那行吧。”许煜点头。

“这就对了。我听说，这次节目电视台是想让咱们跟君合医院做个联动，说不准小路也在。”徐铭补充了句。

原来在这儿等着呢。

徐铭坐在许煜对面，双腿交叠，头靠在椅背上，问他：“你考虑得怎么样？”

“什么怎么样？”

“到底有没有戏？”

“你说谁？”

许煜答得模棱两可，徐铭不耐烦了：“怎么给你做个媒人这么难呢？下次有这种活，天王老子请我，我都不干。哎，不对……”徐铭想到什么，眯着眼睨他，“你这态度有猫腻啊，到底看上谁了你说？”

许煜耸耸肩，没说话，一只手插兜，另一只手晃着钥匙圈出了办公室，留下徐铭在办公室愣神。

外面阳光笼罩，许煜信步走在操场上，从裤子口袋里摸出一根黑色的橡皮筋。款式简单，是市面上最便宜的那种。他在脑海里思

索是什么时候揣进裤兜里的，大概是昨天晚上想还给阮昭，但不知怎么就忘了。

许煜站在太阳下走了个神，手机嗡嗡振动起来。

是两条信息。

其中一条——“小舅，我来海东啦！不肖外甥女池樱敬上。”

许煜这才想起来，马上要暑假了，小丫头大四结束说好要来这边实习，这阵子他太忙，把这茬给忘得一干二净。

“不要到处乱跑，回家等我。”许煜编辑好微信，点了发送。

另一条消息的发信人是方一惟，内容是一张照片。许煜放大看了看，照片里是几箱水果，少说也有七八个品种，放在一块琳琅满目，让人不得不怀疑是谁把水果店给运来了。

方一惟：“老大，嫂子寄了水果过来。”

许煜：“谁允许你乱叫的？”

方一惟：“人家阮医生默许的啊。”

许煜无语地关掉手机，径直走去停车场。

半个小时后，他回到基地。

宿舍门口人挨着人，挤成一个小圆圈，探头探脑不知道在讨论什么。见许煜远远过来了，他们自觉地让开一条道，收起八卦好奇的表情。

付刚小跑着过来，微笑：“阮医生单独给你寄了一个箱子。”

“一个个的都不训练？”许煜肃着脸。

付刚闻言站直了身子，冲队员们使了个眼色。

等人都走了，许煜才将地上的箱子抱起，开了宿舍门，走了进去。

他叉着腰，面无表情地盯着桌上的纸箱，心想这又是什么，犹豫着要不要开，随后嘴角扯出一个僵硬的弧度，默念着，还能是炸弹不成。

他将箱子上的胶带撕开，揭开箱子，里面全是杨梅。

果肉丰满，看得人心动。

许煜想起来，读书的时候他时常带家里做的腌渍干梅去学校。他那时有胃病，家里有个学中医的亲戚给的方子，用中药浸泡腌渍杨梅，没想到味道却很好，每次带去教室都被同学当成零食瓜分得一干二净。

许煜拿了几颗杨梅去洗手间洗干净，咬了一口，酸的。他缩了缩脖子，发现队里几个小伙子正伏在门口，探头探脑地盯着他。

许煜清了清喉咙，对着门外的人说："别在那儿杵着了，进来吧。"

"队长。"被发现的人一个二个都不太好意思。

"想吃？"许煜亮了亮手里的杨梅。

方一惟点头，随后又摇头："不敢。"

许煜有点好笑，伸手递过去："自己拿吧。"

方一惟咬了一口果肉，顿时酸得深吸一口气："好酸啊，老大你怎么吃下去的？"

"是啊，老大，你是不是得罪阮医生了，她要谋害你？"

"酸吗？"许煜背过身后，将箱子里的杨梅精心打包放进冰箱，"我觉得还好吧。"

队长这是训练咱们的味觉？又或是，恋爱中的人吃什么都是甜的？

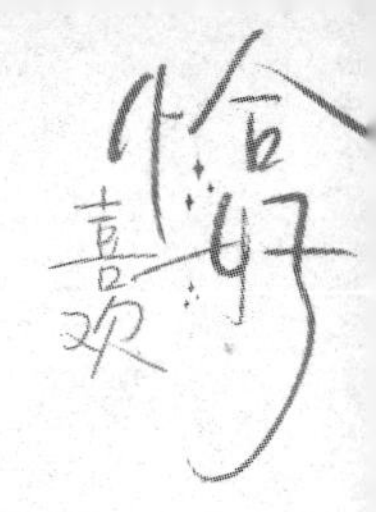


阮昭收到方一惟信息的时候已经是下午了，她不用值班，正好顾合一约她去家里吃饭。医院传闻顾主任上得了厅堂下得了厨房，阮昭对于美食没有抵抗力。

还在楼梯口，她便嗅到鱼汤的香味。顾合一将门虚掩着，她推门进去，便见男人腰间系着围裙，在厨房里忙前忙后。谁能想到人人尊敬的顾教授，关起门来日子竟然过得这么朴实。

阮昭在玄关换了鞋，顾合一端着一个乳白色的砂锅出来冲她笑了笑："来了。"

"要我帮忙吗？"阮昭跟着进了厨房。

顾合一低头在砧板上切着一个小青椒，头未偏，说："你把碗里切好的葱花撒上吧。"

阮昭"哦"了一声，正要行动，被顾合一叫住，他笑着提醒："你洗手了吗？"

她不好意思地耸耸肩，打开水龙头洗手："我差点忘了这个流程了。"

顾合一语气温和："知道你在家不做饭，我给你多炖了点汤，等下打包带走。"

"顾老师最棒。"阮昭轻呼，"这要是评比对下属最好的领导，你应该是冠军。"

"能不能别老叫我领导，我大不了你几岁。"

"男人也这么计较年纪吗？"阮昭拿了碗筷，去电饭煲里盛了饭，坐在餐桌前等顾合一过来。

顾合一解了围裙，坐到阮昭对面："当然，谁想变老。"

阮昭笑着喝了口鱼汤，美得简直要升天了，再看桌上其他几个菜，全都色泽清亮，卖相不错。

顾合一是地地道道的本地人，但做得一手好苏菜。据说他是读大学的时候被女友影响，口味偏清淡。

“嗯，好吃。这几个菜也给我打包一份吧。”阮昭点了点几个菜，一副毫不客气的模样。

“行啊，但我怕你没有东西热。”

“我家有锅的。”阮昭强调了一句，“虽然我在家不做饭，但是餐具还是买了。”

“为什么？”

“做装饰还行，显得我这人特有烟火气。”

顾合一轻轻笑了。

阮昭能来君合，也是顾合一一手促成。她跟顾合一在一场医学论坛上相遇，因为有着相同的理念加上同为老乡而熟识，最后她在他的介绍下来君合与他同事，是上下属关系，也是好友。

“假休得怎么样？”

“还行，遇到个老同学。”

“没了？”

“没了。”阮昭将一大口鱼汤咽下，打趣，“领导是觉得我工作不饱和还是咋的，非得有闲工夫去发展别的故事。”

顾合一听阮昭说完，隔了片刻，才放下碗慢慢说：“你这个年纪不谈恋爱才是怪事。”

“时刻准备着为医学事业奉献一生。”阮昭做了个握拳的姿势。

“阮昭……”顾合一欲言又止。

这时，她的手机响了。

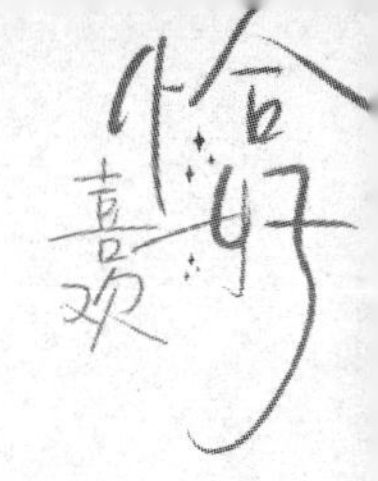

方一惟发了一张照片过来，镜头里被杨梅酸得皱眉的男人被抓拍得恰合时宜，阮昭忍俊不禁。

顾合一看着她。

他从未见过她这个样子。在职场上，她沉稳冷静，话都说得很少，而此时她偷笑的模样却像个干了坏事得逞的小姑娘。

“怎么了？”顾合一不禁发问。

“没什么。你刚想说什么？”阮昭放下手机抬眸。

顾合一将刚要说出的话硬生生地咽了回去，十指交叉放到桌上，说：“院里今天下发了文件，有档电视节目需要我们科室派人参加。”

“什么节目？”

“有关紧急救援的。你知道的，以前这些都是急诊室那边派代表。但这次不一样，节目属于公益普及。目前国内呢，对于少儿急救这块还很薄弱，尤其是对于很多留守儿童家庭来说，非常重要。”

阮昭点头：“我同意。”

“所以啊，你偷摘了院里的杨梅，今儿又吃了我亲手做的饭，得还。”顾合一微笑。

“你让我去？”

顾合一点头。

锅里的鱼汤还在加热，乳白的汤汁不断翻腾，整个餐厅溢满了香气。

阮昭挑眉：“敢情是鸿门宴啊。”

顾合一正试着说服她：“这件事很有意义。”

“什么时候开始？”

“还有几天，你可以准备一下。”

“行。”阮昭答应了，站起来拿好顾合一给她的打包盒往玄关那边走，“我发现你一谈公事就严肃得像个小老头。”

“这就走了吗？”

“不走还留在这儿过夜啊，小心明天传到医院去院长找你谈话。”她调侃完，又嬉笑了句，“我得早点回去敷个面膜什么的，都要上电视了，可不得好好整整我这张脸。”

顾合一平时很严肃，被她一逗，这下也憋不住笑了一下。

高跟鞋的声音在门被合上之后渐行渐远，顾合一还站在玄关，直到玄关里的声控灯暗了下去。昏暗中，他突然自言自语地说了一句：“我不介意的。”

话说得突兀，也不知道要说给谁听。

顾合一住的地方离医院不远，阮昭下了楼走出小区。

路灯照得地面很亮，道路被人打扫得很勤，一点纸屑也没有。

阮昭一手提着袋子，一手插在上衣口袋里，缓步走着。这时，一辆黑色的轿车在她面前掠过，随后打了双闪，停在她不远处。下一秒，车里的人按了下喇叭。

阮昭狐疑地走过去，驾驶位的车窗摇下来，露出魏劭行那张玩世不恭的脸。

“上车啊，正好顺路。”

阮昭笑了笑，绕过车头拉开副驾驶位的车门坐了进去，这才发现后面坐着个小姑娘。她一边关上车门，一边用口型问：“谁啊？”

魏劭行看了眼后座的小姑娘，笑着跟阮昭介绍：“池樱，这次来我们科室的实习生。”

“A 大的。”他补充了句。

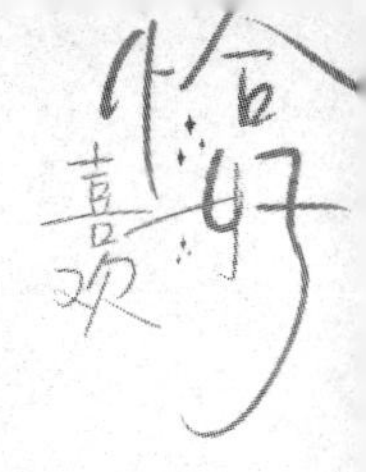

阮昭惊叹了下，由衷地赞了句：“厉害啊。”

小姑娘一点也不拘谨，谦逊地说：“我也只是擦分而过，运气。”

魏劭行指着阮昭介绍：“你叫学姐吧，阮昭，这位大神当年是最高分考入你们学校的。”

池樱惊得眼珠子都差点瞪出来，这名字至今还保留在学校风云人物栏里。

“学……学姐好。”

阮昭笑着扫了眼那张年轻得可以滴得出水来的脸，对魏劭行说：“自家小妹妹，你可对人家照顾点。”

池樱赧然：“我保证不给学校丢脸。”

看着后座小姑娘正儿八经的模样，前面两个人都忍俊不禁。

车很快下了高架，驶进一条辅路。

“魏老师就到这儿停吧，我走回去就好了，不远。”池樱出声。

“行。”魏劭行找了个地方停了车，叮嘱着下车的池樱，“注意安全啊。”

池樱回头看向副驾驶的阮昭，挥了挥手：“学姐再见。”

他俩就坐在车里等着小姑娘进了前面一个小区，才放心地往回开。车驶过市中心，阮昭突然没由来地笑了声。

魏劭行莫名其妙地瞥了她一眼：“怎么，听人喊学姐喊傻了？”

见阮昭没接话，他又说了句：“早知道我让她叫你老阿姨了。”

阮昭白了魏劭行一眼：“呸。你以为人家跟你一样，没礼貌。”

“对了，你刚出来的那条路，不是医院啊，你去哪儿了？”

“顾主任请我吃饭。”

魏劭行偏了偏头：“有情况？”

“扯什么呢？”

“顾合一喜欢你，全医院都差不多知道，你就没点别的想法？”

“我们是同事关系，你少在前面乱加修饰词。我跟他不是一路人。”

“阮大姐，你再挑就该彻底奔四了，别说你家里人，我都替你着急。”

阮昭低头：“那种一眼看到头的日子不想过，我想要找的人一定要我心甘情愿的。”

不知为什么阮昭眼前浮现出许煜的脸，时间的磋磨也不灭眼底的少年气。

她将车窗摇下来，风呼啸着灌进车内，打在她的脸颊上。她想大概风再大一点，就能够将她脑海里的那点火苗给吹灭了吧。

公益节目的人选敲定了之后，节目组的编导便风风火火地拉了个群。

许煜会参加这个节目，阮昭一早就知道的，但突然跟他在一个群里，阮昭还是愣了一下。这么多年他俩连手机号都未交换过，网络一下子让两人距离太近了。

她点开许煜的头像，是一条边境牧羊犬，照片里他只有一只手出镜。阮昭看了会儿，退出来，手误不小心点了他头像两次。

“我拍了拍 FLY.R。”

这又是微信新出的什么鬼功能啊，阮昭试了半天怎么也撤不回，情急之下，她宛如石化般蹲在床边。

阮昭值完夜班腰酸背痛地回了宿舍，点开手机，居然有来自

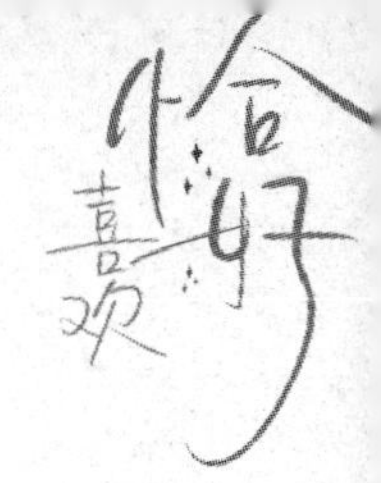

FLY.R 的好友邀请，心跳不由得加快。

她通过了申请。

FLY.R：？

阮昭愣神，啥意思？

看屏幕上方，对方正在输入。

FLY.R：什么事？

阮昭：没，点错了。

FLY.R：哦。

隔了一会儿，许煜又发了一行文字。

FLY.R：谢谢你寄的杨梅，我做成了酱。

他配了张图片。阮昭点开图，红色的果酱用密封盒装好了。

她弯了弯唇，笑了。

阮昭：你喜欢就好，不客气。

话题终止到这里，阮昭抱着手机发了会儿呆。正巧冯筝进来，看她一脸痴傻的模样，调笑：“干吗呢，花痴啊？”

阮昭挑眉：“我都三十好几了，怎么，痴不得？”

“行行行，思得思得。”

别人熬夜加班个个都憔悴到不行，唯有阮昭容光焕发。她盘起长发，耳垂缀着很小一枚耳钉，灯光洒在她脖颈上，皮肤又白又细嫩。冯筝都不自禁多看她几眼。

救援节目是提前录制，录制时间为了不打扰嘉宾们的工作时间，挑选在周末，由栏目组派车接送。偏不巧，一大早阮昭家的马桶堵了，她修了半天没修好，强迫症一犯谁都催不动。等她修好马桶，已经超过约定的时间。

一大车子人等得不耐烦，编导频频看表，安抚已经上车的嘉宾。

阮昭狂奔着过来，刚一上车，坐在最前面的路可燃指了指腕上的表，瞪了她一眼，不耐烦地道："阮昭，你看看几点了？"

路可燃这一带头，一群人眼看着全要发作。突然，后排一道沉稳的男低音传了过来："下次不要迟到了，全车人没有这么闲把时间全部用来等你。"

阮昭一抬眸就瞧见坐在靠近走道那个冷峻的人，他一身飞行专用服装，双手抱臂放在胸前，背脊靠在座位上，就这样神情严肃地盯着她。

阮昭心里一堵："很抱歉，我家里出了点事，下次不会了。"

众人见已经有人发了火，也就没再多说什么，反而有个人说："你快坐着吧，谁家没个着急的事。"

编导立马活跃气氛："各位老师辛苦了，节目组做了一点小周边算作礼物送给大家。"说完挨个座位开始分发，气氛没那么尴尬了。

阮昭坐在窗边，扭头见许煜正坐在自己的斜后方，那张脸上似乎还有火气没散，后来又一想，他凶就凶吧，总比被别人说好点。

这样想着，她心里的异样稍稍散去了些。

阮昭低头看刚发下来的周边礼包，里面装着公益普及的漫画和一些文创用品，还有一只水杯。路途无聊，她找了支笔写写画画消磨时间。

车流高峰期，车子在路上磕磕绊绊地前行。方一惟一看队长又在装睡，歪头冲他一笑："老大。"

许煜睁开半只眼来，声音冷淡："说。"

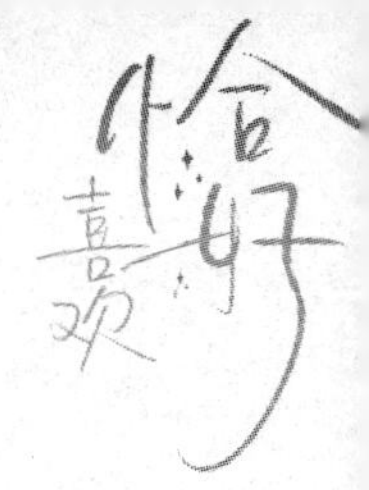

“你为什么要帮阮医生啊？”

许煜掀了掀眼皮，反问：“帮她？你为什么这么觉得？”

方一惟呵呵笑：“感觉。”随后他一挑眉，扬扬下巴，“老大，你是不是觉得，你的媳妇儿只有你能凶其他人都不行？你好霸道啊……”他话还未说完，就收到一个栗暴。

方一惟委屈道：“老大，你又实施暴力。”

许煜微微颔首：“安静点。”

车上终于安静了。

大巴车内所有的帘子都被拉上，光线昏暗。许煜抬眸看向前方阮昭的后脑勺，明明什么也看不见，但他就是挪不开眼睛。

他想起很多年前的寒假，他与父母大吵一架离家出走，冬天下了好大的雪，他在一个岔路口遇到下楼买东西的阮昭，大冬天咬了根冰棍。在学校两人仅打了照面，并不熟悉，但那天她却抓住他的手臂问：“许煜，下这么大的雪你去哪儿啊？”

他随便指了前面一个市场，说要去买点东西。

她说：“那地方不好找，你知道具体的位置吗？”

他只是随便指了个方向，谁知阮昭十分认真地在路边找了根树枝在雪地上给他画路线，画完抬头问他：“你知道怎么走了吗？”

不知道是不是那双眼睛太过明亮动人，他鬼使神差地摇头：“不知道。”

她说：“那我送你过去吧，我对这块熟。”

他也没拒绝。

两人伞也没撑，就这样在大雪中走着。他走在后面，看着她的后背，头一回觉得女生的背影是这么好看的。

车子嘎吱一声熄了火，停在电视台大楼下，一队人纷纷下车。

阮昭心里还有一点点生气，不想搭理许煜，连录影时间也离他远远的，一直到节目结束两个人连个眼神交流都没有。许煜看阮昭面无表情的模样，薄唇勾了勾，她小时候就记仇，不好哄。

飞行员上节目的情况很少，加上许煜模样好、上镜佳，整场节目被主持人点到无数次。下场后他口干舌燥，喊方一惟去买点喝的过来，结果小伙子实诚，真就买了一瓶。

方一惟觉得没必要多买，毕竟节目组发了喝的。他哪里知道老大不过是借着由头和上午得罪的人缓和关系，单独给她买也不合适。

许煜刚从洗手间出来，后面有人叫他的名字。他扭头，一个戴着眼镜的男人笑着抓住他的肩膀："许煜还真是你啊，我，楚楠。"

许煜回忆了一会儿，是有这号人，没想到会在这儿遇到老同学。

许煜定睛看了眼楚楠挂在脖子上的名牌，当年那个网瘾少年摇身一变成了电视台的编导，让人挺意想不到的。

"我刚还看到阮昭了，你俩一块过来的吗？"

许煜点头："是，我们一起来录个节目。"

"好不容易遇到，叫上阮昭一起吃个饭吧？"

许煜在心里打了个磕巴，抬手看了下腕表，点头："行啊，我跟她说一声。"

录音棚里阮昭跟几个编导聊得差不多了，正准备走，手臂突然被人从斜侧方捏了下，她一愣："干吗？"

"我刚遇到楚楠了。"

这话没头没尾的，阮昭没听明白，反问："楚楠是哪位？"

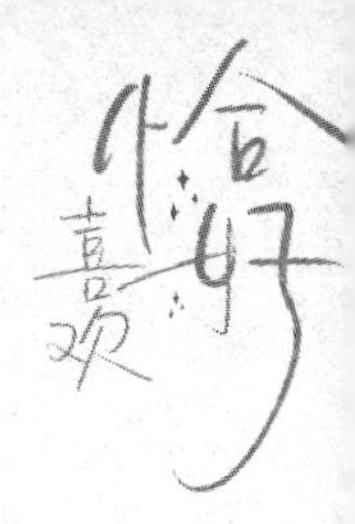

“高中同学。”

阮昭抱着手臂，面上没什么表情，心里却犯嘀咕，她高中跟许煜都不在一个班，所以这位楚楠同学她自然也不认识。

“他约了吃饭，你也一起吧？”他表情有点不自然，继续说，“不去也不要紧，我跟他回绝了……”

他话还未说完，就听对面的人回了一句：“我没说不去。”

阮昭心道，你许大队长难得有主动约人的时候，我稍微矜持一下不行吗？不然显得我迫切跟你吃饭似的。

电视台附近没什么好吃的，就近的只有一家烤肉店。一点多的时候，阮昭跟许煜到烤肉店门口，楚楠也到了。他旁边站着一个个子高挑的女生，化着浓妆，看她的眉眼，卸了妆应该更漂亮。

他们找了个靠近调料区的位置，招呼着两人：“阮昭，许煜，你们坐这儿。”

许煜让阮昭先坐到里面，才跟着坐下来：“你们等很久了吗？”

“没，我们也是刚到的。”楚楠扶了扶眼镜，“对了，给你们介绍一下，这是我媳妇儿瑶瑶，跟我一个部门的。她还没怎么见过我同学，闹着要过来。”

阮昭抬头喊了声：“嫂子。”

楚楠笑了笑：“阮昭你这辈分弄错了啊，阿煜当时在我们宿舍是头，再加上他成绩好，大家都是跟着他混的。”

阮昭闻言“哦”了一声，意思是应该调转过来是吧。

阮昭侧头看了下许煜，他低头倒了杯茶，没啥反应。她在心里腹诽，装吧装吧，早晚有一天让你栽我手上。

大夏天边吹着空调，边围着炭火吃烧烤，气氛还不错。阮昭搅动着碗里的调料，因为她坐在里面不好出去，酱料都是许煜一手调的，没有小米辣跟香菜。她扭头看了下他的碗，跟自己的差不多，两人口味惊人的一致。

“你什么时候结婚的？”许煜问。

“结婚没多久。家里催得急嘛，咱也不是二十几岁的小伙子了。”

听楚楠这么一说，他老婆不乐意了，瞪着他问：“原来你是迫于家庭压力跟我结婚的？”

楚楠眼睛瞪得老大，连连辩解：“怎么可能，我是因为爱你。”

“你就鬼扯吧。”

“真的，老婆，亲亲。”

楚楠毫不顾忌对面两人的视线，怕老婆的本质显露无遗。等媳妇儿气消了，他才小声解释道：“女孩子爱闹脾气，得哄。”说完又问，“你俩打算什么时候办酒，得请我啊。”

阮昭被问得一愣，偏边上那个一脸懵懂地问：“办什么酒？”

“婚礼啊。你俩打算就这么谈着，不结婚啦？”

阮昭欲言又止地看了眼许煜，男人不自觉地侧头正对上她的视线，只觉得电光石火，他触电一般立马弹开。

楚楠觉察到两人的异样，问：“你俩不会还没在一块吧？”

“没。”还没等阮昭回答，许煜抢先回了。

“这都什么年代了，还这么磨叽！大哥大姐，我们都三十多奔四了。离我们的十八岁过去了十几二十年了，人生还有几个十几二十年。”楚楠越说越激动，非得把他俩这份姻缘撮合为止。

阮昭笑了：“打住啊，我俩也是最近才重逢的。”

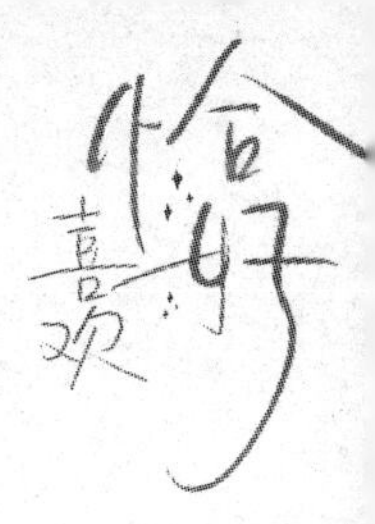

“早之前干吗了？”

“就各自在各自的生活里混着呗。”

“你俩这——”

阮昭盯着楚楠，心想你再别问了，再问下去我也没词了。

瑶瑶见老公一个劲儿地追问搞得气氛挺尴尬的，伸手拉了拉阮昭的胳膊：“阿昭，陪我去下洗手间吧？”

“行。”

阮昭跟瑶瑶出去了。

楚楠从口袋里摸出包烟来递给许煜：“抽烟吗？”

“有女的在，不抽。”

“阿煜，你这么绅士，我要是个女的我肯定爱你。”

“少来这一套。”

楚楠将烟重新揣回口袋，静默了一阵，突然回忆：“上学那会儿我可陪着你干了不少蠢事儿。当年咱班的教室不就在阮昭班隔壁吗？每天晚上你都要在教室磨蹭等她下课，再悄悄送她回宿舍，我记得那阵女生宿舍那边闹变态来着。”楚楠说完，眄着眼打量着他，“怎么到现在你说忘就忘了？对她没感情了？”

许煜低头喝了口茶，嗓子被温水浸了浸，声音柔和了些：“喜欢过。”说完，他换了个姿势靠在椅背上，“你知道我一年三百六十五天，有多少天待在家吗？我拿什么给别人未来。”

“你做这行几年了？”

“大学毕业开始吧。”

“这么多年你都没谈过？”

“没时间。”

楚楠想，什么喜欢过，分明就是旧情难忘。这么个大美人成天在你跟前晃悠，你也禁不住动心啊。

他们正说着话，去洗手间的两人回来了。阮昭穿了个裙子进进出出不方便，许煜干脆挪进去，将她的餐具递出来。

瑶瑶一脸八卦地汇报："你们知道刚刚我们遇到什么了吗？"

楚楠打趣："咋了，厕所闹鬼啊？"

"一边儿去。"瑶瑶没好气地挠了下楚楠的胳膊，"刚去厕所的路上有个小孩儿找阮昭要电话号码，欸，看面相，那小孩儿才二十出头吧？哈哈哈，现在的小孩儿眼光挺不错的。"

"那是，阮昭当年在我们学校可是校花级别的。"

阮昭见楚楠又开始吹嘘，立马截住他的话："你别瞎说啊，我可没排上榜。"

谁知她话音刚落，便听见许煜懒洋洋地回了句："上过。"

"你怎么知道？"阮昭扭头。

许煜没回，倒是楚楠插了句嘴："我们全宿舍都给你投过票，被阿煜拉着。"

# 第五章 隐藏起的小心思

阮昭不确定这事是不是楚楠胡诌出来的，时间过去多年，谁能弄得清呢，况且……阮昭扭头看了眼默不作声的许煜，心想他肯定不会告诉自己的。

阮昭深想了下，这些年许煜总不至于真是单身吧，一个血气方刚的男人加上这张完美无缺的脸，怎么会没有女人在身边打转。

所以许煜肯定是有过的。不知道为什么，这个念头在她心里越来越强烈，而且只要一想到，胸口就闷闷的，提不上气来。

她恹恹地捣了捣面前的味碟，手肘碰到边上的铁茶杯，刺啦一声摔在地上。

许煜还在跟楚楠有一搭没一搭地说话，见阮昭弯腰下去捡茶杯，一副不太高兴的样子。

许煜神色未变，默默地将手移过她那边，抓住了她那边桌子的尖角。

阮昭捡起茶杯，抬眸就看见那只挡在她额头和桌角之间的手。她顺着手看它的主人正在跟人聊天，似乎什么也没发生。

阮昭愣了一会儿。

许煜怎么能把一切做得这么自然呢？

大概是做惯了队长，照顾人照顾得习惯了？

饭席的后半段，阮昭都没怎么说话。吃完饭已经下午，告别了楚楠跟他媳妇儿，两人站在路边打车。

这段路很难打车，阮昭吃烤肉吃得积了食，没什么劲头，蹲在路边。

看她有点难受，许煜开始急了。

这好不容易来了一辆出租车，又被前面的人拦下。许煜想了想走过去："不好意思打扰一下，我朋友身体特别不舒服，这辆出租车我们能一块搭乘吗？"

被问话的女人抬头看了许煜一眼，再看看不远处蜷成一团的阮昭，犹豫了一下。

"车费我来付。"

没有哪个女人能拒绝这样一张脸，她答应了。

许煜小跑着过去将阮昭扶起："打到车了。"

阮昭在他的搀扶下走过去，跟那个长得不错的女人打了个照面，内心极度抗拒地上了这辆靠许煜出卖色相才打到的车。

阮昭脸色苍白如纸，强忍着不适。

"要不要喝点水？"许煜将半瓶水递过来。

海上营救曾见过不少被困人员缺水缺粮的痛苦，导致他没有任何浪费的习惯，吃完饭走的时候虽然瓶中没剩多少水了，但他还是

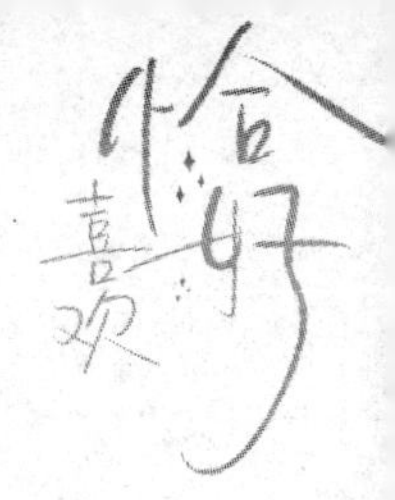

带出来了。

阮昭看过去一眼，是许煜喝过的。

她平时不拘小节，不知道为何在面对许煜时有点尿。

“我这儿有一瓶没有开的，要喝吗？”副驾驶座的女人笑着往后递了瓶水。

她没直接给阮昭，而是转手给了许煜，明眼人一看就知道她的意思。

“谢谢，但是不用了。”阮昭礼貌地回绝，然后拿起许煜手中的半瓶水，仰头喝了一大口，跟许煜说，“还挺甜的。”

许煜完全没明白她的意思，怔了一下问：“什么？”

阮昭心想，许煜你是不是缺根筋啊，人家想勾搭你，你看不出来？

她扭头瞪他一眼，无语了。

又生气？

许煜抿了抿嘴，想不通这一天阮昭怎么总对他生气。

终于到了阮昭居住的小区，她率先下了车。没走多远，就见出租车副驾驶座的车门被拉开，里面的女人刻意露出美腿，声音娇娇地说：“加个微信吧？”

许煜背对着阮昭，阮昭看不清他的表情。

阮昭突然提起一股气，踩着高跟鞋噔噔噔用力往前走，她刻意将鞋跟踩得很响。

效果还不错，没一会儿人来了。

他一路无言地将阮昭送到楼下，转身要走，手臂被阮昭扯住。

她苍白的脸上扯出一抹笑，莫名幽怨地来了一句——

“来都来了，不到楼上坐坐吗？”

这句出现在无数电视剧里的台词居然从她嘴里说了出来，对两个成年男女来说，实在暧昧。

出乎意料，许煜没有头也不回地走掉，反而低头看了看阮昭，淡淡地“嗯”了声。

阮昭有些意外，然后慌了，又强装镇定。

许煜还是担心她，不亲眼看她吃药，也不放心，便双手插兜和她一起上了电梯。

家里布置得很温馨。

阮昭去饮水机那边倒了一杯凉白开过来，引着许煜走去客厅。见沙发上还乱七八糟扔着几件衣服，她急急将水杯放在茶几上，抓着衣服抱在怀里就快步往卧室走。

许煜看着她窘迫的背影有些好笑。

他没有单独踏进过任何异性的房子，这是第一次。

许煜在沙发上坐下，视线在厨房那边转了一圈，案板上放着两只连包装袋都没有拆开的锅，只有微波炉的拉门是敞开的，大概吃外卖是常态。

打量完，阮昭也从卧室出来了。她换了一件休闲的居家服，将换下的衣服扔进洗衣机里，然后关上洗衣机，并没有要洗的意思。她扭头见许煜蹙着眉头，询问：“我怎么在你眼里看出了‘这个女的是怎么活着的’疑惑？”

“你打算什么时候洗？”许煜没忍住问。

“你说衣服？”阮昭挠挠头，“凑成一桶就洗呗，我通常一周洗一次衣服。”

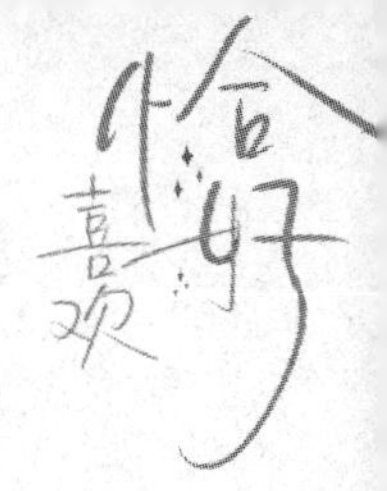

“这样焐着会滋生细菌。”许煜耐着性子说。

阮昭“哦”了一声，走回去将衣服从洗衣机里拿了出来，扔到边上的脏衣篓里。

他问：“你积食好点了吗？”

“没事儿，别忘了我是医生，这几年吃饭太快落下的老毛病了。”

“医者不自医，你平时注意点吧。”

阮昭点头：“嗯。就是可惜了昨天打包回来的鱼汤，再不吃就坏了。”

“你平时就这么吃饭？”

“反正一个人嘛，大多时间凑合。其实我们医院的饭还可以的，像我这么挑食的，吃了这么久都没腻。”

阮昭挨着许煜坐下来，将茶几上的水端给他：“喏，喝水。”

“我不渴。”他拒绝之后，不知道怎么又伸手将她手上的水杯端了过去。

阮昭扭头看他，这个男人就连坐姿都十分板正，没有一丝懒散。

他低头喝了口水，轻声问：“你一个人住多久了？”

闻言，阮昭掰着手指数了数，没数清。

“好几年了吧，我家没什么人了，基本就我一个人住。”说完，她笑了笑，“之前谈过几个对象，偶尔会来家里住一下。一周我三个夜班，也不算太孤单啦。”

几个对象，几个？

许煜长睫掩了掩。

话聊到这里，没继续下去，房间归于寂静。

阮昭心想，你怎么不继续问了，我不介意跟你分享自己的生活。

“那你吃药吧，吃完药我就走了。”半晌，许煜清冷地说。

阮昭愣住。

他专程上楼，就是为了确认她吃药？

她去药箱里拿了一包冲剂，倒水的时候愣了神，滚烫的热水直直地淋在她的手背上，她疼得低呼一声。

阮昭还没反应过来，许煜已经快步过来将她的手捞起，半抱着她去了卫生间的洗手台。他开了冷水将她的手冲了会儿，如葱段般白皙的手上，红印子越发明显，不一会儿有几个地方已经起了水泡。

“得涂药，药箱里有烫伤膏吗？”

阮昭点头。

很快，他在她的指示下拿了药膏回来，拿着棉签低着头一点点地给她涂药。

许煜见阮昭眉头都不皱一下，心想还挺能忍。

他哪里知道，自刚刚他抱起她开始，她整个人就失了魂。

她甚至刻意将手往他那边凑近一点，再多一点肢体接触。

“疼吗？”他问。

阮昭摇头：“不疼。”

“等下可能会痛一点。”他耐心地跟她说，“你忍一下啊。”语气温柔，跟哄小孩一样。

阮昭笑了笑，没说话。

“等把烫伤处理了，再给脚后跟涂点碘伏吧。”

“嗯？”

“你脚后跟被磨破了，你没发现吗？”许煜专注着手上的动作没抬头。

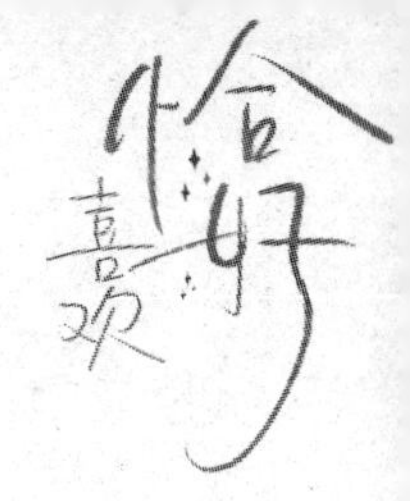

嗯？她还真没注意。

“你刚走那么快干什么？”

阮昭语气酸酸地说：“你跟美女聊天还需要我在边上等你吗？什么毛病。”

许煜气笑了：“就为这？你脑子里装的什么呢，我把车费给人家。”

“哦？是吗？”

“我不喜欢别的女人找你，有什么奇怪的。”阮昭低声补了句。

许煜眼神微动。

“那你呢？”

“什么？”

“在烧烤店时小男生找你要电话号码，你给了吗？”

阮昭紧咬后槽牙，许煜你这人藏得够深的啊，幸好话赶话给你套出来了，敢情你心里还憋着这事儿呢。

“我怎么觉得你有点盘问我的意思？”

“没，单纯好奇。”

“许先生，你管我是小男生还是魅力老大叔跟我要电话呢，你好奇个什么劲儿？”

阮昭眼神闪烁，盯着他。

许煜笑：“当我没问好吧？”

“不行，你问了。不敢承认？”

许煜在洗手池边洗干净手，擦掉水渍，抱起手臂好整以暇地看着这个胡搅蛮缠的人，点头：“我认。”

“所以呢！”

许煜摊手：“没有所以，药上好了，你可以下来了。”

“太高了，我下不来。”阮昭没动，大有一副要赖的姿态。

许煜去拉她，没想到她用力将他往回拽。他拿她没办法，苦笑：“你到底想听什么啊？”

他双手撑在洗手池上，将她圈住。

阮昭突然凑近，在他嘴角上轻轻一吻。

男人顿时身体僵硬无比，纹丝不动了，眼也不眨地盯着她。

见许煜没有推开自己夺门而出，阮昭艺高人胆大，第二次向他靠近。这次她动作极缓，只要他有一点异样，她便会停下。

两人视线交汇，如闪电般碰出火花。

就在两人的唇瓣快要触碰的一瞬间，阮昭的手突然被握住。

许煜向后移开了一段距离，然后直直地盯着她，那双眼睛不知道什么时候变得通红，似要滴出血来。

阮昭身体颤动了一下，翕动嘴唇，嗓子有点哑，低低地喊他：“许煜，对不……”

话还没说完，男人倏然将她拽向自己怀里，劈头盖脸地吻了下来。

阮昭整张脸烧得通红，心跳越来越快，一丝理智也没有了。她觉得自己像一条即将渴死在干涸的湖泊中的鱼，终于找到自己的水源，但已经没有任何多余的力气，只想溺死在里面。

许煜将软绵绵的她抱起，唇却自始至终没有离开过。阮昭双腿夹在他的腰腹处，有些脱力，只得寻找支撑点。

她单手撑在许煜背后的墙上，不小心误触了淋浴的开关，水哗啦啦将两人淋了个透。

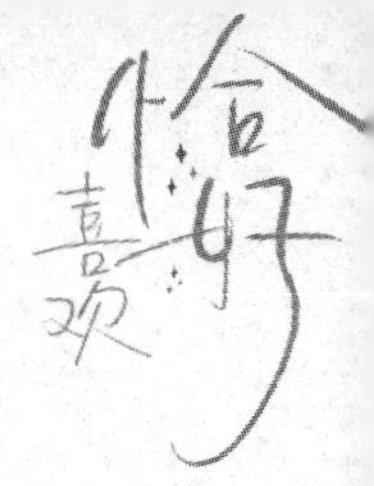

水声将两人的喘息声淹没。

阮昭只觉得快不能呼吸了，她推开他，试图唤醒他：“许煜，许……”

他哪里肯给她将话说完的机会，继续将她的唇含住。她看见他眼角的笑意，那笑容撩拨得她心尖都在发颤。

她好想知道他在想什么。

她从未见他这么笑过。

少年时她关注他多年，却从未有过机会产生交集。他意气风发，被无数少女簇拥，直到有一个冬天她在自家楼下捡到失魂落魄的他，陪他走了一段不算长的雪路。

她第一次因为一个男生欢喜，太过浓烈，以至于她记忆至今。

他不知道，他主动提出交往的那刻，她有多欢喜，而他无故消失就令她有多难过。

这个不掺杂情欲的深吻结束，两人浑身湿透，喘息不停，紧紧相拥……

空气里又湿又热，浴室里水汽氤氲。

“你给他电话了吗？”阮昭听见许煜再次不甘心地问。

她好笑地看着他，这人什么时候变得这么幼稚了？

“没有。”她低声回答，随后一声惊呼，她身子一空，被许煜抱起离开地面。

她问：“这样不累？”

“你是在怀疑我的体力？”

这倒是没有，只是她有些不好意思，说：“你还是放我下来吧。”

“地上有水，凉。”拖鞋不知道被踢到哪里去了，许煜将她轻放下来，任她踩在自己的脚背上，两人慢慢悠悠地出了浴室。

他的呼吸就在耳边，轻轻扑在她耳垂上，阮昭只觉得整个脖子跟过了电一般，神志都有点不清醒。

许煜双手将她搂紧，满眼笑意地看着她。

很多年，他午夜梦回就见到这样一张脸。这个女人明明不过是年少时短暂地出现了一下，却不知不觉在岁月的侵蚀下成了他胸口的一颗朱砂痣。

两人磨磨蹭蹭地挪到了玄关，阮昭从鞋柜里找了两双拖鞋出来换上，彼此不远不近地站着，也不知道要做什么，有那么一丝尴尬。

“阮昭。”他温声叫了叫她。

她突然害怕他说对不起冒犯之类的话，急忙说出了自己的心里话：“许煜，你知道吗？从我跟你重逢那一刻起，我就知道，你会是我男朋友。而我，从未怀疑过这一点。”

阮昭抬头跟他对视：“你呢？”

许煜笑笑，伸手将她拉进自己怀里，眼神柔和：“我从没忘记过你。”

他的心跳那么真实，他没说谎。

阮昭曾在酒后向魏劭行控诉许煜的罪行，并扬言说，如果有一天他真的出现在自己面前，她一定要让他告诉自己他不辞而别的理由。而真正到了这一刻，她却觉得追问一切都好没意义。他早已不是年少的他，而自己在世事中挣扎，也再不能回到过去的青葱岁月，为什么他们之前还困在那里呢？生命如此短暂，何苦纠结一二？

她暗自摇了摇头，现在这样就很好了。

阮昭没开口，先提起的是许煜。

“阿昭，我欠你个解释。”

许熠正欲接下去，门锁突然咔嚓一声，外面的人拉开门，嘴里喋喋不休：“饿死了，饿死了。阮昭，我跟你讲，这些院领导简直不是人，看你业务能力好，铆着劲儿让你加班，我要累死了，给我口吃的……”

来人一抬头，话被咽了回去，魏劭行眨巴眼睛，再次看向玄关正拥抱的两人——

阮昭，你可真是害死我了，我就不该帮你保管家里的钥匙。魏劭行只觉得自己打搅了别人的好事，尴尬得恨不得钻到地洞去。

要是往常就算了，偏偏今天他还把顾主任叫来了，准备三人来个通宵夜谈会。

魏劭行神情复杂地看了眼边上的顾合一，感觉自己听见了有什么破碎的声音。

是顾主任的心碎了。

许熠跟阮昭纷纷朝门口看来，四人的视线齐刷刷交汇在一起，房内顿时安静得连掉根针都能听见。

魏劭行看清了与阮昭相拥的男人的脸——这不是许队长吗？

魏劭行一时蒙蒙地杵在门口，走也不是留也不是。他愣了几秒，最终决定悄无声息地退出去，脚刚往后移了一步，就听阮昭说：“顾主任，你怎么来了？”

顾合一勉强一笑：“你电话打不通，我怕你出事就过来看看。”

魏劭行点头：“是我邀请他来家里吃饭的。”

阮昭狠狠地瞪了魏劭行一眼，魏劭行下意识要溜走，却被喊住：“魏劭行。”

“啊？”他动作一滞。

见阮昭气势汹汹地走来，魏劭行在心里想，自己莫不是搅了昭姐的好事，要被狂揍一顿？

魏劭行暗暗骂了句，这是造了什么孽啊。

“给我一套你没穿过的衣服。”

阮昭跳过一切前奏，直接找他要。

魏劭行这才发现阮昭跟许队长两人身上都湿漉漉的，不知道发生了什么事。

还未等他脑补，阮昭继续道：“我给你两套的钱。”

魏劭行坏心眼地看了她一眼，勾唇：“如果我今天不回家，你们打算怎么解决这个问题？”

阮昭一笑：“我会直接把你的门拆了进去拿。”

阮昭关上门，刚转身就被人按在门上。

“他为什么有你家钥匙？”许煜问。

阮昭如实回答：“我丢三落四，钥匙总是不见，就放了一把在他那儿。”

“他是男人。”

阮昭笑了笑：“在我这儿，他不算雄性。不过以后也没必要放他那儿了。”她扯了扯他的衣摆，“我有你了啊。”

许煜被哄得心花怒放，松开了她。

魏劭行的动作还算迅速，五分钟内送来了一套全新的衣裤。许煜因为常年锻炼比他壮实一点，衣服穿在身上略紧，胸肌的轮廓线都撑得分明。

阮昭看了一眼，顿时脸红到耳根子。

四人在客厅坐着，阮昭洗了葡萄端上桌后，自然地坐在许煜身边，问顾合一："主任，你打电话有事吗？"

"就你之前负责的一个已经出院的病人回来复查，着急要找你，闹了好半天，我想着让你哄哄她，你不是最擅长哄人吗？"顾合一笑了笑，"当时你可能在忙吧。"

确实在忙。

阮昭瞥了眼边上的人，正低头俯身将面前那盘没人动的葡萄往她这边稍稍移动了一寸，示意她吃。随后他从果盘里拿了一颗捏在手里，撕开皮，轻捏了一下，圆溜溜的果肉从皮下滑了出来。许煜用牙签插住果肉，递到她手里。

阮昭咬住果肉吃了下去，甜蜜蜜的。她品了一会儿才想起要回答顾合一的话，怎么解释？总不能说刚刚两人正在接吻没空接电话吧？

阮昭脸不红心不跳地胡诌："刚刚浴室的水管坏了，许队长正巧在我家，我请他帮忙修理一下，没想到水都溅到我俩身上了。"

许煜有点想笑，但没有拆穿她，只顺着她话点了点头，将一颗一颗剥好的葡萄果肉放进阮昭面前的碟子里。

魏劭行看向顾合一，人家真信了。

阮昭啊阮昭，你这撒谎的技术再配上这个心甘情愿被你骗的人，真是绝配，可惜你不要。

水管坏了你俩还有闲心抱在一块儿？

果然恋爱中的女人智商为负。

魏劭行低着头吃葡萄，抬头间见阮昭灼热的目光朝他盯过来，明显是冲他使眼色，让他找个借口把顾合一带走。

魏劭行撇嘴故意装作没领悟到，眼神交流间见阮昭手指在背后比了个二。

两顿火锅，这还差不多。他满意地点点头，随后随便找了个借口拉着顾合一走了。

房间里又只剩下阮昭和许煜两个人，阮昭有一口没一口地吃着葡萄，许煜则抱着杯子喝水。

这时窗外开始下大雨。

阮昭心里窃喜，因为她并不想许煜此刻离开。

但是，好尴尬啊。

她有些后悔了，这么快的进度会不会吓跑他？

“你困吗？要不要进去睡觉？”

话一出，阮昭脸瞬间红了——胡说什么啊，提哪门子睡觉。

“不困。”许煜答了。

坐了一会儿，许煜还在喝水，她没忍住问：“要不要给你杯子里再加点？”

“嗯？”许煜低头看，这才反应过来杯子里早已空了。

他有些不好意思地冲她笑，终于整理好了话，开口：“阿昭，我没有谈过女朋友。”

“啊？”阮昭心里一空，他想说什么？

“大概因为我给不了对方什么，我既没有经济实力也给不了对方安稳的生活。”

“我不图你那些。”阮昭快速接过他的话。

“阿昭，我到现在仍然不确定你对这段感情持何种态度，或许你只是一时兴起，但从此刻开始，我不会退步了。”

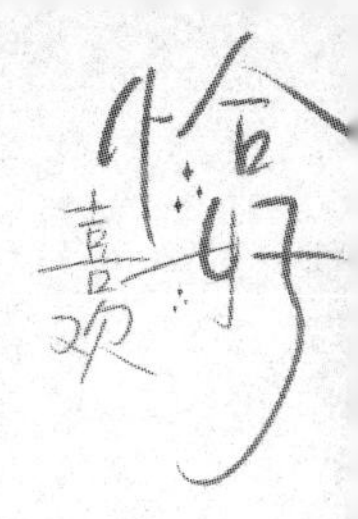

看着许煜深情的双眼，阮昭的心有些发颤。

“我的工作忙碌是常态，我大概很长时间无法陪伴在你身边，在你需要的时候我都没办法在，你也不介意吗？”

阮昭笑道：“不巧，我也很忙。而且，我不是一个很黏人的女友。”

“女友”两个字说完，她有些不好意思地吐了吐舌头。她再去盘里拿葡萄，手指被许煜握住。

四目相对，两人相视而笑。

过了一会儿，许煜的手机响了。

电话接通。

说了几句话后，他对电话那头的人说：“我马上回基地。”随后挂断电话。

阮昭跟着许煜起身：“你要走吗？”

“嗯，值班室那边有点事，我得回去一趟。”他动作很快，看起来是真的有急事。

阮昭送他去门口，乖乖地站着等他穿鞋。

“那我走了。”他一指外面。

阮昭点头：“路上小心。”

许煜最后再看了她一眼，随后拉开房门走出去。

门被合上之后，阮昭恍惚地站了会儿，忽然又想起外面还下着大雨，他连雨伞都没拿，于是在玄关的雨桶里拿了把雨伞追了出去，可外面哪里还有许煜的影子。

许煜打了辆车回飞行基地，淋了雨浑身湿漉漉的。推开值班室的门，陆川见他进来，哑然一笑：“说好了半个小时，你迟到了十五分钟，你以前可从来不会迟到。”

许煜低头拧了把衣服上的雨水：“有点事耽搁了。”

“在约会？”陆川走过去拉了把椅子坐下来，“我这刚从外地考察回来，就在队里听说了你不少的八卦啊。不是说你带了个仙女过来了吗？”

许煜挑眉看了他一眼：“少打探人私事，不是说汇报工作吗？”

“我买了夜宵，咱们边吃边说吧。”陆川搬了个小桌子放到两人中间。

许煜揭开外卖盒子。

陆川问：“真谈恋爱假谈恋爱？姑娘人怎么样？我可一面都还没见过，什么时候约出来一块吃顿饭？”

“她很好。”许煜拣其中一个问题回了，随后简明扼要地说，“饭免了。”

看来那位女士很招眼啊，值得他这般藏着。陆川好笑地看了许煜一眼。

之后几天，阮昭每天留意着手机，却连许煜的一个标点符号都没收到。

这算哪门子恋爱啊？

阮昭泄气地放下手机，自尊心却让她憋着一股气不去主动联系许煜，况且她才说过她不黏人呢。

最后她憋得实在难受，逮着冯筝问了一个问题：“A 跟 B 两个人确定了关系，但 B 呢突然人间蒸发，不联系 A，这说明什么？”

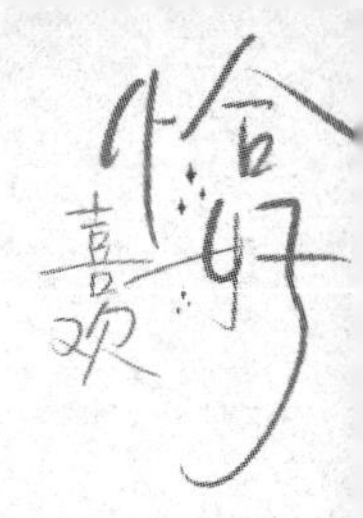

冯筝思考了会儿，答：“说明这是个‘海王’。”

“什么‘海王’？”

“你不知道现在微博上的流行语吗？‘海王’就是，这人有一片大海，你就是个小虾米而已。”

阮昭蹙眉，许煜确实守护着一片大海啊，也没毛病。

“所以呢？”

“简单来说就是，这个男的吊人胃口呢，等对方按捺不住先陷进去，就能占了先机。”

“是吗？”阮昭陷入沉思。许煜不是这样的人吧？

冯筝悄悄地凑过来：“所以，这个故事里面，A 是你，B 是谁？我倒想听听是什么样的‘唐僧’能把你这个‘白骨精’迷成这样。”

说完，她似想到什么，一惊一乍地站起身：“不会是陈桉吧？”

“什么？”

“我的超级偶像。”

阮昭白了冯筝一眼，低头刷着手机。冯筝见她又不认真听自己讲话，夺过她的手机，藏在背后：“你天天抱着个手机看什么，都要钻进去了。”

阮昭将手机抢过来，熄了屏幕揣进兜里，穿好白大褂往外走，淡淡地说：“我在追人。”

“什么？”

阮昭从口袋里拿出橡皮筋，看着它出了会儿神，才抬起双臂绑了个高马尾，然后扭头对冯筝一字一顿地说：“我、在、追、男、人。”

冯筝听得一愣一愣的。

阮医生这是越来越有出息了。

对方是谁啊，她虽然好奇，但又不敢问，问了阮昭也未必会答。

冯筝将阮昭往自己这边搂了搂，捋了捋她耳边的碎发："我祝你马到成功。"

"谢谢。"阮昭笑得好看极了。

"对了，今天跟肿瘤科联合会诊，院领导也会参加吧？"冯筝问。

"嗯，患者的病情特殊，年纪又太小，转科室容易造成不必要的应激，商讨过后院里才拿出联合会诊方案，医院比较重视这事。"

"不止，听说这孩子是渠苑的女儿。"

"谁？"

"你居然不知道渠苑？前几天金鸡奖影后得主就是她，微博粉丝都超过五千万了。毕竟是名人，不少媒体镜头焦点都在这里呢，稍有不慎就会被推上风口浪尖，谁敢不慎重。"

阮昭点点头。

魏劭行推门进了会议室，后面跟着个小女孩。阮昭一抬头，小姑娘正冲着她笑："阮姐姐好。"

她后脑勺被敲了一个栗暴，魏劭行蹙眉："叫阮医生。"

池樱乖乖地喊："阮医生。"

阮昭笑："没那么多规矩，你想怎么叫就怎么叫吧。"

池樱摸摸后脑勺傻乎乎地笑。

阮昭看着呆头呆脑的孩子，忍俊不禁："你挨打了还笑得这么开心为什么？"

池樱偷偷地看了眼魏劭行，脸一下子红了。

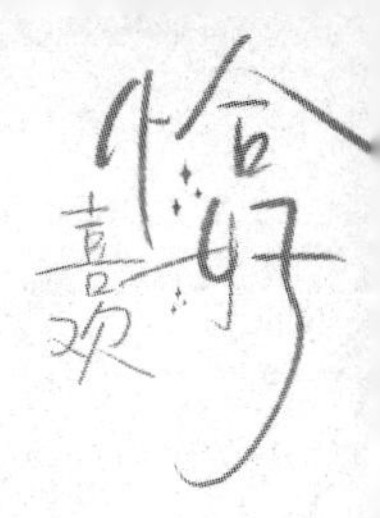

会议室的电脑屏幕上是病人的病历，几个院领导正激烈地讨论着。脑 CT 传到阮昭他们这边来，她仔细地看了看。患者五岁，有先天性的腿部畸形，近期体检中发现脑瘤，随即转入君合。

“脑瘤这种病症不是突发，之前上医院检查过吗？为什么拖到现在才入院？”阮昭嘀咕着问魏劭行。

“孩子爸妈都是名人，平时比较忙碌，孩子大部分时间交给保姆照看。再说现在是舆论社会，家长肯定顾及的东西比较多。”

阮昭指了指手上的片子：“从 CT 上来看，脑瘤已经使小脑的血管受到压迫，如果不赶紧做手术，容易发生出血的情况。脑瘤的边界比较模糊，所以还挺棘手的。”

魏劭行点点头：“得快点跟家属沟通手术时间了。”

因为病患比较特殊，会议持续了一个小时才结束。池樱的笔记密密麻麻记了一整页，好多重点因为大家语速太快都漏掉了。

会议结束时，阮昭和魏劭行没着急走，池樱知道他们在等自己，加快了笔速。阮昭见状出声提醒：“你慢慢写，不急。我们就在这儿，你有什么问题可以直接问。”

池樱松了口气，正好有些疑问需要解答，一口气问了好几个。

“小池，我问你，小儿脑瘤出现的病因有哪些呢？”魏劭行不答反问。

池樱没预料问题抛到自己这儿，一下子猝不及防，加上紧张磕磕绊绊地答了几个字：“特定基因缺失……”她抓耳挠腮，最后一个字也答不出来了，像个接受批评的孩子低下头，不敢说话了。

“打起精神把这些学好了再进我的手术室吧。”魏劭行一脸严肃，不理会阮昭冲他使的眼色。

“是，老师。”

小姑娘满脸窘迫，下一秒就要哭出来了。

“记笔记不光要用手，关键用脑子。难道你打算以后看诊还带着笔记本吗？另外，我听说你解剖课全班最低分？”

“那是第一次考试才这样，我见到尸体有点害怕。”

“害怕你还学医？”

池樱哭丧着脸不敢说话了，扭头小声问阮昭：“阮医生，你上解剖课害怕吗？”

“不怕。”阮昭笑笑。

“为什么？”有什么小诀窍。

阮昭笑意渐渐散了些：“因为我很小的时候就见过尸体了。”

“你别给她讲那些悬疑刑侦案件，我怕她吓得晚上不敢回家。”魏劭行蹙眉。

等池樱走后，阮昭拧了魏劭行胳膊一下：“那你呢？这么严格，一天到晚板着脸考别人，你这种老师最讨人厌了。”

“不突击检查怎么知道她掌握得怎么样，况且咱们当初当实习医生的时候，导师比我凶十倍，你忘了当时你哭了多少次鼻子。”

“我说你这人怎么……”阮昭气结，翻了个白眼，“直男。”

“你怎么神神道道的，什么时候你说话这么会拐弯了，不会是你那位飞行队长贴身传授？”

“那我问你……”阮昭扭头直视他，“池樱为什么一看你就脸红，别告诉我是被你骂红的。”

见魏劭行一脸茫然，阮昭摇头：“算了，我懒得跟你说，走了。”

魏劭行在她身后嘀咕：“我看你是脑袋不清醒，她几岁，我

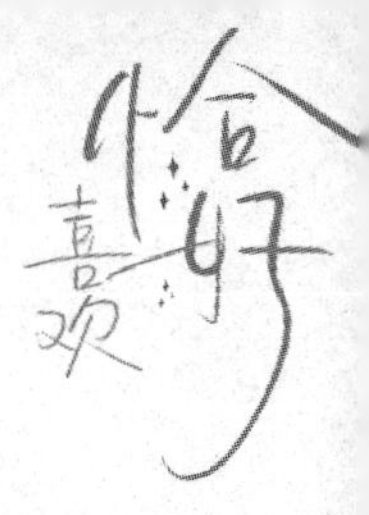

几岁。”

“爱情跟年龄有什么关系？”

“怎么没有关系，阮昭，我们都三十好几了，谁能跟你一样爱玩。”

“我？”阮昭指了指自己，“爱玩？”

“阮医生，你难道忘了你换男朋友如衣服的时候了？用不用我帮你回忆一下你的历届前任？”

“我好歹是你曾经的暗恋对象，有你这么说的嘛。等等，按你的意思……那他呢，他也是这么觉得的吗？所以……”阮昭蓦然低头。

会不会那个吻对许煜来说，不过是她玩玩而已。

“他？你说谁啊？”魏劭行追问。

“关你什么事。”阮昭没好气地回了一句。

魏劭行摸摸脑袋，开个小玩笑，怎么突然发火了。

两人一出会议室门便听见诊疗大厅里一阵骚乱，池樱也跟过来有些诧异地看着那边。

有病人家属跟医护人员起了冲突，那些人破口大骂，尽管边上有护士不断安抚和制止，仍旧无济于事。最后那个个头矮小的女医生被扯进家属堆里，甚至有人动了手。

“怎么回事啊？”阮昭拽住一个正往那边赶的护士询问。

“有病人家属看诊插队被医生制止，然后就打起来了。”护士匆忙答了句，便往那边跑去。

阮昭第一时间打电话给一楼的安保人员，随后跟魏劭行往那边挤过去。用力地拨开围观的人群，她将其中几个同事挡在自己身后，示意他们先出去。混乱中，有人高举着拳头挥过来，魏劭行护着池樱，不知道被打到哪儿了。池樱说到底还是个大学生，哪见过这种阵仗，吓得哭鼻子了，却还不忘帮魏劭行挡着。

人太多了，将阮昭挤到边缘。推推搡搡间，她只觉得额头一热，有些眩晕。

不知是谁突然惊呼一声："血啊！"

一时之间沸反盈天，刚才嚷着要动手的病人家属突然向后踉跄了两步，呆愣地看着手里已经裂成两半的玻璃瓶。

阮昭扭头看着周围的人，感觉怎么也看不清楚，且身体无力，控制不住地往下坠。

这时安保人员冲了过来，稳住了乱成一团的局势，将几个闹事的家属按倒在地。

"阮昭。"赶过来的顾合一扶住阮昭，皱着眉头急喊。

见阮昭没什么反应，他下意识要抱着她往急诊室走。

阮昭一下拽住了他，摇头说："我没事，休息一下就可以了。"

她借着他的力站稳，见几个同事围成一团，生怕她出事，她不禁有些感动："我真没事，只是破了点皮，等下去包扎一下就行。"

顾合一心里急得不行，但当着众人面，他不好表现出来，只问："真的不用去拍个 CT 吗？"

阮昭点头。

顾合一还是不放心，搀着她："我送你去包扎吧。"

等两人走了之后，池樱有些担心地问魏劭行："老师，你怎么样？有没有哪里受伤？"

"还好，挨了一拳，不过不怎么重。"魏劭行见池樱一副受惊

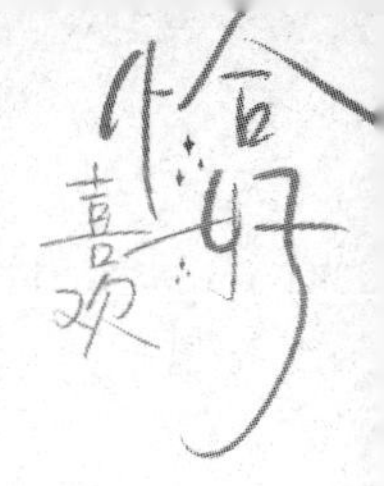


的样子，笑着问，“怎么，吓到了？”

“有点。”

“你们老师平时上课没给你们传授点现实点的东西？你知道肿瘤科不比其他科室，大部分转来这边的都是重症，加上病人对肿瘤本来就惧怕，各种情绪掺杂在一起很容易产生焦虑心理，一旦释放出来，就是医患矛盾，这很难完全避免。如果你想留在这个科室，可要做好心理准备。”

池樱被吓住：“如果照你这么说，谁还敢做医生啊，简直就是高危职业。”

“所以医生需要一颗坚定又勇敢的心。”魏劭行双手插在白大褂口袋，往自己的值班室走，见小姑娘亦步亦趋地跟在自己身后，继续说，“高强度的工作状态不是谁都能坚持住的，但是吧，家属的谅解和病人的治愈所带来的成就感会让你消除一切苦恼，从而走得更远。”

池樱以前觉得舅舅是世上最厉害的人，现在心里又多了一个。这个人说的话从来都是简单随意,看似漫不经心,但比谁都热爱这份职业。她曾以为他就是一棵大树，结果拨开枝丫，却看见满枝的繁花。

她看得愣了。

魏劭行以为自己的话说得有点重了，伸手揉揉她的脑袋，耐心地道：“不过你不用怕，只要我还在君合一天，有这种事我都会挡在你前面。”

“为什么？”池樱想也不想脱口而出。

魏劭行一拍胸脯：“老师应该做的。”

池樱听得哑口无言，虽然有些失望，但他这么说也没什么不妥。

池樱趁着吃饭的工夫给最近都不回家的舅舅打了通电话，没人接。她又打电话给基地的哨亭，对方只说许队出任务去了，具体是什么一个字都没多提。

池樱叹气，也不知道是什么任务走这么久，这样下去舅舅还怎么找女朋友，他岂不是要孤独终老？

那头许煜结束完任务回基地，就听底下人汇报说有人找，特意补充了句是个女的。

他以为是阮昭，急着回电话，又嫌回宿舍给已经关机的手机充电太远，直接让哨亭的人回拨过去，一道娇滴滴的女声从听筒传来："舅，你终于给我回电话了！"

池樱才说了一句话，便听见电话那头的男人寡淡地"嗯"了声："什么事？"

"啊……我……"池樱支支吾吾，感受到从电话那头传来的冷空气，忙道，"舅舅你能不能帮我给家里回个电话，求姥爷别把我抓回去。"

"你是不是没跟家里打一声招呼就跑来了？池樱，你胆子挺大啊。"

"舅舅，实习是个好机会你不是也支持我的吗？而且我本来也长大了，很多事应该自己做主，不能老生活在你们给我建的温室里。没跟家里沟通好是我的错，我错了。"

"算了。"许煜叹了口气，"家里的工作我去做吧，你好好干。"

"嗯。"池樱努努嘴，饭勺在餐盒里搅了搅，吃了一大口汤泡饭，没有什么是一顿饭解决不了的，如果有，那就两顿。

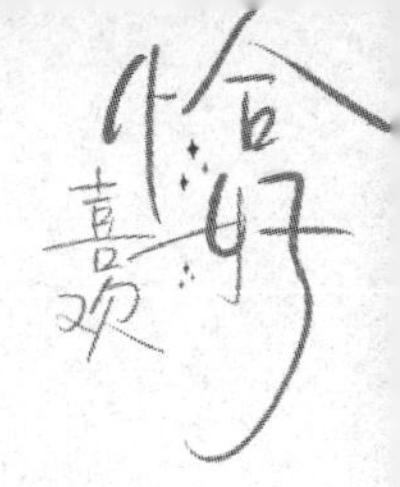

“工作还顺利吧？”

“还行。”不知道是不是因为先前太过惊险，此时家长的关心让她话匣子打开，倒豆子一般喋喋不休，“舅舅你不知道，今天早上有多危险，有几个患者家属在门诊室捣乱，还把我们的医生打伤了。”

“你没受伤吧？”

“我没有，但阮姐姐伤得有点严重。哦，对，就是我之前跟你提过的漂亮姐姐。”池樱边吃饭边说，想到那个场面还一阵后怕，“我第一次见别人打架，后来听说那几个人是混社会的，难怪大庭广众之下没有一点顾及……”

池樱絮絮叨叨地说了一堆，电话那头的人没有耐心再听，出声打断：“她伤哪儿了？”

“啊……头上。”她还在琢磨舅舅怎么突然把话题拉回来，电话突然断了。

池樱放下电话，咂咂嘴，也对，舅舅一向雷厉风行，最讨厌别人讲废话了。

飞行救援总部会议中心。

指导员袁翀坐在许煜一旁，先前他接完电话的时候就察觉到他神情不对劲，出声询问：“你怎么了？”

“没怎么。”许煜淡淡地回了句。

袁翀玩笑地来了句：“不知道还以为你家房子着火了呢，打起精神来，等会儿这场复盘会议结束了，你跟我走。”

“去哪儿？”

“航展那事你放我鸽子，好在事先有接替的人准备着，这才没出岔子。但我不像你那样没良心啊，我问你，你打算在分队干到什么时候？”

许煜坦言：“干到组织让我退休为止。”

袁翀翻了个大白眼：“少跟我来淡泊名利那一套，咱们整个救援队虽说不直接归政府管辖，是一个民间救援队伍，但这几年你也看到了，队伍不断扩大。你就这么看不上总部，非得在小池子里待着？”

许煜点头：“我喜欢第一线。比起升职，你不如给我们队多发点救援物资，这个实际点。”

袁翀哑然，看了他好一会儿：“你这个人怎么这么固执呢？”

许煜也不解释，耐着性子等会议结束，立马起身：“主任，我有点事，先走了。”

袁翀黑着脸看着他离开的背影，嘀咕了一句：“小兔崽子。”

阮昭头上的伤不算重。

院方已经报警，警察来了，挨个做笔录。

阮昭没想真告他们，但也不会简简单单放过，做错事就得吃个教训，大家才会把它真当回事。

几个闹事的家属赶来认错，她沉默地听了会儿。

突然，桌上的手机振动起来，是个陌生号码。阮昭按了接听：“喂，你好。”

“喂，是阮小姐吗？”陌生的声音。

“是我，什么事？”

“有人找您，您等一下。”

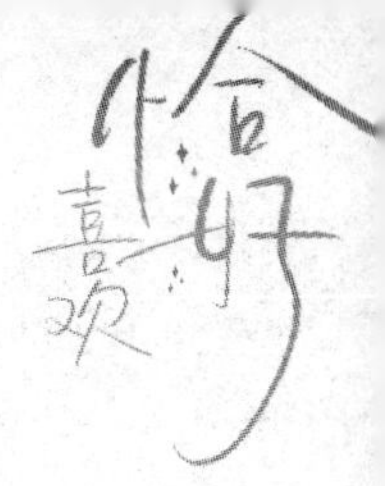

电话突然没声了，阮昭等了会儿，仍没人出声。

谁搞的恶作剧，偏偏是她心情最不好的时候？

阮昭有些烦躁，正准备挂断，突然电话那头另一个声音响了起来：“是我，许煜。”

阮昭心里咯噔一下。

再次听见许煜的声音，感觉莫名的微妙。

阮昭有些不自在，站在她面前认错的病人家属话说完了，一时没得到回应，生怕真因这事被抓，有点着急地看着她。

顾合一轻轻碰了下她，叫她：“阮昭。”

电话那头的许煜愣了下，这个男人的声音他听过的。

他刚想开口说话，便听阮昭道：“我现在有点事，等下再给你回电话。”

“好。”

许煜手机没电，借用了别人的手机本就只是想确认她是否平安。

阮昭好不容易等到他的电话，本不想这么挂断，但很多话也不好在这么多外人面前说。她挂断电话，听顾合一问她：“你还好吗？如果不舒服先休息下，等好点了我再陪你去趟警察局。”

“没事，就在这里做笔录吧。”

“行。”

阮昭回答完警察问的几个问题，总算做好了笔录。顾合一催促她先回家休息一下，给她放了半天假。

阮昭匆忙回办公室收了东西。

她心心念念要回许煜的电话，回拨过去，回答的仍旧是那个陌生的男声。

原来是许煜借用的电话。

阮昭切回社交软件，发信息过去，没有回应。

这个电话来得没头没尾的，让阮昭心里有点失落。她在走廊站了会儿，突然听见开门声，正扭头往回看，见楼梯口的门被推开，出来个人。

是许煜。

阮昭没料到他突然出现在自己面前，一时间不知道该不该走过去，就这样看着他从人群中走出来。

他也看见她了。

她握着手机，想着许煜为什么突然出现在这里，是来找自己的吗，还是别的原因？探望病人？

许煜今天格外不一样，阮昭第一次见他穿飞行常服。烟灰色的迷彩装中间系着腰带，两肩坠着肩章。这身衣服仿佛专门为他而设计，跟长在他身上一样，显得他身材挺拔，走姿方正沉稳但不刻板，长身玉立，最终站定在她面前。

许煜一双眼睛干净明亮，看着她，问："怎么站在风口？"

阮昭还没回过神来，傻愣愣地盯着他。

他这身着装好看是好看，却跟周围的环境格格不入。

许煜也察觉到她看向自己的眼神，简单地解释了下："我开完会赶过来的，没来得及换衣服。"

"有事？"阮昭抽回视线。

许煜坦言："我听说你受了伤，不放心就来看看。"

他是来找她的。

许煜有些不好意思："我本想买点药过来，但你就在医院，应

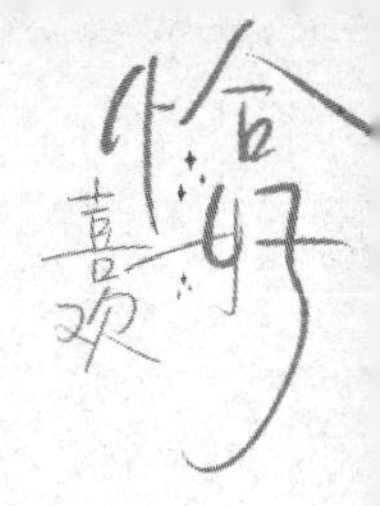


该用不上。”

阮昭本想说没事，话锋一转，突然装作难受地扶着包了纱布的头：“是有点疼。”

“你现在要去哪儿吗？”许煜看了眼她的包。

“回家。”阮昭笑了笑，“亏得今天受了伤，得了半天假，我最近连值了两个夜班，快累死了。”

“我送你吧。”许煜接过她手里的包。

阮昭跟着他下了楼。

医院门口一如既往的拥堵，两人转了十多分钟才从地下停车场出去，才走了一千米，又堵在一个广场边。

阮昭探了头出去看，是对面大厦里在举行什么活动，大概又有哪个当红明星空降，大片的粉丝举着应援牌，拥挤在路口。几个司机等得不耐烦，接连按了好几声喇叭。

阮昭一点也没有不耐烦。难得单独相处的时光，将之前她因为他一直不联系自己的不快一扫而空，她甚至没出息地想，这样的时间要是再长一点也挺好。

眼看着这条路走不通，许煜看了看时间，询问：“你吃饭了吗？要不咱们从前面那条小路掉头，我记得这附近有家粤菜小馆子，要去尝一下吗？”顿了顿，他补充一句，“你还带着伤，适合吃点清淡的。”

阮昭不是太饿，却没有拒绝许煜的邀请，点头：“好啊。”

许煜趁着道路短暂的通畅抓紧时间掉头，这个时候解决午餐总比一直堵在路上强。

阮昭在这个城市生活这么久，还没来过这么别致的茶餐厅。她很少吃粤菜，在这里生活太久，饮食习惯也渐渐被同化。

中式的装潢，门口有服务员前来引路。两人在服务员的指引下绕过一扇大落地屏风，坐到靠窗的雅座上。

许煜招呼服务员前来点菜，用的粤语。

等他点完，阮昭没忍住问："你在广东生活过吗？"

"嗯，之前在那边有过长达一年时间的集训。"

"难怪。"

许煜边给她茶杯里倒满茶，边说："这间小馆子的老板和服务员都是广东人，普通话不太好。"

说话间，菜端了上来。

鲍鱼糯米鸡、炒萝卜糕、蟹粉小笼包、清蒸鱼，还有其他菜，摆满了一桌子。

味道实在好，阮昭埋头苦吃，抬头间，看到许煜正在仔细地用铁匙刮鱼刺。他认真做事的时候嘴巴会不自觉地努起，皱眉微蹙。

阮昭歪头看着他，心想如果他从事医学行业，那么他一定会是一个出色的外科医生。

那双手实在太适合拿着手术刀了。

许煜将分好的鱼肉用小碟装好，推到阮昭面前，提醒："你慢点吃，菜还有很多。"

阮昭看着面前这一大桌子菜，她本来以为是他饿了，结果他没动筷子，问："你不吃？"

"开会的中途发了工作餐，现在吃不下了。"

阮昭点头，不自觉又看了眼那只手，脑海里幽幽地浮出一个念头——想牵。

她咳嗽一声，按住这个邪恶的念头，顺着他刚刚的话往下接：

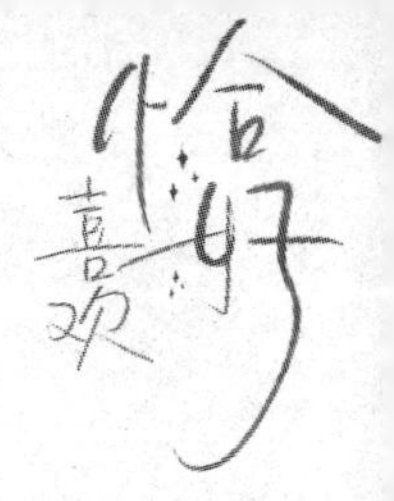


“你最近很忙吗？”

“刚出了个任务，有艘游轮着火，受伤人数不少。”他言简意赅地提了句。

阮昭想起来这个新闻，原来带队搜救的人是许煜。

“抱歉，我没联系你。”他有些愧疚。

她见识过他在现场工作的模样，想必这几天的经历也是凶险万分。思及此，之前的怨怪显得太不懂事，她摇头：“我没关系。不过，做你们这一行的是不是特忘我啊？”

“忘我？”

“上善若水，凡尘俗世搁在一边，已经是超然物外的心境了。”

许煜哑然：“你说的那是和尚。”他嘴角带笑，“我也有牵挂，不然跟行尸走肉有什么区别。”

“那你们这一行属于高危职业？”

“也没有那么可怕，大概比平常的工作危险一点吧。救援工作复杂多样，受环境影响很大，受伤算家常便饭。不光是自己，家人也会跟着提心吊胆。所以干我们这一行的，单身人士比较多。”

“为什么？”

“大概是不想耽误别人吧。”

阮昭不知道许煜嘴上在说别人，实际上是不是在说他自己。

“你头上怎么伤的？”许煜突然话锋一转，把话题引到阮昭身上。

阮昭一点没感觉到疼，但她刻意将早上的险境夸大了一番。

“玻璃瓶磕在额头上，还好没多重，不然真要一命呜呼了。”

“不要受伤。”他眼底的心疼表露无遗。

天知道从池樱那里得知阮昭受伤时，他有多紧张。

那一刻他突然知道，他前半生生死一线都经历过，万里高空的孤独从来没放在心上，但她会让他害怕。

怕她受伤，怕她离开。

他第一次知道自己害怕什么。

他认真地看着她，等她回答。

阮昭本来只想描述一下自己的弱小无助以激发他的保护欲，哪知道他这么严肃。

“我会的。”她如实答了。

许煜的神情这才稍微松快了些，从菜碟里又夹了块鱼到她碗里：“再吃点。”

“哎呀，你别看我这样，我身体素质还是挺好的。大学的时候，我还专门练了擒拿，那个什么防狼术，我给你演示一遍？”

许煜看了眼她那细胳膊细腿，嫌弃地回了一句：“你得了吧。”

阮昭不高兴地嘟囔：“哎，许同学，过分了啊。”

两人说话时，饭馆大厅里的电视播放着新一轮的台风即将来临，让市民做好防护。

电视上肆虐的风暴让阮昭想起了过去：“哎，你记不记得，我第一次遇见你的时候也是一个下雨天，那时候我的一个朋友跟你们班的一个人玩得很好，拉着一伙人出去吃饭。都不知道他是怎么威逼利诱把你喊出来的，当时你满脸的不高兴。”

她大快朵颐，吃得毫无形象。许煜盯着她看，只觉得那张脸怎么也看不够。

许煜记得那天，当时约他出去的是他一个室友兼发小，平时最

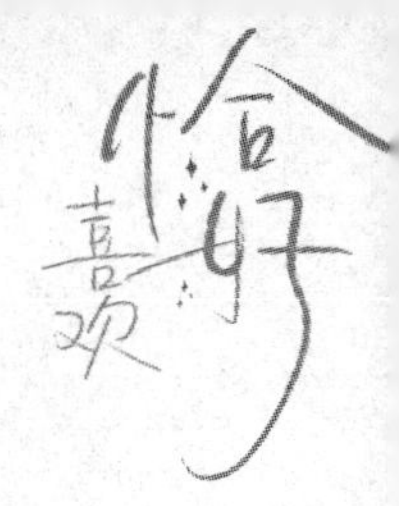

爱吹牛，在男寝自吹自擂说自己约了隔壁班几个美女。后来他才知道发小借着他的名号到处撩妹，他被求了好久，才应了那场以学习小组为名义的聚会。

也是台风天，大雨瓢泼，他在发小自家开的小吃店门口，老远就听见门内高谈阔论，笑声跟银铃一样，一阵接着一阵。

许煜进门拉开椅子坐下：“你们聊什么呢？”

发小笑嘻嘻地凑过来：“聊你昨天是怎么拒绝学姐的情书的，你来晚了没听到可太可惜了。”

旁边的女生拍了发小肩膀一下，嗔怪道：“你别到处聊男神的八卦好吗？阿昭啊，你能不能不要在吃饭的时候看书啊？”

许煜顺着他们的视线扭头，他的斜后方坐着一个女生，低头写着题。

她与他仅隔几米，侧坐着，手搁在面前的餐桌上翻书。

小姑娘一笑，露出一双星星眼，嗓音细细地说：“学习小组不学习干什么？”

“我们学些别的，课本上没有的。”

许煜被发小拉过去说话，耳朵却不自觉地听着那边的动静，那头聊天的女生低低地笑着，谁也没察觉到这个不苟言笑的少年偷偷红了耳根。

阮昭笑着说：“当时那帮人好坏，玩恶作剧玩到我们身上了，偷偷把我们的鞋带绑在一块儿，害得我差点摔倒。你当时不可能没有察觉，为什么不戳破，是不是对我有意思？”

“没有吧。”许煜拨弄着茶杯，掩饰着什么。

“什么没有，你手都伸到我背后了。”阮昭瞪着眼，“你敢不认？”

许煜不动声色：“那是怕你摔倒才扶的。多少年前的事你记这么清干什么？”

阮昭看着他良久，一咬牙：“喜欢的人和事不能记得清楚，脑子长了干什么用的？”

……

“为什么喜欢我？”

“大概——”阮昭侧头想了想，“你是学习好的男生里面运动最好的，运动好的男生里面长得最帅的。”

她说完，脸热起来。

这些话，她从没机会对他说过。

许煜笑。

从那次碰见之后，他总会在表彰大会上看到她。

学校每学期期中期末都会给年级前十颁奖，许煜从前一直觉得，举着个奖状站在主席台上的样子太傻，像动物园供人观赏的猴子，但每每看到站在自己身旁的阮昭都会觉得挺有意思的。

那时候两人依然不是特别熟的状态。

阮昭到现在还记得那天糟糕透顶的天气，她因为报考志愿的事跟家人爆发很大的争吵。正逢学校组织大扫除，她自告奋勇地承担了去天台打扫的任务，扛着把大扫帚一个人去了。

也不知是不是因为天台风大，还是因为校园广播里放的歌太悲情，很好地催动了她那并不发达的泪腺。

她想着反正没人，干脆尽情发泄，于是放心地鬼哭狼嚎，却被跑上顶楼躲清静的许煜撞个正着。

阮昭蹂躏着扫把，泪眼蒙眬间看清许煜的脸，当下怔住。

两人一时之间也不知道说什么。

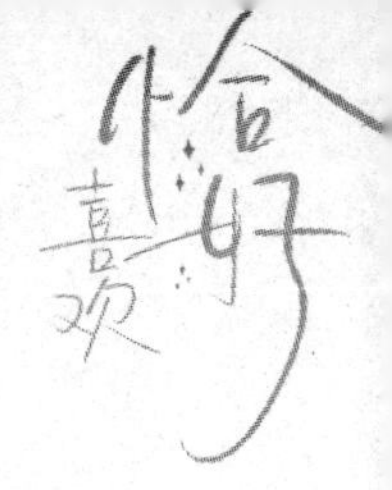


她平时什么都不放在眼里，哭唧唧的模样实在不符合她的个性，阮昭以为他会笑话自己，没承想男生默不吭声地退了回去。

许煜关上门，正巧碰见教导主任上来检查卫生。

“上面打扫干净了吗？”

“门锁着上不去。”他撒了谎。

“谁锁的？”教导主任拔高了声音，天台上的阮昭闻声止住眼泪，侧耳听下面的动静。

“不……知道。”

“你等着，我去拿钥匙。”

等人走远了，他才回去又开了门，目光在那张大花脸上扫了一眼，说：“人已经走了，你继续吧。”

阮昭略带感激地瞅了他一眼，仔细一想，又觉得他这话不对劲。

四目相对，许煜抿唇，紧接着他听见嘎嘣嘎嘣的声音。

阮昭像电影里的老大哥那样活动好关节，睨着他威胁：“不许告诉别人，否则——”

许煜哦了一声，半晌又补了一句：“知道了。”

阮昭满意地点头，浑身舒畅地离开。

看女生走远，许煜杵在原地挠挠头，忽然觉得自己刚才的行为像个傻子。

那些遥远的时光好像被触动了开关，一下子从脑海深处涌了出来。

阮昭饭吃得差不多了，散漫地靠在椅子上。她摸了摸额头，许煜以为她伤口疼，问：“你是不是不舒服？”

“不是，我是在想，你为什么要做飞行员？”

她问完，对面半天没动静。

大厅的电视还在不断地播放着新闻，主播字正腔圆的声音在整个餐厅回响着。

许煜低头在甜汤里舀了醪糟鸡蛋，用汤匙分离出一半，放进碟子里，推到阮昭面前，随后抬头看着她："因为你。"

"我？"

"你把鸡蛋吃了，我就告诉你。"许煜柔声说。

阮昭大概很想知道答案，几乎狼吞虎咽地吃光了，随后抬头像个等待老师表扬的小孩。

"好了。"她敦促。

许煜笑了下："你不是说过你晕机吗？从来坐不了飞机。"

"那是我胡诌的……不过就因为这个？"

"嗯。那时候本来就是一个迷茫的时期，我不知道要做什么，只是有这么一个方向，后来……"他顿了顿，"高中毕业以后，有一段时间这个愿望越来越强烈，填志愿的时候，我就写了上去。"

不知是不是因为暴雨来临，在这边避雨顺便用餐的人渐渐多了起来，基本没有多余的空座。熙熙攘攘的用餐大厅，只听见一个男人柔和地说："我幻想着有一天带你看看我所经历的世界，然后告诉你，有我在，你不用怕。"

"我当时不知道……"阮昭嗫嚅，"算了。"她挠挠头，不知道怎么去面对许煜那双似有星火灼烧的眼睛。

那段青涩的时光，大家玩在一起，但她从未深想。当年他贸然提出因受不了其他女生干扰学习为由找她冒充女友，她虽然头脑发热，但一部分原因还是因为她对他有别的心思，但这份心思没有大

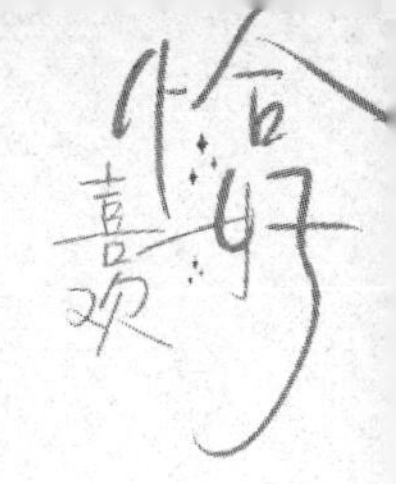

到她有戳破的意思。再加上这个假男友用起来方便得很，让她每次干坏事时拿出当挡箭牌，而他即便被老师骂也从不发怒。

渐渐地，她对他的存在习以为常。

年少的她以为看得见的就是永恒，从未想过他会消失不见，所以到最后失去得猝不及防，才让她耿耿于怀至今。

空气静了一瞬。

她捏着黄白格子桌布的一角卷在食指上，轻轻地打转。

一个女服务员走过来，端着一份海鲜拼盘，弯下腰说："打扰二位，这是那边桌位的客人送给这位女士的。"

阮昭跟许煜同时扭头，见距离他们不远处一个穿黑色风衣外套的男人冲他们礼貌地招了招手。

阮昭莫名其妙地看过去一眼，随后问许煜："他是你熟人吗？"

许煜摇头："很明显不是。"他一副看好戏的态度，耸耸肩，"送你的。"

阮昭瞪他。

"她额头有伤，带壳的海鲜不利于伤口恢复，麻烦撤走吧。"许煜先阮昭一步开口。

服务员恹恹地走了。

阮昭有点惋惜地舔了舔嘴巴，那海鲜看着新鲜，味道应该差不了。她说："可以留下来我们一块儿吃嘛。"

许煜长睫一掀，冷言道："阮昭，我是不是对你太宽容了。"

她偏要在刀尖上跳舞，这种感觉多刺激啊。

眼瞅着许大队长表情越来越难看，阮昭见好就收："开玩笑的。"

许煜黑着张脸去前台结账了，半天才回来。

“怎么这么久？”阮昭问。

“结了两桌。”

阮昭反应过来，顿时觉得亏了：“那海鲜我们没吃呢。”

许煜紧抿嘴唇，半晌才开口：“你要是想吃，下次我带你来吃个够。”

小气，记仇。

因为下了雨，街上没什么人，偶有没带伞的行人从屋檐下的两人身边狂奔而过。两人伸手接雨，判断着雨势大小。

豆大的雨滴即刻打在两人的掌心。

下一秒——

男人宽大粗粝的掌心覆过来，盖在阮昭的手心。两人手上的雨水带着体温一下交汇在一起。

阮昭浑身如同过了电流一般，竟觉得头皮发紧。

许煜自然地抓住她，侧身用另一只手解开外套将其盖过她的头顶：“停车的地方不远，跟上我。”

阮昭木讷地点头。

许煜手臂轻轻一带，她跟随着他的节奏一路狂奔。

他身上好闻的气息铺天盖地地朝她笼罩而来，因为大雨而喧嚣的世界突然安静了下来。只是一瞬过后，噼里啪啦，无数烟火从她脑海突然绽放。

几个小时之前阮昭还因为许煜没有给她发信息而苦恼怨怪，这一刻巨大的喜悦又充斥在她心头。一天之间情绪一百八十度转变，让人始料不及，如此荒唐至极，却又甘之如饴。

她闭上眼：阮昭，你完了。

# 第六章 在意是爱情的开始

车内悄无声息。

许煜将外套扔到后座，里面是件纯白 T 恤，显出精窄的腰身。

阮昭脸一热，移开视线。

他的手还扣在她手心，没打算放下的意思。

“阮昭。”许煜终于开口打破安静的气氛。

她抬头看向他的眼睛，等他开口。

“我从没想过会跟你重逢。这些年，不管遭遇什么，我从未露过一次怯，唯独对你，我怕。”许煜抚摸着阮昭的手指，眼神微动，“我能给你什么？我们的工作会让很多人远离。从现实考虑，我并不是一个值得托付终身的好人选。”

阮昭愕然：“我从没想过这些，更何况，我也没有要从你身上得到任何东西。”

她居然不知道他的心思这样深。

“你知道，你能做你热爱的职业，我有多替你开心。”阮昭回握住他的手，慢慢收紧，“你去守护你想要守护的世界，而我只希望你平安归来。”

她看着他，眼神真挚。

“不管你是否与我在一起，我都这样想，平安是我对你唯一的期望。”

许煜听着阮昭的话，眼睛再也挪不开。她依旧是学生时代的模样，美艳明媚，恣意跳脱，他这一生再也不会遇到像她这样的人了。

“你想好了吗？”他问。

“嗯。”她笑，眼底有光，“像你这种不沾荤腥的人就得我这种‘白骨精’来治，绝配不是吗？”

许煜也跟着笑。

阮昭打趣：“可惜了今天那盘海鲜哎——”

许煜捏了捏她的脸颊，真吃醋了：“你还来？”

阮昭慢吞吞地撇撇嘴，扯了张纸巾擦了擦衣摆上的水，往他这个方向挪的时候身子一软，扑在他怀里。

“怎么了？”他问。

“腿麻了。”她故意为之，笑得狡黠。

许煜将她抱得紧了些，又听她低声道：“以前我每次想起你的时候都觉得浑身不舒服。”

“现在呢？”

“舒坦了。”

她又笑起来，眼中带泪。

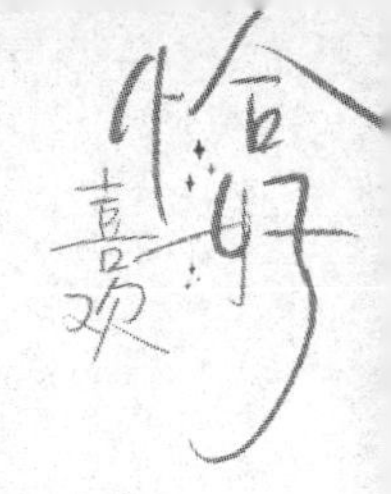


阮昭最近心情不错，冯筝感觉到了——实习生犯错也不黑脸了，走路带风还一路哼歌。

午休时间，冯筝终于逮住个时间，小声问：“你遇着什么好事了？”

阮昭正看着许煜发来的信息看得入迷，推开不知道什么时候冒出的一颗脑袋。她笑道：“你猜。”

“你不会恋爱了吧？”

阮昭没否认。

“真的？你不是在追人吗？追上了？”冯筝拖长音调，这才几天，效率可真高。

阮昭关掉手机屏幕，放在餐桌上，低头吸了一大口面条，“嗯”了一声。

冯筝“哟”了声：“妹妹我单身三十年了，你有什么独门绝技能传授一下我吗？”

闻言阮昭耸了耸肩：“没有，这个讲究一个缘分。”

冯筝感叹了声：“几家欢乐几家愁啊，饱汉不知饿汉饥。你听说没，路可燃丢了个大脸。”

“我没你这么无聊，天天八卦。”

“不是，你记不记得上次她请我们吃饭的时候，说那个飞行队队长是她男朋友，其实根本不是。她死乞白赖地追人，没追上，喝醉了还跑去人家住的地方大闹了一场，被别人赶出来了。”

阮昭愕然：“什么时候的事？”

“有一段时间了吧。咱们医院有个同事在飞行队有熟人，这事在咱们医院传遍了，丢人。”

阮昭沉默了下。

吃饭间，几个护士端着饭盒路过走道，坐在隔壁桌上。

“我见过那个许煜。”

“你就扯吧，你哪儿来的机会见？”

“我是说照片，路可燃给我看过。人长得贼帅，听说马上要升到救援总部去了，很有前途的，黄金单身汉一个，眼光肯定不低啊。”

阮昭闻言暗笑，是不是黄金她不知道，眼光嘛，确实不错。

“路医生还没放弃？”

其中一个女护士模仿路可燃嗲嗲的语气：“人家这次可是做足了准备。马上不是中秋节了嘛，我听说许队长会被调往外地执勤，她可要千里寻夫呢。”

“这样下去两人迟早有一腿吧。说实话，路可燃长得不错，关键家底厚，这男的要跟她好上了，以后前途一帆风顺了。”

有人撇嘴：“我没觉得，她整天一副小姐脾气，谁愿意跟她过一辈子。人家许队长虽说搞的飞行，人还挺接地气的，找个踏实的人不比她强百倍？”

“我看你就挺踏实的，要不把你介绍过去？”

几个人低笑几声，语气暧昧。

话正说得起劲，几人抬头见阮昭脸色不甚好看地朝向她们，议论声戛然而止，满脸狐疑地互相看了一眼。等阮昭走过，其中一人才低声说了句：“这不是阮昭吗——你们谁提她名字了？”

其他几个人摇头：“没有啊。”

话音刚落，就听身后一道清甜的女音响起：“许煜哥哥——”

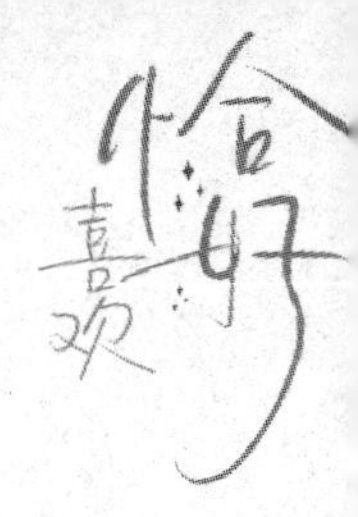


众人扭头，阮昭正在距离她们两三米的位置接电话，而且开了扩音。

“人家想你了嘛，男朋友都不来看人家，好伤心的哦。”

原本还兴致勃勃聊八卦的几个护士顿时一脸哭相地面面相觑——完了，当着人家面议论人家男朋友，被抓了个正着。

电话那头的许煜将手机从耳边拿了下来，仔细看了眼联系人，怀疑自己是不是打错了。他试探地开口：“阿昭？”

阮昭小跑几步出了医院食堂，这才恢复了正常声音，不好意思地笑笑：“开个小玩笑。”

许煜挑眉，这才想起正事，不太好意思地说：“今年中秋我不在本市，要带队去外省参加一场救援训练演练，抱歉不能陪你过节。”

“我刚听说了，没事，工作要紧。”

“你吃过饭了吗？”他在基地操场上席地而坐，赶走了几个好打听的队员，有一搭没一搭地跟阮昭聊天。

“吃了面。早上找食堂阿姨订的，今天看诊的人多，延迟了会儿，面坨得不成样了。”

“我给你寄了海鲜，用的同城冷链，晚上你下班应该就能到。”

“海鲜？”

她那天只是开了个玩笑，没想到许煜一直惦记着。

“我们之前救援过一条渔船，船上的渔民为表感谢专程送了些过来。队里有规定不能收礼，但碍于盛情难却，我便找他多买了些。”许煜顿了顿，“差点被队员一抢而空，还好我早有准备把好一些的单独分装，这才保了下来。”

他惦记着她，这让她心里美滋滋的。

她说："好是好，但我不太会做饭，更别提处理这些了。"

许煜低沉的嗓音里带着笑意，让这座城市萧瑟的秋风里都带了些暖意。

"我没说让你做。"随后，他又极快地补充了句，"晚点我过来。"

"今天？"惊喜来得猝不及防。

许煜敛眉，对着手机轻声问："你不方便？"

"没，没。"阮昭连连摆手，又想到他根本看不见，心里叹自己傻得可以，"你什么时候来都可以。"

挂断电话，阮昭才察觉冯筝一直阴恻恻地盯着自己。她问："你没走啊？"

冯筝打量着她，幽幽地吐出几个字："这年头，恋爱的傻子真多。"

"我哪里傻了？"

冯筝跟着阮昭上楼，苦口婆心地劝道："阿昭啊，你知道女人最重要的一点是什么吗？矜持。你不能让男人觉得你已经栽进去了。不行，我得给你送一本恋爱大全，你需要好好学学，什么是若即若离的推拉感……"

阮昭翻了个白眼："你先脱单吧。"

"你伤到我了，阿昭！"

"那我请你吃饭，海鲜吃不吃？"

"你真的带我？不后悔？"

阮昭递过去一个"你再多话就没得吃"的眼神，冯筝迅速闭嘴，比了个"OK"的手势。

晚上下班的时候天已经彻底黑了，进了九月，昼短夜长，天空

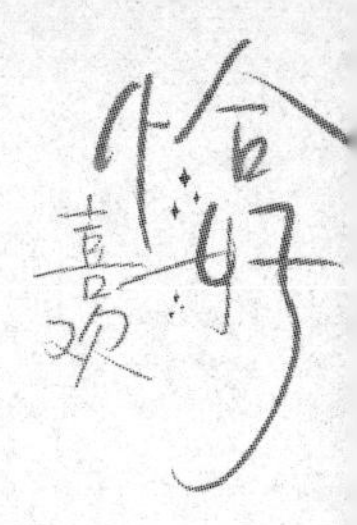

如同染了浓稠的墨。

魏劭行顺路等她俩下楼。阮昭下了车就往家赶，远远就看见楼栋下的柱子边靠着一个人。他一头寸发，很好辨认。门口的路灯昏暗，他只露出个轮廓，透过他的后脑勺看过去，天空繁星闪烁如同宝石，这一幕很有油画的意境。

她脚步慢了些，忍不住驻足往那边瞧。

“阿昭啊，等等我。还好有魏医生在，不然我真找不到你家在哪儿，有你这么待客的吗？”冯筝在阮昭身后喘着气喊她。

许煜闻声看过来，原本插兜的手抽出来，转身朝阮昭这边走了过来。

“哟，许队好。”冯筝打完招呼，踢了阮昭一脚，“你发什么呆啊？”

阮昭将钥匙和门禁递给许煜，自己和冯筝走在后面。没一会儿，魏劭行也停好车过来了，他一拱手，满脸假笑：“阮昭你出息了，有大餐不叫我？”

“你到底搬不搬家？打算在我这儿蹭吃到什么时候？”阮昭故作埋怨。

“暂时有点变故，你可能还要跟我再做一段时间的邻居。”

“果然，男人如衣服，朋友如衣服，老话说得一点没错。”

“想吃好的先闭嘴吧。”

冯筝看着拌嘴的两人，一笑：“魏劭行你小心哪天打扰他们做啥好事，成了锃光瓦亮的电灯泡。”

魏劭行举手附和：“冯姐姐提醒得对。”

“叫谁姐姐呢，装嫩讨打。”冯筝白了魏劭行一眼，看向阮昭，

“你发什么呆呢？”

阮昭傻笑：“我感觉我捡到宝了。”

“什么？”

“许煜真帅，太对我胃口了。”阮昭做托腮状。

“你闭嘴，花痴！”两人异口同声地吼。

走在前方的许煜听到动静扭头看过来，狐疑地询问：“怎么了？”

阮昭一手捂住一个人的嘴，摇头：“没事，进去吧。”

客厅的茶几被挪走，空间瞬间大了起来。

阮昭毕业奋斗好些年才买了这套九十几平方米的房子，面积虽小，但也算在这个偌大的城市里有了落脚之地。

冯筝和魏劭行干脆席地坐在地毯上看电视。许煜在厨房忙碌，阮昭将看好戏的电灯泡二人组修理了一顿才过去帮忙。崭新的厨房用品终于见了光，在外面带队练兵的许大队长摇身一变成家庭“煮夫”，阮昭觉得好笑又新鲜，他对她若即若离好像还是不久之前的事，现在却为她洗手做羹汤了。

许煜扭头，洗完手在她鼻梁上弹了一下，问：“你笑什么？”

“笑世事无常。”阮昭忍不住从背后拥住他，“这样真好，我都忍不住‘娶’你了许煜。”

他一愣，随即也笑了：“你怎么专抢男人的活儿。”

阮昭闭着眼，搂紧他。男人浑身的肌肉硬邦邦的，跟石头一样，这身材也太紧实了。阮昭摇头晃开那些不正经的想法，小声说：“我以为你会生气。”

“本来有点。”

“啊，你真的生气？”阮昭迅速弹开，“我想正式地带你认识

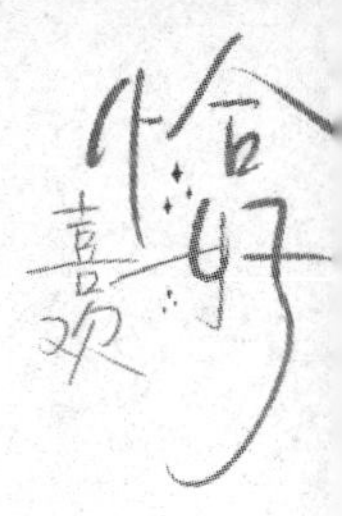

一下我朋友，算是娘家人吧。”

许煜扭身将她一把揽住，拉到自己面前，手一左一右搁在流理台上，她整个人被他圈在怀里。

他目光紧盯着她：“我逗你的，虽然不能单独相处有点可惜，但你这么快让我融入你的圈子，我也觉得挺好。”

“阿昭，你只需要按你之前的状态就好，不论是做事还是待人接物，那是你本心，你从来不需要因为我或者任何人改变你自己。”他继续说。

“这么纵容我？”

许煜眼底闪过一抹温柔：“我的人除了宠着有什么办法。”

他声音出奇的好听，那薄唇翕动着，看得人心痒。阮昭被迷得七荤八素，忍不住把他拉近了些：“我后悔带人回来了。”

许煜低头看着她绕着自己的外套，不禁想笑：“你要干吗？”

“想亲。”她仰起头来。

许煜腾出一只手来，从她耳边的碎发一直往下滑到肩膀处停住。

他低头去亲她，额头、眼角，最后在她唇上轻啄一下。

阮昭就这样腻在许煜怀里，腻在满腔的温柔里。

砰砰砰！

有人敲门。

正在腻歪的两人同时扭头，魏劭行倚在厨房门边，一手捂着眼睛，问：“饭什么时候好，今晚还能吃上吗？”

冯筝使劲地拧他胳膊：“我让你别打扰人家好事。”

阮昭笑着从许煜的手肘下钻出来，没好气地笑骂他一句：“撑不死你。”

“谁让你们不遮掩点。”

“都是成年人怕什么，你还没跟你女朋友亲过？”

“别提这茬，再提我跟你急。”魏劭行蹙眉。

阮昭没搭理魏劭行。

冯筝跟着她出来，小声问：“他怎么了？”

阮昭背过身，凑到她耳边：“分手了，被劈腿。”

冯筝可怜兮兮地看了魏劭行一眼，嘴巴张成一个“〇”形。

许煜当大厨，阮昭难得做一回助手，洗菜的活儿一律给她，她简直不亦乐乎。

他说：“你这些年怎么把日子过成这样，一个小姑娘太不会照顾自己。”

阮昭笑，小姑娘，她可不是小姑娘，小姨时常念叨她是老姑娘，还是嫁不出去的那种。

“往后我得把你喂饱些，你太瘦了。”

锅里焖虾的香味出来了，充盈着整个厨房。

“你什么时候学会的做菜？”阮昭问。

“很早。”许煜想了想，“我父母是年近四十才生的我，他们工作忙碌，我小时候大多数时间是姐姐带的，经常她做饭我打下手，一来二去就会了。”

“哦对，我知道，你有个当翻译官的姐姐，听说老厉害了，当年读书的时候就听很多人说。后来老师也总说你姐姐是杰出校友。她现在还在做翻译官吗？”

“她去世很久了。”

阮昭怔住：“怎么会……对不起。”

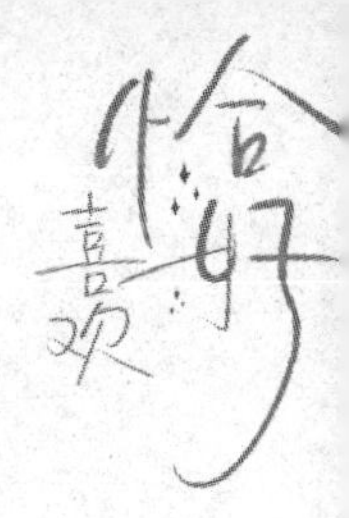

“没事。她是和姐夫一起走的，空难。人走的时候没痛苦，只是留下个孩子。”说到这里，许熤停下来，突然看着她认真地道，“这个孩子我已经过继在我名下，你介意吗？”

他很认真地在征求她的意见。这事他不告知她也没什么，毕竟是他的家事。可他现在这样，很明显是将她当成人生的另一半了。

“不介意。”阮昭点头，说完，她又笑了，“你这么看重我的意见，怕我跑了？”

他沉默了一下，说：“我怕。”

又听他道：“我想一直跟你在一起。”

阮昭侧头，笑了：“我也是。”

“啧，腻歪。”

门边突然传来一声吐槽。

阮昭扭头去看，见两个大“电灯泡”不知什么时候又来了。她狠狠地瞪过去，对于带这两人来家里这个错误的决定，心里悔得肠子都青了。

魏劭行和冯筝都属于自来熟的个性，且二人一级吃货的属性，看得阮昭和许熤目瞪口呆。

这边魏劭行调了个万能蘸料对付清蒸蟹，那边冯筝在烤盘上翻动着蛏子，熟了还不忘第一时间喂给魏劭行尝尝，随后对魏劭行的蘸料啧啧称赞，两人甚至到了共用一个蘸碟的地步。

阮昭在一旁看得乐呵，调侃道：“你俩都还单着，在饮食上的口味太一致了，要不干脆凑一块儿过日子得了。”

冯筝哼唧：“算了，顶多当个饭友。”

“我同意。”魏劭行跟她击掌。

冯筝冲着许煜不好意思地笑："许队不会嫌弃我们吵吧？"

"不会。"许煜摇头，"我觉得你们这样拌嘴挺有意思的，很像家人的感觉。"

"那是，尤其是咱们这一行，只差每天都睡在医院里了，跟同事相处的时间比爹妈还多，我是把阮昭当亲姐妹看的。"

魏劭行听完也跟着点头。

"好了，煽情这一套不适合你，还是吃饭吧。"阮昭在边上插话。

"我还没问完呢，你俩什么时候开始的？"冯筝歪头思考了一会儿，"难道是许队送病人那次，或者更早？"

魏劭行摇头撇嘴："人家是高中同学。"

冯筝瞪大眼睛看过去。

"高中？你俩玩早恋啊？"

阮昭老实交代："没谈。"

冯筝又将目光看向许煜，见许煜点头："她说的是真的。"

"就这一两个月能让阿昭喜欢成这样？你俩高中肯定有事。"

阮昭刚想开口，突然听见许煜开口："是我喜欢的她，她那会儿可高冷，我们总共也没说多少话。"

"也还好吧。"阮昭有种许煜在借机控诉自己的感觉。

"你跟我朋友话就多。"

阮昭瞥过去一眼，咳嗽，随后道："我跟你朋友话多个鬼，我喜欢的是你，又不是他。"

……

又是大型秀恩爱现场，冯筝幽幽地埋头吃饭。

"后来你提出让阮昭做你女朋友，是因为缠着你的女生太多？"

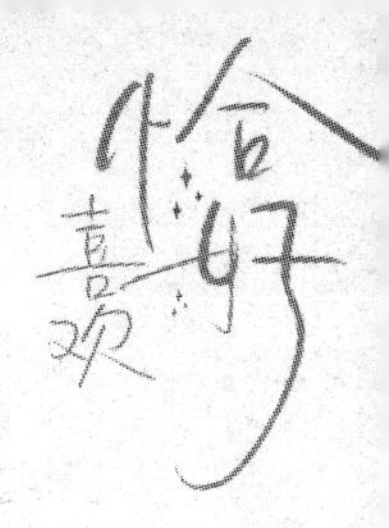

魏劭行接过话茬。

“不是。”

“那……那块石头是怎么回事？”

“什么？”

“就八一路公园里有一块石头，听说摸一下就能跟喜欢的人永远在一起。这个人每次喝多了就嚷着去那边，我耳朵都听起茧子了。”

许煜沉默了下，他不记得有这件事：“抱歉我——”

“你俩今天是来兴师问罪？”阮昭蹙眉，她清了清嗓子，一把拉住许煜的手——

“这位先生现在是我男朋友，你俩要是欺负他，得先问问我。”

“啧，这就护上了？”魏劭行戏谑她，“为什么喜欢他？”

“长得帅啊。”阮昭想都没想脱口而出，“我第一次见他是新生入学，当时大礼堂里人乌泱乌泱的，我不知怎么的，一扭头就在人群中看见他了。当时我心里想，这男生长得一张招桃花的脸，肯定是个学渣，结果没想到，那一届的新生代表就是他。”

“没想到你小小年纪就以貌取人啊。”冯筝感叹，“按理说，你俩高中三年碍于学业没啥进展还说得过去，高中毕业不是好机会吗？怎么耽误这么多年？”

她的话像一根针插在两人心尖上，气氛突然一滞。

阮昭从没问过这个，她完美地避开了一切，佯装这漫长的分别时光如同不存在一般，早已经历世事的她知道不为一件事较真，这样才能粉饰太平。

想问他吗？

想问。

想给这么多年的耿耿于怀一个交代。

可是重要吗？

似乎也没有那么重要，她喜欢他。

比年少时的喜欢更加浓烈，更加发自内心。喜欢到无所谓他过往经历的一切，不去触碰他身上的秘密，而只是贪图与他相处的点滴。

过去这么多年，他对她的吸引力从未减弱半分。

“一些私事。”漫长的等待，许煜终于平静地开口。

他没有再答，而她的朋友毕竟是外人也不好再问。

阮昭回过神来，发现不知道什么时候许煜另一只手覆盖在她的手背上，一边跟人闲聊，一边藏在桌下偷偷玩着她的手指。

男人手掌宽厚干燥，充满力量。

她内心的不快一扫而光，一颗心扑腾扑腾跳着上了天。

许煜时不时揉胳膊，阮昭很快发现异样：“你是不是哪儿不舒服？”

餐桌上三个医生都关切地看过来。

许煜摆手：“没事，就是前两天出任务伤到了胳膊，擦了点皮，没什么事，已经好了。”

“脱下来我看看。”阮昭不由分说道。

许煜扫一眼另外两人：“这儿？”

魏劭行和冯筝知趣地站起身。

“那阿昭你给许队看看吧，别拖成大毛病了。我们先走，明天见。”冯筝冲她挥挥手，拎着包拽着魏劭行开门跑了。

阮昭伸手去解许煜的衬衣扣子，许煜第一次被一个姑娘这样解

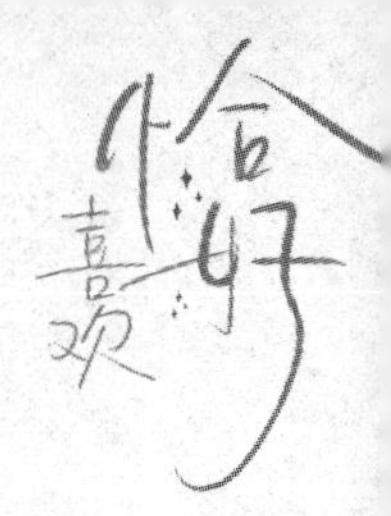

衣服，下意识地躲开："干吗？"

"我给你看看伤得重不重，你受伤了还喝酒？"

"就喝了一点点。"

阮昭扫了眼他杯子，里面的啤酒已经见了底，心里一赌气，不搭理他了。

许煜抱着她坐在自己腿上，抚摸着她的额头，轻声说："其实我是故意的，我没受伤。"

"你撒谎？"

"我想他们早点走，这样我好有一点时间跟你单独相处。"他将下巴搁在她肩膀上，说话时气息烘着她的耳朵，声音低沉而有磁性。

阮昭将他袖子掀开，胳膊上面虽然有一道口子，但已经结痂，看起来时间已经比较久了。

她使劲拍了他一下，算作小惩罚。

许煜将她搂紧了些："抱歉，你别生气。"他带胡楂的下巴在她耳边乱蹭，惹得她脖子一阵发痒。

阮昭被他哄得只想笑，木着张脸忍了半天没忍住，扑哧一声笑出声，软下调子："以后不许拿自己的身体和健康开玩笑。"

"遵命。"

"你们这次去外地要多久啊？"阮昭靠在他肩膀上问。

"两个月吧。中秋节你打算怎么过？"

"小姨可能会过来这边。实在没人陪，我就一个人在院里值班呗，节假日医院最忙了。"

听她这样说，许煜有点内疚："往后每个节日我都陪你过。"

"这可是你说的。"

“我保证。”他举手发誓。

阮昭趴在他肩膀上换了个舒服的姿势：“我总感觉有些不真实。”

许煜摸摸她的头。

阮昭仰面看他，逆着灯光，他的发丝绕着一层昏黄的光晕。

“你是真实存在的吗？”

许煜抓着她的手指摩挲：“你可以打我一下。”

“算了，我心疼。”

“那个石头是怎么回事？”许煜突然问。

她没料到他会突然问这个，先前魏劭行提了一句，他惦记到现在。

“你记得郑艳丽吗？”阮昭不答反问。

许煜搜肠刮肚不记得有这个人，于是问：“是谁？”

“一个漂亮的女生，跟我们同年级的，不过比我还是差了那么一点。”

许煜笑，她自信得可爱。

他仰着脖子，终于从久远的记忆里翻出来一个信息：“英语回回考第一的那个？”

阮昭瞪着许煜，将他的手狠狠甩开：“你还装不认识，连人家英语好都记得？”

许煜看着姑娘那俩乌溜溜的眼珠子，询问：“跟她有什么关系吗？”

“你就说你是不是跟郑艳丽一块逛过公园吧？”

许煜一阵蒙。

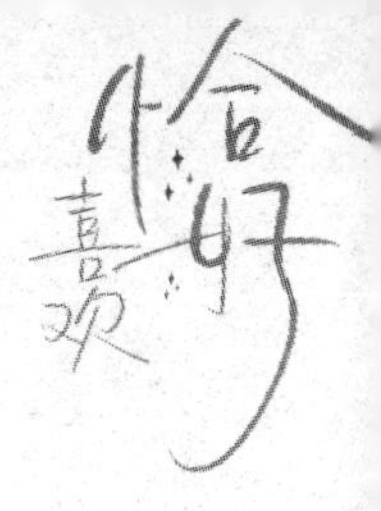

“既然去了公园，那就一定一起去摸了那石头咯？”

许煜看着阮昭那俩乌溜溜眼珠子更蒙了。

“那石头就是学校里盛传的姻缘石，你们不会不知道吧？”

哦，懂了。

她在吃醋。

“你记起来没？”

“哦。”他漫不经心地终于答了一个字。

“许煜，你别挑战我的极限。”

他轻笑道：“我是跟她一块出去玩过一回。”

“你承认了吧？”

“当时你到处找补习班恶补英语，考试还是不理想，是我拜托她把你拉进她的学习小组。作为交换，我答应陪她外出一次，当时没多想，后来也没什么交集。”

你以为没什么交集，但人家早就把跟你的关系润色一番，传遍校园了。

等等！

阮昭抬头愣愣地看着许煜，原来他是为了她。

许煜摸她的头：“你就为这事生了这么多年的气？”

“你居然为了我出卖色相？”阮昭嘀咕，她伸手去掰扯他的衣服。

“这衣服撕坏了，你再去找魏劭行借，会被他想歪的。”

“许煜你浑蛋啊你！”

……

# 第七章 分别的痛苦

阮昭头一次觉得，两地分隔有多难熬。因为工作特殊，时常不能及时回复消息，只能自说自话留言，等对方什么时候看到了才会回复。经常聊的话题没有任何时效性，天南海北的，阮昭恨不得数着日历过日子，每一分钟都是煎熬。

一天掰成两天过，中秋节终于要来了。

食堂里的爆炒五仁月饼早在微信群里被吐槽成黑暗料理，但提前一天发放时，竟然有被大家一抢而空的趋势，就连冯筝也跟着去凑热闹。阮昭被冯筝推搡着下楼约魏劭行吃午饭，透过办公室的窗户看见池樱屁颠屁颠地跟在魏劭行身后，小脸苦哈哈的。

猜到魏劭行不知道又出了什么考题给池樱，两人一阵好笑。

阮昭吐槽："魏劭行什么时候这么好为人师了？一点也不谦虚。"

"你别看他这样，可护着他这个徒弟呢。我听说，前段时间有

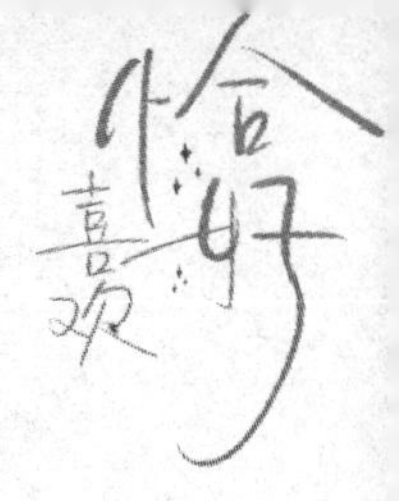

个年纪比较大的男患者总喜欢为难他们科室的实习医生，那天小池跟着查房被调戏了，魏砀行发了好大一通脾气。”

阮昭点头，打趣：“小池又该感动得痛哭流涕了。”

“你也看出小姑娘对他有意思了？”冯筝凑过去问。

“我又不瞎。”

“我看他们怪怪的，你说他们是不是在谈恋爱？昨天我下楼吃饭路过外面的花园，看两人坐在花坛边上，你喂我一口，我喂你一口，看得我鸡皮疙瘩起了一身。”

“那小池算是守得云开见月明。都说近水楼台先得月，咱们院里的单身医生可不少，要不你也就近找一个得了。”

“我疯了吗？低头不见抬头见，一点距离感都没有，还是让我对爱情保持着美好的幻想吧。”

“一块工作多好啊，根本不用忍受分开的痛苦。”

冯筝嘿嘿一笑：“怎么着，你跟许队长分开几天受不了了？”

阮昭低头不语。

“难怪你前段时间那么拼命值班，为的就是中秋这天晚班休息啊。”冯筝一语道破天机。

“也不是。我小姨本来要过来这边，但她有事要回绥城老家，加上航班延误，没有多余的时间在本市耽搁，我们商量着在临市机场见一面。”

“临市，那不就是许熠他们演练的地方吗？说，你这小算盘是不是打了很久了？”

阮昭抱臂摇头：“我没打算去见他。”

“没劲，我还以为你要千里寻夫呢。”冯筝兴致缺缺地抱着她的手臂下楼，脑海里蹦出一张脸，“那许队长呢，你的许队长不是要对月惆怅了？”

冯筝循循诱导她：“两个人的感情是要培养的，突如其来的惊喜呢就好比久旱逢甘霖，那爱的种子噌噌噌立马变成参天大树……”

阮昭赶紧捂住她碎碎念的嘴：“我们赶紧去买月饼吧。”

“光吃月饼哪够啊，不如喜糖来得实在。”

飞往临市的飞机也就一个多小时，阮昭跟丁缨姿约在距离机场不远处的一座茶楼里。她进去的时候人还没到，找服务员点了壶碧螺春。等了约莫二十分钟，包厢门外传来高跟鞋的声音，阮昭知道人到了。

来人推门进来，米白色的阔腿裤走起路来步步生风。她三两步走到阮昭对面的镂花木椅上坐下，双腿交叠，嘴角一勾，笑眯眯地打招呼：“小昭越来越漂亮了啊。”她笑起来的时候眉尾微翘，眉眼之间跟阮昭有些神似。

阮昭抬腕看了眼表：“你迟到了十分钟。”

“哎哟，你们年轻人准时，我们年纪大了不讲究这个。你都多久没见小姨了，见面就兴师问罪。过来，我给你带了礼物。”女人从包里拿出一个盒子，揭开推到阮昭面前。

盒子里装着一只分量很重的金镯子，看得阮昭一愣，说：“你给我这个干什么，我戴不了这个。”

“谁让你现在戴，我是给你结婚准备的，这是嫁妆之一。”

阮昭扯了扯嘴角：“你还是自己戴吧，我真用不上。”

“你这用不上的意思是不打算要，还是不打算结婚？”丁缨姿

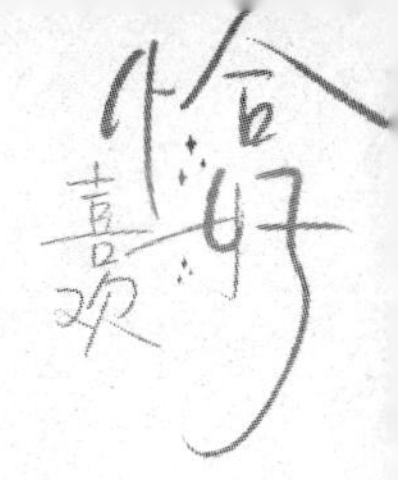

将礼盒推到边上。

阮昭沉默不言，低头给丁缨姿倒茶。

“你跟小姨夫这次旅游玩得怎么样？”

“挺好的，祖国的山山水水，赏心悦目。我们先顺着川藏线自驾，然后坐飞机直飞云南，又顺着重庆玩了一圈。哎，我刚进来的时候，带座的服务员还以为你是我妹妹呢。我感觉出去一趟，我都年轻了许多。”

“不仅年轻，还时髦。”

“那是，想我年轻的时候，演舞台剧出身，鲜花掌声收到过多少啊，一点也不比现在的你逊色。”

阮昭点头：“然后遇到一个英俊高大的男子，每日一束鲜花俘获了你的芳心，这故事我听八百遍了。”

丁缨姿哈哈大笑起来，眼角竟一丝鱼尾纹也没有，虽然她年过五十，但保养得宜，一生无子，把阮昭当成亲生女儿一样。

“小昭你比之前开朗了。”丁缨姿忍不住观察这个外甥女，她笑起来的时候不像过去敷衍，而是发自内心。

阮昭将后背靠在椅子上：“我恋爱了。”

“我知道啊，你不是一直在恋爱吗？男生没断过，我都数不清。”

“这次不一样。”

丁缨姿神色认真了几分，惊呆了：“你打算结婚？”

“那倒没有。”她视线正对着小姨的目光，“但我想跟他过一辈子。”

“那不就是打算结婚吗？”

“就一定要结婚吗？”

丁缨姿意味深长地看了阮昭一眼："小昭，不清不楚地跟另一半长久地保持一段关系，这对对方很不公平，又或者你是否在给自己抽身而退的余地？"

"这……我没想好，况且我们才刚开始，人家也没跟我求婚。"

"不管怎么样，我上次给你求的姻缘珠很有成效，你还戴着吗？"

"没。"阮昭低头，"你去他所在的寺庙干什么？"

丁缨姿瞟了她一眼。

"你这样看我干什么？"阮昭问。

"你怎么知道我去过，我记得我没有告诉过你。"

"装珠子的包装盒上写着字，我又不傻。"

丁缨姿放下杯子："我倒希望你傻一点。"她顿了顿，又道，"那个人托人打电话给我，他那边有你妈妈的遗物，让我领走，大概是想让我交给你，给你留个念想，但他没明说。"

阮昭撇头冷笑："人都走了这么多年了，早不知道给我，现在想起来了？"

"可能他远渡红尘，顿悟了吧。"

阮昭咬紧后槽牙，半晌答："顿悟是他的事，我恨他。如果不是他，妈妈不会去世。"

"阿昭，你该放下。跟自己深爱的人组建家庭，过全新的生活。"

"我不想结婚。"阮昭直视着小姨的双眼，"婚姻只会让人失去自我，甚至生命。"

"即便是你现在处的对象，你也不愿意？"

阮昭垂眸，长睫轻颤："我没想过。"

丁缨姿叹了口气，她这个外甥女从来是最有主意的，落定的心思谁也劝不动。

“东西我带来了。”丁缨姿从包里取出一个小木盒子，递给阮昭，“我看到这些不过是徒增伤感，还是你留着吧。”

阮昭双手接过，拧开锁扣，里面放着几张照片和几件古老的小饰品。她沉默地看了会儿，小心翼翼地关上盒盖。

“他还有什么话？”

“没了。他沧桑了不少，人也不太精神。我到的时候差点没认出他来……”

“小姨。”阮昭打断她，“我不想听这个。”

“我没为他开脱，甚至我比你更恨他。但是阿昭，不要用别人的罪过惩罚自己。”丁缨姿眼神悠远，似乎想起很久之前的事情，“这个世界上很多人爱你，希望你过上最好的生活。你不要抗拒家人，不要把自己封闭成一个旁观者。”

阮昭眼前又浮现出那间支离破碎的屋子，她浑身颤抖，克制自己不要去想。

丁缨姿看出她的异样，忍不住握着她的手：“小昭，咱们不提了好不好，以后再不提了。”

“小姨，我过不去。”她终于落下泪来，“我没法过去。”

“算了算了。”丁缨姿走过去抱着她，“你好好恋爱好好工作，其他事有我，我来处理。对不起，我本想陪你过节，没想到会把你弄哭。咱们再也不见那个人了，这辈子都不见了。”

阮昭缓过来，冷冷道：“他死了我会替他收尸。”

“嗯。”

“小姨你们什么时候回绥城？”

丁缨姿抬腕看表：“还有一个多小时。”

“是有什么事吗？”

“老家有个表姐要嫁人，咱们家总得有人出面去参加婚礼，我跟你小姨夫也想回去住一段时间。在外面待久了，落叶归根嘛，还是老家踏实。你有时间记得带对象回来给我们看看。”

这些人情世故小姑怕打扰她工作，基本都帮着推了。

“我先前以为你会跟我待一晚上，专程把家里大扫除了一番。”

丁缨姿睨了她一眼：“你不怕我过去发现什么不该看的物件？你有男朋友，我跟你待一晚上算怎么回事。”

阮昭的脸唰地红了。

“好好吃饭，看你瘦得。”丁缨姿揉揉她的头。

“小姨夫呢？”

“他想着我们要说体己话，怕打扰我，一个人在外面看行李呢。东西收好，时间差不多了，我跟你小姨夫打算在外面溜达一圈，走了啊。”

原来是要约会，都老夫老妻了还如胶似漆。

没有工作也没有约会，阮昭坐在茶室一边喝茶，一边打开社交软件。手机振动几下，她点开对话框，是方一惟发过来的视频，镜头晃得厉害，看得出是偷拍。

画面里，嘈杂的叫喊声一阵阵传来，许煜光着臂膀在做引体向上，紧实的肌肉引发荷尔蒙爆棚，只差从屏幕里涌了出来。

阮昭想起那天，许煜将自己圈在洗漱台边，热吻自己的那一幕，脸一热。

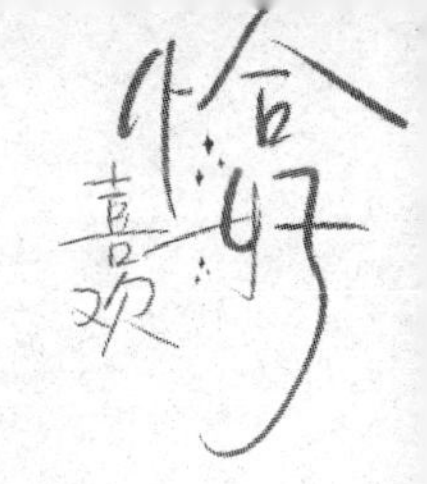


“这帅哥怎么看着这么眼熟啊，这不是我男朋友吗？”阮昭傻笑着打了一行字过去。

“我们刚进行完体能比赛，许队又拿了第一。有人正跟他单挑呢，赛况好激烈。”

哦……光顾着看身材了，她都没心思注意别的。

“嫂子，我这照片拍得如何？”

“嘁，说得好像我没见过似的。”

“少儿不宜，少儿不宜。”

阮昭正打算回复，方一惟的语音电话打过来了。

阮昭笑着接通：“你偷拍没被发现吧？下回咱们还是收敛点，像这种露肉的还是不要拍了，被许煜发现了还以为我有特殊癖好。”

电话那头没声，阮昭又继续说：“下次还是文字汇报吧，打电话很容易被发现。”

“阿昭。”电话那头突然传来一道低沉的男音。

真丢人！

哪壶不开提哪壶……

她迅速反应过来，换上干巴巴的笑容：“怎么是你接电话，方一惟呢？”

“被我罚去洗厕所了。”

“呃，方一惟没错，他是被我胁迫汇报你的消息的，你别罚他。”阮昭磕磕绊绊地解释，“而且除了你的私人事宜，其他有关你们基地的消息他一个字也没说。”

“你为什么不直接打电话给我？”

阮昭努嘴，打电话给你干什么，告诉你我每天日思夜想，一分一秒都离不开你？这样肉麻的话谁说得出来。况且，当一个太过黏人的女友太糟糕了。

“抱歉，这几天有点忙，忽略了你。”许煜道歉。

“没关系。你这几天睡得好吗？”

“不好，想你想得睡不着。”

“胡说，小方都说了，你沾了枕头就睡，还差点误了早餐时间。”

电话那头的他似是轻笑了下：“你等下，我换自己的手机回你。”

“好。”阮昭挂断电话。

不一会儿，她手机响了。

许煜继续之前的话题：“方一惟还说我什么了？”

“说你们比赛的地方可多美女了，天天找你搭讪来着。”

“你听他瞎说，我们这地儿连个雌性动物都没有。”

“意思就是有的话，你还想做点什么？”

“不会。阿昭，除了你我再没想过别人。”他声音忽然低了下来。

这话听得阮昭有些愉快。

原本他如果没这么会说话，她肯定能忍够十五天的。这下好了，她有点迫不及待想见到他。

阮昭手指有一下没一下地磕着桌面：“我也很想你。”

一股莫名的甜蜜顺着电流滑向心间。

两人你一句我一句聊了会儿，她听见电话那头传来车鸣声，问：“你在外面吗？”

“嗯，你呢？”

阮昭想了会儿，老实交代：“我其实在临市。”

“我在机场。”

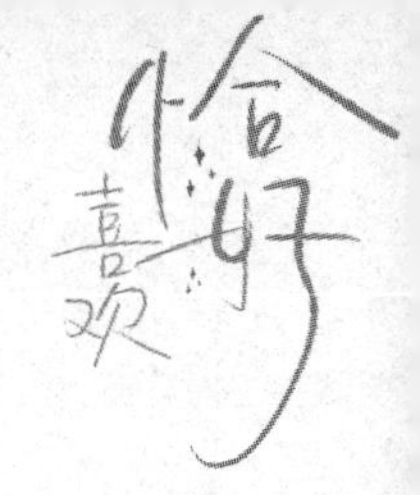

“我在去机场的路上。”

两人竟然异口同声，随后都愣住。

阮昭困惑：“你来机场干什么？”除了小姨跟冯筝，没人知道她来临市的消息。

“我找上面要了假期，原本打算回去跟你一块吃顿饭。”

“你要回去？”他工作明明还没结束，阮昭问，“专门回去跟我一起过节吗？”

“嗯。”

“我订了花，这个时间应该送到你办公室了。”他说完，苦笑道，“我第一次送人花，可惜没人查收。”

阮昭又惊讶又感动，这完全不像许煜会做出来的事。

阮昭笑了声，安慰他：“多送几次就好了。”

“我现在过来，你等我。”男人说完跑动起来。

“好。”

挂断电话，阮昭坐在茶室继续等，跟先前的百无聊赖不同，此刻多了几分心动。她掏出化妆包，仔细补了个妆。化好妆后，她开了局游戏。

打游戏纯属打发时间，但她哪里把心思放在这上面，中途频频看表，连输了好几把。

他们确定关系没多久，又分开了一段时间，现在突然见面，说什么？阮昭双手拢着手机发呆，等下他来了，要怎么称呼他？叫他名字，还是跟普通情侣一样，叫“亲爱的”……

阮昭忽然有点紧张。

“在干什么？”头顶传来熟悉的男声。

“玩游戏。”她冲许煜笑，本就心猿意马，这会儿更是想快点退出去，讪讪道，“马上要输了。”

“给我吧。”

阮昭把手机递给他，许煜挨着她坐下来。

“你游戏玩得很好吗？”

“还可以，玩得少。”他似笑非笑，“但我天赋不错。”

一分钟后，阮昭算是领会到了什么是天赋型选手。她低头扫了眼屏幕上的 MVP，吐了吐舌头，不动声色地膜拜了一番。

“你什么时候到临市的？”他将手机还给她。

“没多久。我来这里见我小姨，本来想见完就走的，还好给你打了电话，不然你白跑海东一趟。”

“不算白跑，只要能见你一面。”许煜顿了顿，抓住她的手，牵在手心，“只是，原本是计划回海东，没想到你会过来，累不累？”

“还好，很久没出来散心了。”她说。

许煜探身去她左侧，替她把包拿出来。

他的气息突然笼过来，阮昭想到那个视频里光着上身的他……脸红了。

“你饿不饿？”他没发现她的异样，询问。

“喝茶喝饱了。”她抬头见许煜欲言又止，“怎么了？”

“我刚过来的路上，家里人打电话给我让我过去吃饭，我说我要接女朋友，我爸妈想让我带你一起。”他犹豫着征求阮昭的意见，“你想去吗？”

“见……见父母吗？”

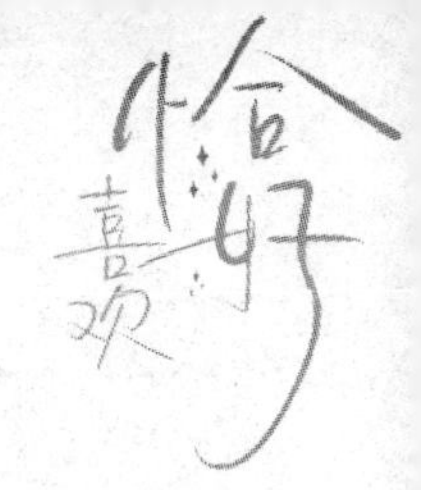


阮昭本能地有些抗拒，这是意料之外的计划。

“他们这次专程来临市度假，其实就是想等我有空闲时间了一家人聚一聚。我工作太忙，很久没回家了。但是你不要有负担，你要是不想去，我找理由拒绝。”他迅速答道。

阮昭思考着，桌上的茶水又开始自动加热沸腾，咕噜咕噜地冒泡。

他耐心地等待她的答案，伸手拿起她喝过的茶杯续上一杯，低头喝着，一点也不嫌弃。她侧头刚好看见他眼下的乌青，眼底深藏没休息好的疲倦。

他明明可以利用这短暂的时间休息，而不是来回奔波，但他没有任何犹豫，宁愿长途跋涉就只是想见她一面，她又怎么忍心拒绝他。况且，她没打招呼便跑来临市让他临时改变计划，若是占用了他父母远途而来跟儿子团圆的时间，这很不礼貌。

“走吧。”她说。

他提着的心终于落地，但又不放心：“你真的不介意？”

她摇头：“这有什么，就吃个饭而已，能蹭饭我求之不得。况且，我是正牌女友，正大光明见家长，怕什么？”

许煜活动了下手指，拎着她的包起身：“那走吧，正牌女友。”

阮昭答应得爽快，真到路上的时候又㞞了。坐在出租车后座上，她浑身不自在。

“你紧张啊？”许煜问。

胡说。

“我不是，我没有，不可能。”她连连否认。

“刚才那天不怕地不怕的气势怎么不见了？嗯？”

阮昭忙侧过身，看向窗外："我这不是头一回嘛，以前谈恋爱也没有见过家长。"

"你到底谈过几个男朋友？"他突然问。

怎么话题突然转到这上面来了？大型"社死"现场，怎么回，谁来告诉她这个问题要怎么回？

"你领导怎么会同意放你假的？"她慌乱地转移视线，不敢看他。

"别转移话题。"他欺身靠近她，将她逼到窗边的角落。

话题又拉回来了。

妈妈呀，她简直就是弱小凄惨又无助的小可怜。

"没有几个。"她说完觉得不对劲，又立刻道，"以前少不更事，以后只有你一个。"她低头抓起他的手握住，冲着他的手背轻啄了一下，讨好地看着他，"许煜哥哥不要这么容易动气嘛。"

许煜被她这一吻弄得绷不住了。

"你那个姓顾的男同事喜欢你？"

怎么扯到顾合一身上了？

"谁跟你乱说的？"

"你的情报小队员。"许煜睨了她一眼。

这个方一惟，他是包打听吗？墙头草又摇到许煜那里去了？

"方一惟和你说什么了？"阮昭忐忑地看着他。

"没说什么。"他神色平淡地盯着她，显然是想问个究竟。

完了，方一惟肯定说了什么不该说的。

"上次你在他面前否认了我们的关系。"

就为这事？许同学你心里是不是藏了个记仇小本本？

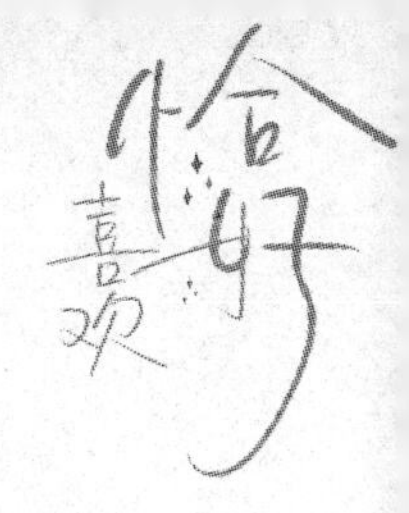

阮昭摆手："那是不想让医院的同事打听我的私事，我们医院的同事超级八卦。我跟他就是简单的上下级关系，私下有点交情，但不是外面传闻的那样，他从来没对我表白，我连他到底是不是喜欢我都不确定。虽然我之前确实谈过不少恋爱，但每一段感情都是清清白白，道德底线我还是有的。况且，我现在一心一意喜欢的人只有你。"

她费劲地解释了一大堆，然后紧盯着许煜。

出租车停在路边，他提醒她下车："到了。"

"哎。"阮昭扯了扯他的衣角，"你别多想。"

那张严肃的脸终于缓和下来，许煜忍无可忍地叹了口气："以后不许提别的男人。"

"我没提啊。"她可一个字都没说。

"侧面也不行。"他笑着捏了下她的下巴，"想都不要想。"

天地良心，她有这么个天上有地下无的男朋友，其他人还入得了她的眼？

"明天中秋，我跟领导说，我要回家照顾一下家属。"他回答了她早八百年提的问题。

阮昭瞟了许煜一眼，是谁说先秘密恋爱的，结果没几天就恨不得要昭告天下，这是生怕自己跑了吗？不过他讲话的时候好帅啊，怎么这么赏心悦目，他不就随便说了句话嘛……阮昭你心跳这么快干什么？

她被他撩得心都飘到云端，像个怀春的少女。就如同那年她帮老师去隔壁班送试卷，许煜站在黑板前奋笔疾书解一道数学题，她被迷得晕头转向一样。

“那你还生不生气？”

许煜笑得无可奈何：“我哪敢对你生气。”

“那亲一下。”她拉着他的手不肯走，像个要糖的小孩。

他折返几步，走到她面前。

阮昭抬眸看向他近在咫尺的脸，他的手指从她手腕处滑了下来，从手背扣住她的手指，然后低下头来，温柔地吻住了她。

阮昭闭上眼屏住呼吸。

“够不够？”她再睁眼时，发现他好笑地看着她，听到他又说，“还要不要继续？”

她扭头见有路人朝这里走过来，耳根瞬间有些烫人，但又不好意思在他面前露怯，抱着手臂抢先一步走在前面，头也没回：“先到这儿吧。”

“这边。”许煜笑着在后面提醒。

阮昭不得不顺着他指的方向折返，他逗她：“你的脸怎么这么红？”

“腮红打重了……”

两人笑笑闹闹一路进了一家民宿的大门。

许家爸妈订的一个三室两厅的套房，在民宿的最里面，用篱笆隔出来的一个两层别墅的小院子。

门口种着几棵当地特有的梨树，树下围成一个色调简单的花圃。有人正拿着洒水壶走出来，看见来人，瞠目结舌，但走在她身后的人先她一步出声：“阮昭？”

“舅舅？”池樱惊得愣了半天后才缓缓出声，“阮姐姐？”

“魏劭行，你怎么在这儿？”

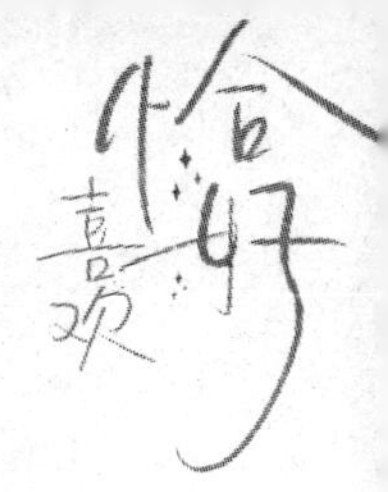

这两人上午不还在医院吗？这会儿怎么在这里碰到了？不对，池樱叫舅舅，难不成——阮昭扭头看向许煜。

“她是我外甥女。”许煜开口介绍，“我姐姐的女儿。”

阮昭郁闷地看着他：“我怎么从来没听你说过？”上次她在医院受伤的事是池樱告诉他的？

许煜凑近她耳朵：“我怕我告诉你，你对她特殊照顾。她去医院得多磨砺下，我不介意她多吃点苦头。”

耳边的温热气息让她心猿意马，但无意识的亲密动作因为对面两人莫名尴尬起来，她轻推开他，眼见着外人在不好质问，一双眼睛铜铃似的瞪他。

“都来了，快进屋吧。”一个年逾五十的女人从客厅出来，笑着招呼大家进门。

许煜抓紧阮昭的手，介绍：“妈，这是阮昭。阿昭，这是我妈妈。”

阮昭礼貌地颔首：“阿姨好。”

女人扬起嘴角，对这个大方得体的未来儿媳妇满意得不得了，忙点头：“快进来，阿樱，快带客人进屋坐。”

池樱挽住阮昭的胳膊，友善地笑着：“我说当时怎么一看你就觉得你好亲切啊，原来你是我舅妈。”

许煜伸手拍了下池樱的肩膀，打断：“这事不许在你们医院瞎说。”

池樱赶紧做了个闭嘴的动作：“你放心，我嘴巴严实着呢。”

许煜在小辈面前很有威慑力，完全不是在她面前那种放松的样子。阮昭手还被许煜拉着，没挣脱掉。

她暗地里掐了下他的手，小声道：“许煜，你放开，有长辈在呢。”

“我牵我女朋友的手，怕什么。”

她蹙眉，男人这才松开。

阮昭后退几步，走在魏劭行身侧：“什么情况？你怎么来这儿了？”

魏劭行耸肩：“我还正想问你。你跟许煜已经发展到见家长的地步了？”

“男女朋友见家长有什么稀奇，反而你跟小池，你们什么时候在一块的？魏劭行，我发现你嘴巴可够严实的啊。”

鬼知道他为什么会出现在这里，当时池樱求他陪她来临市玩，他就不该头脑发热答应。魏劭行烦躁地揉了揉头发：“池樱怎么会是许煜的外甥女？”

阮昭耸耸肩：“我可没瞒着你，我也是刚知道的。”

魏劭行一时不知道要怎么解释，词穷地摇摇头。阮昭佯装同情地拍了拍他的肩膀，心里却幸灾乐祸——没想到有一天还能跟这家伙成亲戚关系，只不过差了辈儿了。

许家来的客人比阮昭想象的还要多，大多是年长的长辈，见几个年轻人进门，纷纷让出了座。阮昭不太好意思，跟许煜上二楼参观了会儿。

“楼下的都是你们家的亲戚吗？”阮昭边上楼边问。

“对，都是自家人。你会不会嫌吵？”

“不会，正好人多我可以蒙混过关。”

许煜将她耳边的碎发撩至耳后：“我爸妈人很好，不会为难你。我都三十几岁了，他们巴不得我赶紧找到另一半，生怕把人吓跑了。在得到你会跟我一起过来的消息之前，我妈还特意打听了你饮食的

喜好。”

阮昭转身便往走廊走。许煜抓住她，将她往自己怀里一带，抱紧她：“你跑什么？”

“我总感觉你有不好的企图。”阮昭眯眼审视他。

“有吗？”许煜抱着她不肯松手，“我觉得我已经很克制了。”

“那你说吧，别憋出病来了，我听着。”

“阿昭，我想跟你一起生活。”

“好啊。”

“我是说真的。我的工作虽然算不上高薪，但养老婆绰绰有余。”

“我也没说假话。”阮昭抬头看着他，诚实地答，“跟你在一起生活，对未来保持憧憬，这样的感觉并不让我讨厌。”

许煜一愣：“谁让你讨厌？”

“以前有过。”阮昭站直，看向远处，淡淡道，“我能接受跟他们恋爱，但无法与他们生活。婚姻于我而言，不过是一种隐形的禁锢，用承诺的方式来满足自己的私欲而已。欲望建立起来的空中楼阁，风一吹就散了。”

“阿昭，你太悲观了。”许煜想象不到她经历了什么，会有这样的念头，他声音渐沉，“我想我有些操之过急。没关系，我们慢慢来。”

阮昭笑：“你就不怕跟我耗着，最后变成胡子白花花的爷爷，更没人要了。”

“也挺好，我接下来的人生，就算你不出现，也再没有别人了。”

阮昭看了他一眼，总觉得这一眼的时间，好像被无限拉长。

忽然，二楼的门被推开。池樱不好意思地挠挠头：“舅舅，外婆喊你们下去吃饭。”

许煜揉了揉阮昭的额头，柔声说：“走吧。”

饭桌上，许母举着一杯橙汁对阮昭说：“欢迎阿昭来家里做客。”

“谢谢阿姨。”阮昭回敬。

“还有魏医生，听说您在医院对池樱丫头照顾颇多，费心了。”

魏劭行连忙起身：“阿姨您客气了。”

“妈，你坐下来，我们年轻人没这么多礼节。”许煜轻声提醒。

推杯换盏，一顿饭吃得很开心。

与许家父母虽然从没见过，但两位长辈平易近人。而许家夫妇对这位儿媳满心满眼的喜爱，拿着公筷给阮昭夹菜，没一会儿，阮昭的碗里堆不下了。

盛情难却，阮昭不好拒绝，但要让她都吃完，又实在吃不下。

阮昭盯着碗里的排骨一时不知道怎么才好。

许煜给她盛了一碗微甜的南瓜粥，递到旁边，小声说：“你喝了茶，这会儿先开开胃。”随后，他一指桌上的小碟，“那些小菜是我妈亲手做了给我带过来的，你可以尝一点。肉吃不完没关系。”他将自己面前的碟子放在两人中间的桌上，“你夹给我吧。”

阮昭舒了口气，偷偷夹过去几块。

这时，桌对面有人打趣：“许煜你小子还没把人娶进门呢，就开始疼媳妇儿了。”

许煜摇头：“是我在部队没吃好，阿昭疼我。”

话一出，听得阮昭不好意思。

“哪有你这么夹菜的。”许父责怪地看了许母一眼，将面前的碟子跟阮昭面前的交换了，“这是你唐伯伯送过来的蔬菜，自家种的，

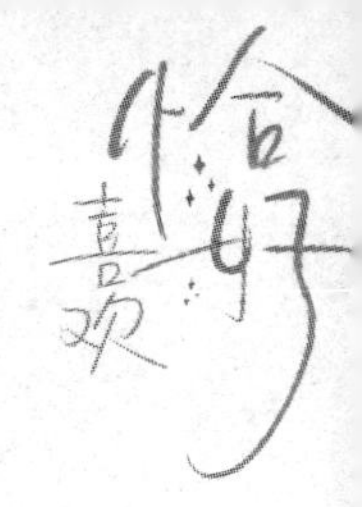

没打农药，地道的绿色食品。”

“谢谢叔叔。”

阮昭捧场地夹了些，配南瓜粥吃真的很不错，不知不觉间一小碗见底。

旁边许煜正在跟几个年纪相仿的年轻人谈论工作上的事，余光瞥见她已吃完，顺手又盛了一碗给她，小声说：“完了，我妈炖了几个小时的鸡你一筷子都没动，她得伤心。”

“啊？那我吃一块吧。”阮昭急急伸手去夹。

许煜低笑，拿眼睛瞥她：“我说着玩的，你这么在意，怕我爸妈不同意你嫁给我啊。”

阮昭脸一红，羞窘地瞪他，放下碗在桌下偷偷地拧了他一把。

两人玩闹被同桌的哥哥看见，调笑道：“你俩在做什么小动作，还背着人？”

话一出，几个长辈纷纷朝他们看过来。

阮昭一时之间只想钻进地下，倒是许煜突然没脸没皮起来，抓起她的手，高高地举出桌面，嘚瑟道：“我们想时时刻刻在一起，不行啊。”

“行是行，但你得罚酒啊。”

众人憋笑。

阮昭更是脸红得不行了。

一顿饭吃完，许煜把众人灌得脸颊通红。他随母亲去厨房给大家煮醒酒汤。许母将他拉到窗边，默不作声地将一个小盒子塞进他手里。

“什么？”许煜低头打开盒子，里面竟是一枚戒指，看外表和款式，像是有些年头。

“这是我当年出嫁时的陪嫁。这些年你很少回家，本来想正好趁这次机会给你，没想到无巧不成书，你真给我带了儿媳妇回来，这东西算是我的见面礼。”

“妈。”许煜哑然，“我们还没到那一步。”

“两个人相爱，那是早晚的事。我若是亲自给她怕她不好意思，还是由你转交吧。”

许煜将戒指盒子收好，出来时又被拉着喝酒。阮昭不忍看他再被灌，跟长辈们打了声招呼，将他拉到二楼卧室。他几乎失去神志，但还记得她的名字，嘴里不住地唤她。

阮昭苦笑，本来好好的假期，此刻应该跟他温存腻歪，没想到变成她看他睡觉。

她帮他脱了鞋袜，听他含糊地嘀咕着，不一会儿没动静了，房间里只留下有规律的呼吸声。

阮昭看着他闭目熟睡，心想这人到底困成什么样，一直坚持到现在。她蹑手蹑脚地爬上床，在他边上轻轻躺下，侧身看着他的睡颜。

她见过他带着队伍拉练时的样子，也从报道里见过他救人时奋不顾身的样子，唯独不像现在这样。她静静地看着他，他眼角眉梢舒展开来，没有平日的严肃，成了一个跌入尘世有着七情六欲的男人。

她忍不住伸手去触碰他，额头、眼睑、鼻梁、嘴唇。

突然，男人张嘴，在她即将离开的时候轻轻含住她即将抚过他嘴唇的指腹。

阮昭呼吸微滞，抽回手，盯着他的眼神略微失神，瞥了他一眼：

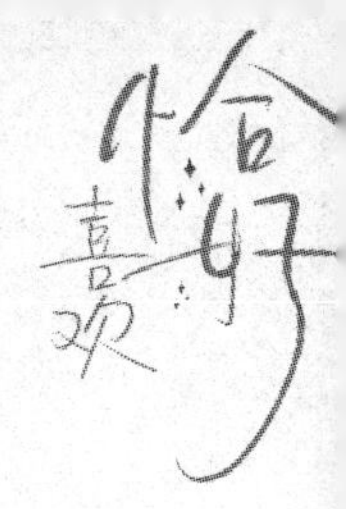

“你没睡着啊？”

许煜笑了一下：“本来睡了，可能你看我的眼神太炙热了，把我烧醒了。”

阮昭忍不住拍了他一下，嗔骂：“你又在胡扯。”不放心，又问，“你是不是心里烧呢？酒还没醒？要不要倒杯水给你？”

他拉住她，不让她走：“不用，就这样待着吧，我想跟你这样待着。”

阮昭乖乖不动了，手还被他握着。

“你们到底喝了多少啊？”

“没多少。你在旁边，我没想多喝。”他说完，又解释，“我表哥带的是他岳父自己酿的酒，窖藏了十年八年，度数不低。”

难怪，还好把他叫走了。

阮昭想到什么，忽地翻身，看着他：“你不会又是装醉吧？”她原本睡在床沿，刚一个大动作，险些掉下床。

“你过来点，过来我告诉你。”

阮昭听话地钻进被子，离他近了些。

许煜一把将她搂住，他身体本来因为酒精作用就烧得厉害，现在这一搂，她挨着他烫得跟火一样的身体，不禁瑟缩了一下。

糟糕，不能呼吸了。

楼下还有他的家人，这样实在有点不像话，但她不想动了，天塌地陷随他去吧。

“我是真的累了，没有装。”房间里传来他轻柔的话，断断续续的，“不过我的酒量确实一般。我几个表哥比我厉害，他们平时工作应酬多，酒量练出来了。”

阮昭眉梢微抬："知道你还跟他们拼酒？"

"因为他们想让我提前练一练。"

"练什么？"

"以后我第一回登你家门，肯定要挨个给你家人和亲朋好友敬酒。我知道你老家有这个习俗，要是我第一次就不省人事，岂不是要给你家人落个不好的印象？"

阮昭愣了半天才开口："印象跟酒量没有关系吧……"

许煜倒是笑了："毕竟是我的岳父岳母，力求完美。"

阮昭没忍住蹬了他一下。

他还在笑，双腿夹住她的脚踝。

男女力量本就悬殊，阮昭完全无法动弹。

他刚才的话放在任何一个女人身上都会被感动，她也不例外，可是……

阮昭有些失神。

他感受到她的低气压，低头询问："怎么了？"

"我没什么家人，恐怕要让你失望了。不过你想喝，我陪着你。"

她从来没对他提过家事，许煜沉默地抱紧她，抚摸着她的头。

"我妈妈在我大学的时候去世了，在那不久之后，我爸也离开了。我们家唯一跟我亲近的只有一个小姨，我妈妈的亲妹妹。她嫁给了一个法国人，没有孩子，把我当亲生女儿一样对待。"她轻描淡写，像在说别人家的事，"抱歉，我没有一个跟你一样的温暖的家庭。"

她怎么能跟他道歉，他又有什么资格接受她的歉意。

许煜心痛难忍，难以平复："你别说了……"

“对不起。”他一遍遍地跟她说着。

对不起，这么晚才来到你的身边；对不起，因为我的犹豫，才让你孤身一人这么多年；对不起，我会好好对你，让你忘掉一切过去。

“阿昭。”他蹭着她的脑袋，轻轻叫她，“我就是你的家人，我护着你一辈子。”

已经是晚上，月光如水般落在房间里，树影婆娑，像湖水一样荡漾着。屋里再没有任何光源，半明半暗之间，很容易让心安静下来。

“我信你。”她回抱住他。

两人虽然从学生时代就认识，但真正有这样交流谈心的时候太少。他只记得高考前三个月他们坐在学校后山有短暂的聊天，那时她告诉他她理想的大学，教导主任的出现中断了一切谈话。他还未来得及说自己心中所想，这成为一个不好的开端，之后两人在接下来的十几年人生完全割裂，再也无法触碰到彼此。

“我有张照片你要不要看？”她笑嘻嘻地从温热的口袋里拿出一张七寸的免冠照。

许煜就着月光一眼认出自己，这照片太过青涩，他有些不好意思，伸手要去抢：“你从哪里弄的？”

“你妈妈给的。”她眼底闪动着狡黠的光，“她随身带在钱夹里，刚送给我了。”

她为了不让他抢到，手向右方尽力伸出去。许煜怕弄疼她，不敢动了。

阮昭摩挲着照片，小男孩留着寸头，五官已经像现在一样分明，漂亮的眉眼里带着阳光。那时候的他看起来容易让人亲近，不像高中时，沉默寡言，神情淡漠。

“你这时候几岁？”

“十一二岁吧，刚小学毕业，我妈带我去照人生里第一张证件照，毕业证上用。”

“我翻过你的社交软件，居然都没有你大学毕业照。”

“我没拍。”

“啊？为什么？”

“当时耳朵受了伤，一直住在医院，不得不缺席。我们班班长特别有意思，怕我遗憾，还专门用修图软件给我做了一个。”

“你的耳朵伤得很重吗？”

“嗯，现在已经好得差不多了。”他低头亲吻她的额头。

她感觉到他不想多说，摩挲着照片继续问：“你小时候就这么好看啊？”

“还行。他们说我长得随我妈，我妈年轻的时候是远近闻名的美人，不过后面大病了一场，精神就不如以前，现在记忆力不太好。”他耐心地解释。

阮昭疑惑：“我一点也看不出来。”

“时好时坏，有时候连我都认不出来，但大部分时候人是正常的。”

“为什么会这样？”阮昭见许煜眸色渐深，以为他不愿说，“抱歉，我不该多问。”

“我姐姐、姐夫当时在国外出差，航班失事，我妈承受不住打击病倒，留下了病根。”许煜顿了顿，回忆，“当时家庭情况很差，我无法再跟外公外婆继续在海东生活，不得不将学籍转回原户籍地，

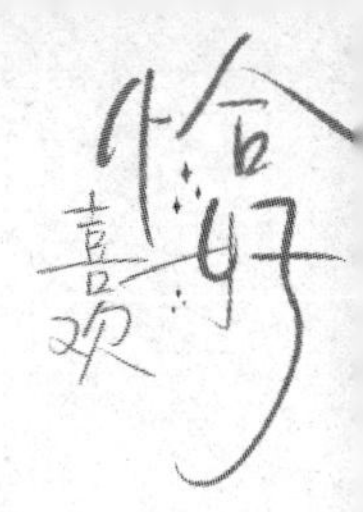

高考也是在那边参加的，其实当年我考得并不是很理想。”

“我不知道你家发生的事……”阮昭内疚。

“我本来不喜欢把家事往外说，再加上你马上要高考，我不想我的事干扰到你。高考后不久，我准备回来找你，有一天我家门前突然跪着一个女人。”

“女人？”

“嗯，她带着个孩子，说是我姐夫生前留下的，她原本想利用孩子要挟我姐夫跟我姐姐离婚，没想到人会出事。她找到了结婚对象，孩子成了累赘，不想再留。”

“孩子是你姐夫的，为什么会找到你们家来？”

“我姐夫家里复杂，怎么肯认这个女儿。我姐姐去世，突然又知道姐夫出轨的消息，一开始对她们母女恨之入骨，可这人天天来天天跪，她以我们家不接受就将孩子送去福利院相威胁，我父母实在不忍心，将孩子留下了。”

“那孩子就是小池？”阮昭问。

“是。”许熤点头，“我父母将这件事当成禁忌，不允许家里人跟外人多说一个字。还有，池樱并不知道自己的真实身世，只知道自己是我姐姐姐夫的孩子。”

阮昭听懂了许熤的意思：“这件事我不会说出去的。”她只是从来没想到，开朗善良的池樱会有这么孤苦的身世。

“我爸照顾我妈已经有心无力，无法再照顾一个孩子，大学第一年，我便申请休学，一直到我妈身体好转才重返学校。后来，我告诉自己再等一年，我处理好一切就去找你。可是命运弄人，我好像每次只要有这个念头，就会有一个风暴出现，挡住我走向你的路，再后来，我早已没有勇气。”

许煜感觉到脸颊温热，才发现她双手捧着自己的脸，一脸难过地看着自己。

“别这样，都过去了。”

“在你最难的时候我没有陪着你。”

“你还记得我，就够了。”许煜摸着她的额头，“我之前想过你肯定会谈男朋友，怎么会等我呢？”

“为什么这么想？”

“你这么好，谁会不喜欢。”

“你就不喜欢啊，你刚跟我重逢的时候，一直冷言冷语的。”

“我不想自己再陷进去。你知道吗？我又害怕，又期待，反正挺矛盾的。”人的一生不可能踏进两条相同的河流，而他却两次栽到一个人身上。

阮昭一把搂住他：“你难道不是在犹豫，在挑选？”

“什么意思？”

“我觉得路可燃确实也不错，要是我八成就跟她在一起了。”她故意试探他。

“你在吃醋？”他低低地问，蓦地笑起来，但很快又止住笑容，“我可从来没追问过你的那些前男友。”他将重音落在最后几个字上，偏过头直勾勾地盯着她。

“我可没有跟前男友藕断丝连。”她将手机丢到他面前，坦荡地说，“你可以随便翻，一点痕迹也没有，我处理得干净利落。”

“我没有检查女友手机的习惯。”他用手刮了下她的鼻头，柔声说，“真正的信任在心里。”话既然聊到这儿，他想了想继续说，

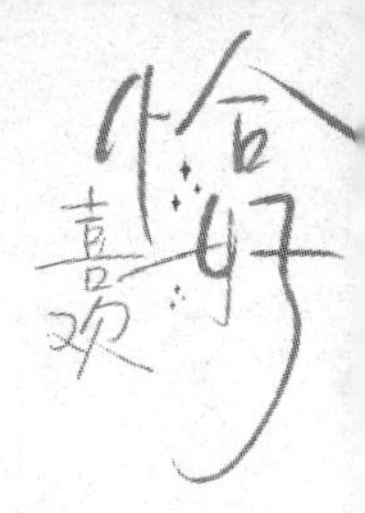


“我跟路可燃只是认识的关系，基地的人很想撮合我们，但那只是他们的一厢情愿，我对她没有任何想法，跟我选择与你在一起更没有半点关系。”

阮昭愕然，她只是开了个不痛不痒的玩笑，没想到他会当真。

她看着他，双手捧着他的脸，像捧着一个天大的宝贝：“我不会说我一直都在等你这样的话，事实我也并没有那样。往后跟你在一起的每分每秒，我会把自己坦诚地交付与你。我从没有忘记过你，许煜，我对你，是一见倾心，再见钟情——”

她还有话没说完，唇便被堵住了。

许煜翻身将阮昭压在身下，一只手搂住她不盈一握的腰身，另一只手托着她的后脑勺。随着他的吻越来越深，阮昭只觉得突然天旋地转，神志无法清醒。

两个人的衣料在摩擦之下几乎燃烧起来，阮昭被他压得透不过气。迷蒙中，她感觉男人的动作突然停滞，他抚摸着她的额头，目光深邃地凝视着她：“阿昭。”

“嗯。”

“阿昭，我现在才发现因为我的愚蠢浪费了太多时间。这次，我再也不会退缩，再也不会放开你的手。”

他目光细细地打量着她，耳鬓厮磨：“我比我想象的更爱你。”说完，他按捺住那股蹿至头顶的热血，重新躺了回去。

“哎……”阮昭被惹出一身火，此刻心痒难耐，偷偷扯了扯他的衣袖，问，“就没了？”

“酒醒了。”许煜“嗯”了声。

“木疙瘩。”

这个人真的很讨厌哎。

许煜一愣，回过味儿来："你想做什么？"

"我只是想向你炫耀一下我的马甲线。"

他低笑："你还练这个？我记得高中那会儿你连 800 米都跑不下来，你呢什么都好，就是没有运动细胞。"

可真是哪壶不开提哪壶，阮昭一下子熄了火："得了，干躺着吧。"

黑暗中，他摸到外套抓起，翻身下床。

阮昭坐起来："你干吗去？"

"我去另一个房间睡。你一个人晚上怕不怕？"

"怕。"她示弱，不想让他走。

"那我让池樱过来陪你。"

他作势要出去，被阮昭一把拽住："不怕了。"

他在顾念她的名声，但她不怕。

"我下楼去跟叔叔阿姨说声晚安吧？"她问。

"不用，我们家没有这些虚礼，你好好休息，我看你睡着再走。"他就坐在窗边。

许煜扭头，见被窝边一双眼睛炯炯有神地盯着自己，他伸手过去捂住，勒令她闭眼睡觉。

没过一会儿，阮昭听见低沉的哼唱声传来，这歌声实在催人入眠，她真的睡着了。

不知道是不是换了新环境，这一夜阮昭睡得不太安稳。梦里，有个女人站在一片血红之间。她睁大眼睛，极力地想要看清那个女人，突然距离她几米开外的那张脸一下子蹿到她眼前，她尖叫着捂

住嘴巴……

女人看着她，突然开口：“阿昭，你为什么不帮帮我？”

一遍一遍，女人凄厉地重复着。

# 第八章 你也想念吗？

阮昭大汗淋漓地醒来，才知道是梦。

她扭头看向窗外，天已经大亮，外面传来几声鸟叫。

池樱下楼的时候正看见许熠提着一个塑料袋从门口进来：“舅舅，你干吗去了？”

“我去买些洗漱用品。”男人停住脚步，“魏医生呢？”

“他……”池樱吞吞吐吐，“他说医院有急症病人得赶回去，昨天晚上跟外公打了招呼回君合医院了。”

许熠点头。

“舅舅，你怪我喜欢魏医生吗？”池樱突然又问。

“你已经成年，喜欢谁是你自己的事，别人无权干涉。但你现在还是学生，跟他年纪相差很大，个中利害你要想清楚。”

池樱点头：“我知道的。”

“去吧，喊阮医生起床。”

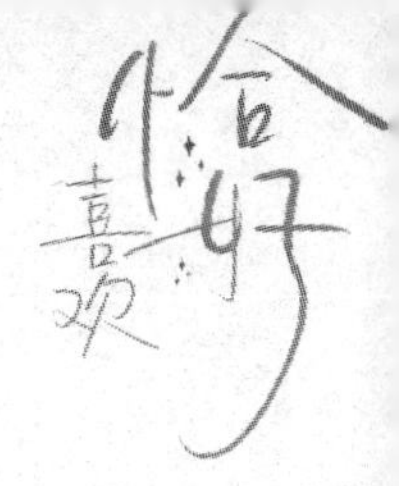

“什么阮医生，明明是舅妈。”池樱嘀咕着，昨天还黏在一块秀恩爱呢，现在装什么装。

前来做客的客人已经走了，楼下就许家几个人。

早餐很丰盛，一个穿着黑白长裙的女人从厨房出来，冲阮昭招招手，柔声喊：“阿昭，过来吃早餐。”

昨天人多，阮昭没细看，这会儿仔细看才发现许母跟许煜长得八分相像，尤其是眉眼，深藏几分英气。

他妈妈年轻时是位美人，阮昭想起昨晚许煜说过的话，现在深表认同。岂止是过去，现在许母走在人群里也是极为出挑的。

看了一圈，没见着魏劭行，不会是溜了吧。

“魏劭行去哪儿了？”阮昭抓住许煜的肩膀问。

“他回去了……昨天晚上。”

“这人这么㞞。”

阮昭默默地摇头，抬眸发现许煜正看着自己，说：“你胆子挺大。”

“那可不，我在来的路上都想好了，你爸妈不同意，我就去南边买块地，大晚上趁你睡着了，偷偷扛走，带回去做我的压寨夫人。”

许煜睨她：“压寨夫人？你倒挺有钱啊。”

“那是，你也不看看你面前站的人是谁？肤白貌美能力佳，人称赚钱小能手。”

许煜不相信：“你这么厉害？”

“你女朋友能差？你没打听过医生的工资吗？一台手术能拿到不少钱，我还是有房一族呢。”

“我没打听这事的习惯。”

“那我问你，你做不做我的压寨夫人？”

许煜没搭理她。

她用食指轻轻戳了戳他的手臂："做不做吗？"

许煜笑了一声："做。"

两人一个敢问一个敢答，声音又刚好不大不小落在餐桌边的几个人耳里。大家看两人调情，忍不住偷笑。

他们哪里看过许煜这个样子，宠爱纵容，是爱惨了人家姑娘吧。

"不知道你爱吃什么，就让你叔叔出去一样买了点。"许母笑盈盈地说。

阮昭摆手："我不挑食的。"

"那就多吃一点。"许母一边夹菜，一边问，"阿昭是哪里人啊？"

"我家就在海东。"

"爸爸妈妈呢，是做什么的啊？"

"我妈妈是家庭主妇，我爸以前开了个小工厂，现在已经退出管理层，给我一个伯伯在经营。"阮昭知道男方父母对于第一次上门的儿媳的家庭环境好奇很正常，并没有什么不适。

她坦白道："我爸妈其实并不相爱，从小我们家矛盾很多。但尽管这样，我还是相信爱情的存在，我跟许煜是真心相爱。"

许煜握着阮昭的手紧了紧。

许母愣了愣，随后说："你误会阿姨的意思了，只是拉家常，没有别的意思。何况，我跟你叔叔喜欢的是你这个人，跟你的家庭没有什么干系。只要你们俩好好的，我们后半辈子别无所求。"

"您放心，我会照顾好他。"

许母慈爱地看向阮昭："来，吃饭吃饭。"

阮昭垂眸，看许煜在桌下暗地里朝她比了个耶。

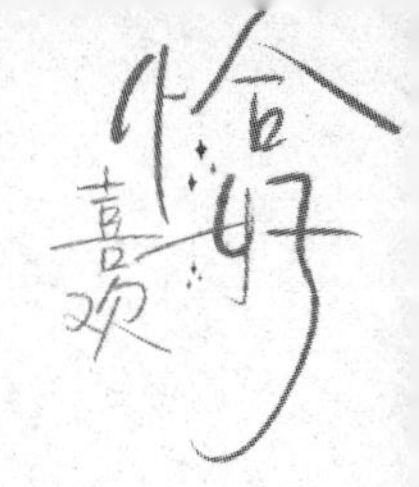

早饭后，池樱钻进厨房陪外婆方英然刷碗，悄声问：“外婆，你对这个儿媳妇满意吗？”

方英然笑得开心：“越看越喜欢。”

“家庭方面也不在意？我听说有些婆婆对儿媳妇可挑剔了。”

方英然斜了池樱一眼：“你可别乱说话。”她挑起门帘看般配的两人正在笑着说话，满足地回头，“我看阿昭这孩子小时候像是吃了不少苦，往后我们要好好待她才是。”

“所以你是同意这门亲事啦？”

方英然点头，随后又浅笑：“你看我不同意行吗，你舅舅完全陷进去了。从小到大，我很少见他像这两天笑得多。你舅舅心思深，装的事情多，现在有个知心人说说话，我总算是放心了。”

短暂的假期结束，阮昭跟池樱一块回海东，订了中午的航班，而许煜也要归队恢复演练期。

临行前，两个老人在门口送行，方英然抓住阮昭的手舍不得放：“今天过年跟阿煜到我们老家玩一段时间，阿姨好好招待你。”

阮昭说：“谢谢阿姨。”

许煜凑在方英然耳边小声说：“妈，你再盯下去，人家的脸都要开出花来了。”

方英然不好意思地打了儿子一下，挥手看三人上了车。

候机大厅里，池樱知趣地远远地坐在一边，低头自顾自地玩着手机。阮昭心里则是万分不舍，自从两人在一起之后，一直都是聚少离多。以前许煜在海东，虽然也不能说见就见，但好歹呼吸着同一片土地的空气，总觉得这人就在身边。现在两人之间相隔了几个省市，山高水远，许煜看她心情低落，心里也难受。

“你们演习途中会受伤吗？”阮昭不安地问。

“说实话会。”他不想骗她。

看她担心的样子，许煜心疼了，保证道：“我会照顾好自己。你在医院也不要逞强，注意休息，遇到患者挑事要学会避开，不要硬冲，知道吗？”

“我又不是小孩。”

“还有……”他顿了顿，神情严肃地说，“离姓顾的远点。”

他又吃醋了。

“我听话的话，有什么好处？”

“你可以跟我提一个要求。”

阮昭低低地笑，眼珠子转了转，小声问：“那我下次见面，能摸你的腹肌吗？”

许煜喉头颤了颤，干涩地答：“可以吧。”

阮昭见他害羞的样子，忍不住双手勾住他的脖子，在他脸颊亲了一下：“知道啦，我保证不会跟陌生男士多说一个字。”

许煜不太相信地看了她一眼，随后想到了什么，翻出一个袋子：“这里面是晕机药，你要是不舒服就吃一点，还有一些糖。你早餐没吃多少，补充体力的。”

阮昭瞠目结舌，这是他什么时候准备的？

“这么多，我吃不完，而且糖吃多了容易发胖。”她抓了一大把数了数，然后往他上衣口袋里装，“我借花献佛，分你一些。你每天吃一颗，吃完了咱们就能见面了。还有……”

她从包里拿出一串钥匙，指着钥匙圈上其中一把，说：“这是

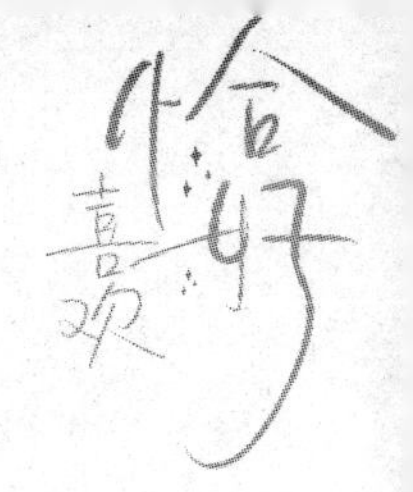

我家的钥匙。”随后，她又指着另一把，悄悄地说，“这是我房间的。”

她话里有话，隐晦的暗示让许煜咂摸出钥匙背后的含义。

“我能睡你卧室啊？”他轻吸一口气。

她脸一下红到耳根，瓮声瓮气地答：“反正，你想的话随你呗。”

“嗯。”他收下了。

机场广播开始通知航班起飞的消息，池樱等两人道别已经望眼欲穿了。两人磨磨蹭蹭终于说完话，她赶紧走过去一把扯着阮昭往安检处走。

人群中，阮昭扭头，许煜还在站在原地，眸光深深地跟随着她。她没忍住，鼻头一酸。

“我走啦。”她翕唇。

许煜点头，给她比了个打电话的手势。

上了飞机，池樱忍不住打趣：“你们俩怎么跟演电视剧一样啊，就分开几天而已，简直跟生离死别一样。”

阮昭轻拍池樱的手背，提醒：“不许说这样的话，不吉利。”

池樱赶紧抿嘴，心里一边怪自己乱说话，一边又感动她对舅舅的真心。

爱一个人，对他唯一的要求，也就只是健康平安啊。凡尘俗世，能有什么比两颗互相惦念的真心更珍贵的呢。

“魏劭行怎么走得这么突然？”阮昭问。

池樱好奇：“他没跟你说？”

“没。”

“我跟他表白，把他吓跑了。”池樱挠头笑。

阮昭看她模样也不算伤心，问：“你不难过啊？”

“这有什么，爱情这条道路上要充满艰难险阻才有意思。”池樱一拍胸脯，“我有信心。”

阮昭赞叹：“小姑娘你很有勇气哦。不过，你应该很有希望。”

“真的？”

“魏劭行这个人，平时大大咧咧，心肠最软了，最受不了女孩子在他面前示弱。而且，他桃花虽多，但从不轻易跟人厮混，一旦认定一个人，就会付出一百分的真心。”

“我可以理解成他是个好男人吗？”

“当然。他对你很关注的。有些人对一段感情的开始越犹豫，反而越慎重。”

“你说，当局者迷，旁观者清，他怎么就不懂呢？”

池樱托着腮若有所思。

回到医院又是一段时间的连轴转生活，许煜不在，阮昭只有用工作来麻痹自己。

下班时间，几个护士闹着要聚餐，顾合一大方地应了。说是聚餐，也不可能真的在外面吃，值班室要随时留人，避免有紧急情况出现。顾合一贴心地买了麦当劳套餐，人手一份，大家在医生办公室围着一张大办公桌吃。

肿瘤科几个医生路过，一问是有台手术急缺一个麻醉师，别的科室的都没有空，就儿科的一位有空当，几个人拜托了顾合一半天，事情算是搞定。都是同事，几个人被喊进来吃夜宵。

阮昭一抬头跟路可燃的视线撞在一起，路可燃目光灼灼，想必是已经知道她跟许煜在一块的事。阮昭不想与路可燃起冲突，但偏

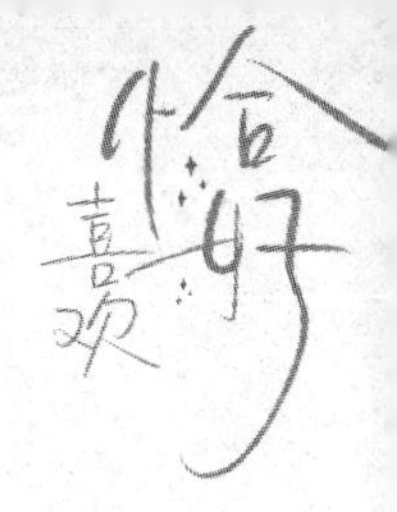

偏坐在对面的人跟她过不去似的，将袋子撕得哗啦响，让人不适。

“阿昭，说好的给我带的喜糖呢？什么时候给我？”冯筝偏要气气路可燃，笑嘻嘻地问阮昭。

阮昭打了下她伸过来的手，没好气道：“没有。我这份麦当劳你要是不嫌弃可以给你。”

“你不吃啊？”

“减肥，最近都胖了。”

冯筝笑道：“你哪是吃胖的，分明是爱情甜出的蜜给滋养的。”

阮昭肉麻兮兮地看了冯筝一眼,脚在桌子下踢了她一脚示意她闭嘴。

突然有人开口：“有些人挺逗的，捧着块石头当宝贝，自己还不知道呢。”

阮昭抬头，说话的是路可燃。

她懒得接腔，任由路可燃说破天去。

“你指桑骂槐说谁呢？这儿就这么几个人，有什么话明说呗。”冯筝没忍住回怼过去。

她平时就看不惯路可燃，现在看路可燃那副趾高气扬的样子更是气不打一处来。从进科室两人在急诊科实习，每次犯错路可燃甩锅给冯筝开始，两人梁子越结越深。现在这人又阴阳怪气，冯筝以为她的尖酸刻薄是冲着自己，盛怒之下哪里还顾得上阮昭的颜面。

“有什么可得意的啊？冯筝你虽然没什么能力，但也不用成天跟着某人后面拍马屁吧。她给了你多少好处你到处帮她炫耀，自己没长嘴吗？”

阮昭听出路可燃话头冲着自己，抬头看向她：“你有什么意见吗？”

两人之间的气氛剑拔弩张，顾合一一看不对劲，拉住阮昭：“病房巡查的时间到了，你跟我去吧。”

阮昭点头起身，这时路可燃一个箭步走到她面前。

“你抢了我的人，现在就想走吗？”

阮昭扭头，目光渐冷：“抢就抢了，你想怎样？”

“你也承认了对吧，当初明明是我认识许煜在前……”

阮昭接过话茬：“我跟他高中就认识，你跟他熟识不过区区几个月，你打算拿什么来跨越这段时差呢？你说我抢人，路医生，请问我的男朋友对你表示过任何爱意吗？”

路可燃一下被怼得哑口无言，别说爱意，那个男人连好脸色都没怎么给过她。

“你可以继续喜欢他，我没有意见。但像今天这种在职场故意跟我制造矛盾的情况我不希望再发生，有什么事你可以私下跟我说。”阮昭轻笑了一下，“对于你们的关系，许煜早就告诉过我，你们只是普通朋友，你不必过度渲染，树立自己被插足的形象，我不吃这一套。”

“行啊，反正他也不是什么好货色，那就送给你好了。”路可燃抱着手臂，抽了抽嘴角。

阮昭这时才认真地看了路可燃一眼，问：“你说什么？”

“一个残疾人而已，你以为我的家庭会接纳这样一个人，我对他不过是一时兴起。我今天找你，也只是因为我不喜欢任何人抢走属于我的东西，你以为我会对他情深义重？”

“什么残疾人？路可燃你信不信我撕烂你的嘴？”冯筝冲上来，一副要跟路可燃干架的态势，被阮昭一把拦住了。

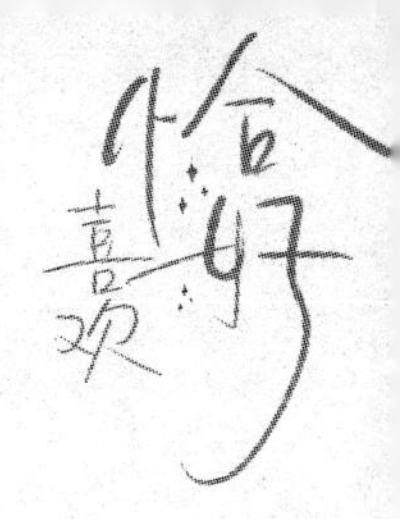

“许煜以前受过伤，右耳处于失聪状态，被定性为三级残疾，要不然这么多年他还会只是一个小小的飞行队队长？你真以为他前途无量吗？”

冯筝闻言，惊愕地扭头。

办公室的白炽灯下，阮昭的眼神变得凛冽和不近人情。

他热爱到可以用生命守卫的事业，竟然轮到这种人指手画脚。

顾合一急了：“路医生，你乱说什么，你昏头了吧？！”

“我可没有乱说，许煜的病历就在咱们医院，你不信可以去查啊。阮昭，他不会连这种事都瞒着你吧？”

“你过来。”阮昭勾了勾手指。

路可燃蹙眉：“什么？”

“你过来我告诉你。”阮昭不咸不淡地说。

路可燃犹豫了下，侧眸见办公室的同事都看着她，心想谅阮昭也不敢在这么多人面前耍花招，昂着头走过去。

两人一步之遥。

阮昭眼睛微眯，张开手正欲一巴掌呼过去，手腕被人从后面抓住了。

“阮昭，这里是医院。”顾合一制止。

阮昭从他手里挣脱开，冷眼打量着路可燃：“那就去外面。”

路可燃被她认真的模样吓得后退几步，声音低了下来：“你让我去我就去啊。”

“阮昭。”顾合一厉声叫她，这人平时很冷静，怎么……怎么一碰到那个人的事就暴躁成这样，这样大张旗鼓地在医院里闹，被病人看到做何感想，他担心她，“如果这事闹大，你下个月评职称的事很可能泡汤。”

“那又怎么样？”

“不管怎么样，大家都是同事，有什么事情和平解决。”顾合一劝道。

气氛安静了一瞬。

下一秒，阮昭不由分说地拽着路可燃往院长办公室走。

“阮昭，你……你想干什么？”路可燃这下慌了，她没料到阮昭真敢与她来硬的。

“我们找院长，开医学伦理委员会。作为一名医生你随意散播病人隐私，有违职业道德，我看医院是保护患者的权益还是保你。管你是哪个领导的亲戚，我拼了这身白大褂不要也要让你在行业里混不下去。”

“你……你……”

路可燃真的怕了：“我不去，你松开我，我不去！”她用力地挣脱开，气喘吁吁地说，“怕了你了，我跟你道歉还不行吗？”

“你该道歉的不是我，”阮昭凛冽地看着路可燃，一字一句地说，“是每一个被你侮辱但此时正拿命守护在一线的救援人员。”

“对不起。”路可燃脸涨得通红，不敢再多留，一阵风似的往办公室外面跑。

剩下的同事面面相觑，闷不吭声地急匆匆吃完东西，也各自散了。

阮昭找了把椅子坐下来，这才发现自己一身热汗，被气得浑身发抖。

“阿昭，你没事吧？”冯筝担忧地看着阮昭。如果一开始她没有跟路可燃挑事，也不会闹成这样。

阮昭摇头：“没事。”她安静了一会儿，抬头看向冯筝，哑着嗓子开口，“人要受多大的伤才会失聪，会很疼吗？”

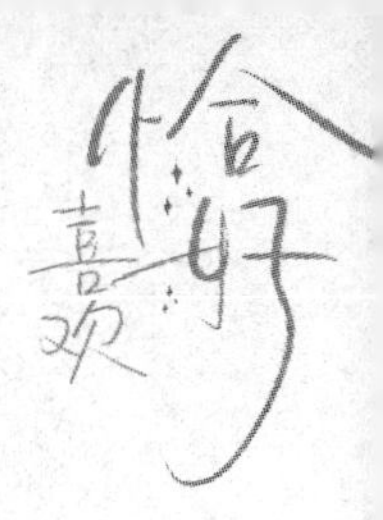

冯筝哑然，一时不知道怎么回她。

这时，一个人影从门口蹿进来，一把搂住阮昭。她低头，见是池樱，问：“你怎么过来了？”

“我听说你们科室闹得厉害，就跑过来看看，你还好吗？”

“嗯。”

阮昭一抬头，见魏劭行也气喘吁吁地进来拉住池樱：“你别在儿科闯祸啊，跟我回去。”

阮昭拦住他：“让我跟她聊聊吧。”

两人下楼，在附近找了个烧烤摊。阮昭心情不好就喜欢点各种吃的，堆了满满一桌子，服务员一直在上菜。池樱瞪着眼看着桌上的烤串，然后见阮昭噌地站起身朝外头去了，再回来时，怀里抱着一箱啤酒。

完全就是不醉不罢休的阵势。

池樱蹙眉看着，心想舅舅你以后要多多挣钱，不然还真养不活这位舅妈啊。

阮昭自顾自地倒酒一口气喝了一大杯，池樱偷偷伸手去摸酒杯，被阮昭打回去：“小孩子家家的，不许学喝酒。”

池樱不服气：“我都读大学了。”

“那也是学生。”没得商量，回头许煜回来看她把外甥女带坏了，还不得跟她没完。

“你们今天发生了什么事啊？”池樱问。

“你没听说？”按理说，闹出这么大动静，没几分钟八卦消息就会传得尽人皆知了。

“没，就老师警告我们科室的人，不许说闲话，我一句也没听见。”

看来魏劭行把小姑娘保护得很好嘛。

“不是什么大事。”

“我看你像是受了什么刺激。”

阮昭放下酒杯，不喝了，伸出食指一晃：“不，压根儿没什么影响。”

才怪。池樱看她整个人都乱了分寸。

仔细看阮昭，还是有种凌乱的美感。池樱第一次见她，她穿着跟别人一样的白大褂，但池樱觉得她巧笑倩兮，眼角眉梢都是风情。

她跟舅舅，一个外放，一个内敛，互为补充，般配至极。

“她斗不过我。你知道，人什么时候最可怕吗？”阮昭喝多了，脑袋晕乎乎的，“不要命的时候，我敢拿命跟她拼，她不敢。”说完，她哈哈大笑。

池樱不明白，什么事情什么人值得一个人为之拼命维护。

她以为阮昭说的醉话，一边点头认同，一边咬着一串烤鱿鱼。

“你知道你舅舅耳朵受伤的事吗？”

池樱闻言抬头，见阮昭突然清醒了，一脸认真。

“知道一点，但我那时候还小，家里一些事我都只听到一些细枝末节。”池樱斟酌着答，“我只知道舅舅是在救援中受的伤，神经性的，后来做了很多次修补术治疗才慢慢痊愈，吃了不少苦。舅妈，你突然问这个，不会是跟舅舅出什么问题了吗？”

“没有。他之前跟我提过，但是我不想深问。”阮昭闷声灌了杯啤酒，“我害怕。我怕那些经历太过惊心动魄，怕自己忍不住去干涉他想做的事。他压根儿没有瞒我的意思，我情愿他什么都不说，这样也许会平衡点，谁没有藏在内心深处不想揭开的秘密呢？”

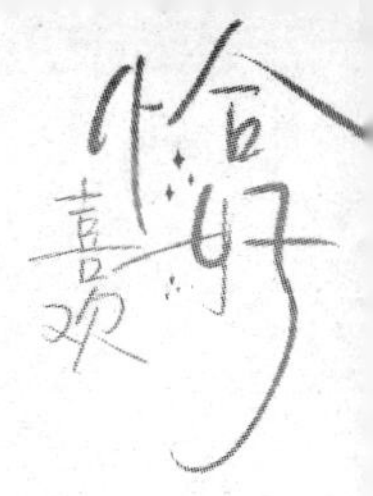

池樱耐心地听着，阮昭却不再说了。

“其实你知道吗，我当初学护理专业，就是怕万一他再受伤，没人护他，毕竟我是专业的。我舅舅为了我付出了太多，其实是我拖累了他。舅妈，你会好好地对他的对吗？”

阮昭点头：“我会，我替他谢谢你。”

夜宵没吃多少，一箱啤酒被喝掉一半，还好阮昭酒品不算差，不吵不闹只是低头坐在座位上。池樱喊阮昭喊不应，一时不知道怎么送阮昭回去。如果扛的话，虽然阮昭够瘦，但她力气实在有限。池樱招呼服务员帮忙照顾一下阮昭，自己出门打车。

她刚推开门，被一个靠在门边的男人吓了一跳。

魏劭行蹙眉：“你胆子这么小，大半夜的还在外面晃悠什么？”

烧烤摊上白色烟雾四处缭绕，伴着各种海鲜的香气，她甚至觉得这个男人秀色可餐起来。

“老师你怎么在这儿？”别告诉我你是跟过来的。

“我刚在微信群里问你到家没，有同事说你在这边我就过来看一眼，免得你被人卖了还给人数钱。”

池樱控诉：“我在你眼里这么笨啊？”

“你说呢。”

“夸我的人可多了，偏偏就你喜欢埋汰我。”池樱没好气地白他一眼，“阮医生醉了，我正想法子呢，你帮一下忙。”

“你喝酒了？”魏劭行凑近闻了闻，她身上没有酒气，这才放下心来，“人在哪儿？”

池樱往烧烤店内一指。

魏劭行进门将阮昭扛到肩上，还不忘提醒池樱跟上。

“你慢一点。”

魏劭行停下脚步，扭头瞪池樱一眼，就听她慢悠悠地说：“男女授受不亲，这可是我舅舅的女人，你不准有其他想法。”

魏劭行内心嗤笑，我认识这个酒鬼的时候，你舅舅还不知道在哪儿呢。

安置一个喝醉的人，简直比做一场十个小时的手术还要累。一路上阮昭吐了七次，池樱怕魏劭行心疼车，偷偷拿卫生纸擦了又擦，一路走走停停终于到家。

阮昭手机响了起来。

池樱看见来电显示，接通电话后，声音带着哭腔冲电话那头喊：“舅舅！”

“怎么是你接电话，阿昭呢？”许煜问。

池樱扭头看了眼虽喝醉了但仍然执着地在独自洗漱的人，默默地回头。

“她喝醉了。”池樱怕许煜担心，连说，“没事，我已经把舅妈安全地送回家了，不过她喝得有点多，可能胃有点难受。”

她刚说完，阮昭不知道什么时候站在她面前，睨着她：“你拿着我的手机干什么？”

池樱将手机双手递给她：“舅舅的电话。”

许煜正焦急地等着，这时，一个沙哑的女声滑进他的耳朵。

“喂。”

“阿昭。”他叫她。

听到声音，阮昭傻笑：“咦，谁的声音这么好听啊，哪位？”

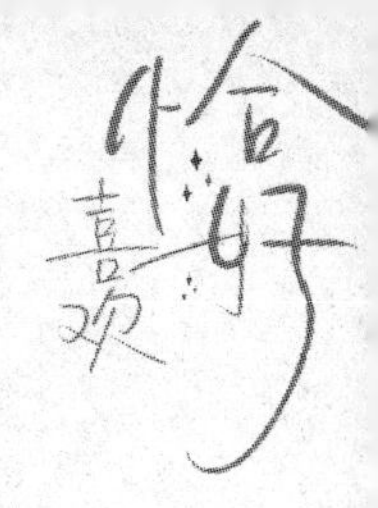

许煜被她气笑，神志不清到人都认不清了吗？

“我啊。”

“你是谁啊你，说名字。”

“许煜，你男朋友。”

“嗯？我有……声音这么好听的男朋友吗？不对，我什么时候有男朋友，我怎么不记得？”

“你男朋友不光声音好听，长得还帅。”

“真的？”阮昭拖长音调，被他逗得捂住醉得通红的脸咯咯直笑。男人声音颇为性感，让人听得如同坠入湖内，心里柔软得一塌糊涂。

池樱捂住嘴巴笑嘻嘻的，她带着只顾讲电话的阮昭到床边安置好，就默默退出去了。

不知过了多久，许煜只觉得电话对面静得厉害，只剩下呼吸声。

他独自坐在走廊上的椅子上，这规律的呼吸声让他心安，就好像阮昭此刻就在身边一样。

“许煜……”阮昭半梦半醒，浑身滚烫。她出了一身大汗，酒气散了些，头脑不似之前那样混乱。

她撒娇式的语气听得许煜心尖都在发颤：“你感觉怎么样？”

“难受。”她不太舒服地滚了一圈，将被子压在身下，大口呼吸了一下，“我想你。”

“我也是。”他笑了，“还好只剩下一天，不然我真的不知道怎么熬下去。你知道，我这段时间几乎是数着日历过日子。尤其像今天这种日子，我应该陪在你身边，我不是个称职的男友。”

“才不是，你那样好……”阮昭喃喃道，“好到让人心疼。”

“我表现得还可以吗？”

“十分。”

“那你告诉我，为什么喝这么多酒？心情不好？”

“嗯。”阮昭老实答了，“你知道我们科室的人都叫我什么吗？”

“什么？”

“暴力兔子。”

“挺贴切的。”

“难道我体内真的有暴力基因吗？”阮昭仰头，将枕头垫高了点，自言自语。

许煜耐心地听完，柔声问：“你苦恼是因为这个？人性格的改变只有生活发生重大改变才会发生。”

“我本来也没想改啊。”阮昭哼哼两声，“乱七八糟，随他去吧。”

许煜只当她喝醉酒，说话颠三倒四。

“你说重大改变，是什么？”

许煜还未答话，便听她自问自答：“难道是……生个孩子？”

他惊得手机差点滑到地上，瞠目结舌：“你是怎么做到把这些话说得这么自然的？”

“笨，以后是不是连造人都需要我教你。”

“想学，自然有学会的办法。”许煜手插回兜里，背脊笔挺，“你知道男人很多东西都是无师自通的。”

“唔……”她想了会儿，“你接吻的技术还是很不错的。”

许煜被阮昭逗得哈哈大笑：“好了，你该睡觉了。”

房间里漆黑，她这才发现好像停电了，电话里传出许煜断断续续的歌声——

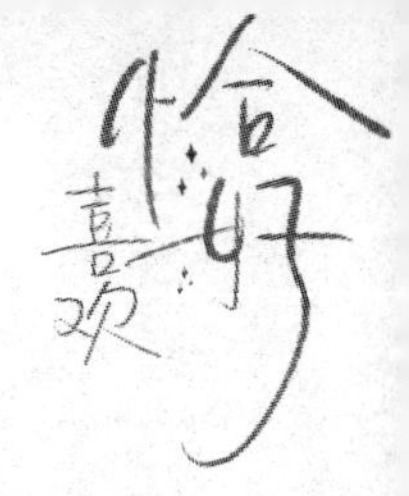

“引擎声音轰隆作响，隼鹰出击至云的尽头。漫长的夜里，寂静地盘旋，孤独地制造，地对空导弹，我一定穷尽所有力气坚持到底，在世界末日之前你是我的唯一。”

阮昭闭眼，好像看到那个身穿航空制服意气风发的男人，在三千米高空之间，他的发丝都在随风飞扬。

那是她没见过的他的样子，她大概错过了世界上最美的风景吧。

客厅里，池樱就着手机电筒光看向卧室，人似乎是睡着了。魏劭行拿着扳手出门，被她叫住：“你干吗去？”

“我去外面的电井看看。刚问了物业，整个小区就阮昭家停电了，可能是没电费。电井一般会存有应急电，需要重新拉闸。”

“我跟你一起去吧。”

魏劭行点头。

电井就在走廊拐角，魏劭行拉完闸便听见轰隆一声，两人下意识看向发出响动的方向，面面相觑，错愕了一秒钟——刚刚一阵过堂风刮来，门被关上了。

“你有钥匙吗？”池樱默默地咽了咽口水，期待地问。

“没有。”他的声音幽幽的。

池樱欲哭无泪：“我的包和手机都在房间里，怎么办？”

魏劭行耸肩：“电来了，我要回家了。”

“啊？”池樱一把拽住男人的衣角，只差没跪在地上抱大腿，“别把我一个人丢在外面，求收留。”

她眨巴着忽闪忽闪的大眼睛，尽可能扮出可怜相。

魏劭行忽然说：“我也是个男人。”

池樱一下没听懂，还没从无家可归的悲伤中抽离出来：“什么？”说完，她怕他以为自己是故意把门关上的，连忙摇手，“我不会对你意图不轨的，你放心。”

魏劭行担忧地看了她一眼，这人到底有没有一点女孩子的安全意识，随便就能跟个男人回家了？

下一秒，小姑娘将自己绑头发的丝带解下来双手恭敬地递给他：“如果你晚上怕我图谋不轨的话，可以用它来绑住我的手。”

“你跟我进来吧。”魏劭行掏出钥匙，打开了自家的门。

他对于住在阮昭旁边表示深深的后悔。之前因为房东有让男朋友前来入住的打算，原本他已经收拾好行李准备搬家，结果前段时间房东通知他之前的计划取消，他可续约入住。他图了个方便，一下续约两年，最近工作繁忙，打包箱里的物品还未全部拿出来，客厅里大大小小的箱子放了十几个，拥挤到不行。

“我睡沙发就好。”池樱轻手轻脚地躺在上面，尽可能不发出任何声响，生怕他一动怒将她赶出去。

那模样俨然像是一只可怜兮兮的流浪小猫。

算了。

他将新毛巾丢给她：“你洗一下，进卧室睡吧。”

她早就猜到他面冷心软，但是——

“我不去，这儿就挺好的。”池樱拍了拍沙发，没动。

“哪那么多废话？”他不耐烦了，站在边上干等着，又不好伸手去拉她。

“你不是……不理我的吗？”池樱坐起来，仰头看他。

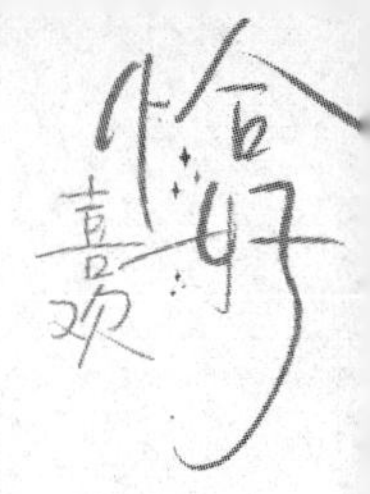

魏劭行一想：“没有。”

池樱又道：“我把你骗去临市，你虽然不知道我是去见家人，但好歹以为我是独自旅行怕我出意外陪我一起去了，也在我外公外婆面前给了我体面，我谢谢你。老师，我二十岁了，作为一个成年人，我分得清什么是喜欢。但你说得对，我小时候父亲就去世了，舅舅虽然一直护着我，但我确实没有感受过父爱，大概真的有恋父情结吧。但我觉得我对你的喜欢仅仅是这样，更不是一时兴起。”

魏劭行被她突如其来这一出整得蒙了，吞吞吐吐地说：“你这小姑娘怎么想一出是一出。”

来他家蹭个沙发，还顺便表个白。

“你帮我查论文，随时出题考我，帮我挡挥过来的拳头，像今天这样不放心我到没到家，仅仅是因为我舅妈是你朋友？”

魏劭行被问得哑口无言。

半晌，他才问：“你想要什么？”

“给我三次约会的机会，如果到时候你还是没能爱上我，我就放弃。”

她大有不达目的不罢休的架势，魏劭行不说话，她就咬紧牙关，盯着他等待着。

一分钟过去了。

魏劭行突然泄了气：“三次就三次吧。”他答应了。

她笑起来，两颗虎牙尖尖的，又憨又可爱，看得他心尖一动。

“你现在立马起身，洗漱了去卧室睡觉。”他命令。

池樱如小鸡啄米般点头，踮着脚从他身边跑了。

临市水上救生演练场。

应急警报拉响，演练场响起急促汹涌的脚步声。

在简易驻扎地边上一面带着红十字标志的白色旗帜随风飞扬。身着迷彩服的救援人员迅速在操场集合，许煜带领几位队员登上直升机，螺旋桨急速转动，带着翻涌的气浪直逼长空，如同一把利刃，将阴沉的高空撕开一道口子。

整个救援过程井然有序，每个人如同一颗颗螺丝钉将自己焊死在自己的位置上，让受伤人员在最短的时间得到救援。

这是整个救援演练中最后一项，随着号角的吹响，意味着这段时间的演习完满落幕。

然而，生命急救的航线没有终点，永远在进行中。

天黑，一队人都在收拾行李。

方一惟小声问：“你看到队长眼睑下的乌青没有，他回来倒头

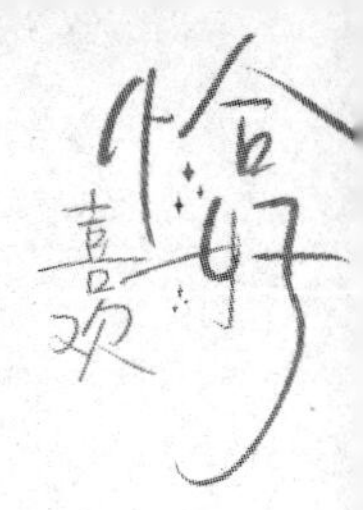

就睡，这得困成什么样啊。”

“能不困吗？”付刚一脸憨笑，“他昨天在门口打了一夜电话，上午的演练还发挥得那么完美，我简直要封他为神。”

“我还听到了歌声，我以为我在做梦呢。咱们队长能力强，长相佳，就是这唱歌得练练，太催眠了。”

付刚揍了方一惟一拳：“就你话多。”

“你俩说我什么坏话？”

两人正耍宝呢，许煜醒了，一个眼刀丢过来。

方一惟浑身一哆嗦，指着付刚告状：“队长，这家伙偷你糖吃。”

许煜翻了个身，没搭理二人，继续睡觉。

方一惟小心翼翼地走到许煜桌子前面，拉开抽屉一看，盒子是空的，一颗都没了，难怪他一点不紧张。

付刚撇嘴继续收拾行李，却见方一惟双手张开，抱着自己的一只胳膊，咧嘴傻笑：“你干吗呢？想糖想疯了？”

“我又不是小孩。”

“那你天天觊觎许队那些糖。”

“我知道这些糖是阮医生给他的，故意揶揄他嘛。每次看他舍不得护着的样子，就感觉很好笑。”

“无聊。”

“我刚在老大抽屉里发现一样好东西。”

“什么？”

方一惟做了一个在无名指套圈的动作。

见付刚这个榆木脑袋还是不懂，他悄声说：“戒指。”

付刚惊讶：“老大要求婚？”

方一惟扭头看了看里头，见当事人还在睡觉，说：“我敢打赌，他这次回去就会行动。”

飞行队坐的晚上六点的航班，阮昭心里惦记着，巡查完病房就赶着去值班室换了便装。冯筝刚进门，跟她撞个满怀。

“已经秋天了，小姐。”冯筝指着阮昭一身红裙，震惊地张大嘴，“你不嫌冷啊？”

“美丽冻人嘛。”阮昭就着镜子将头发往后拢了拢，戴上发卡，扮相温婉又大气，“我要去接机，机场人乌泱泱的，我不穿得鲜艳点，他能一眼看见我吗？”

“啧啧，我看，你就算是穿个白 T 恤他也能认出你。”

“嗯？”

“他眼里只有你呗。”

阮昭侧身拿起包，喜笑颜开，说：“你这话说得我爱听，走了。”

空气中只留下淡淡的香水味。

飞机上，方一惟一直惦记戒指的事，又不好明问，只能试探：“队长，你等下直接回家吗？”

“嗯，回去休息。”许煜闭目养神。

“你跟阮医生发展到哪一步了？”

许煜瞪了他一眼，满脸写着“关你什么事”。

方一惟往他那边挪了挪：“我听说，阮医生有个很厉害的追求者，跟她在同一个科室，人家不光有能力，还多金，是君合医院有名的钻石王老五。”

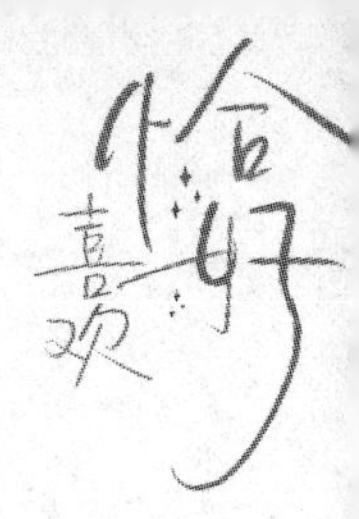

“你想说什么？”

“没有，就提醒你注意。”

许熤不吭声。

隔了一会儿，他终于出声：“我刚搬进新房子，阮昭还没去过，我想先回去把家里布置一下，带她过去。”

方一惟秒懂，眼睛闪着光，跟另一边的付刚交换了视线，小声讨论：“你看，我就说吧，队长早有准备了，咱们得帮帮他。”

“怎么帮？”付刚半信半疑地问。

“我们帮他布置求婚场地啊。队长一个大老粗，身边也没半个女的给他把把关，咱们这么多年受了他多少照顾啊，是时候出份力。”

付刚点头：“行，我叫上兄弟们。”

“队长，我们也想去你新房看看。”方一惟转身给许熤边捶腿边说。

许熤眼睛半睁半眯地扫了他一眼：“你刚说谁是钻石王老五来着？”

“我没说。队长啊，你看看你，这么多年，怎么越活越年轻了呢，这走出去，别人还以为你跟我同龄呢，你肯定吃了防腐剂。”

许熤哼唧：“你少拍马屁。你们想去就去吧，我没拦着。”

“那要不这样，等会儿下了飞机，你去接嫂子然后买菜，我们帮你布置房间，人多力量大，比你一个人快多了。最主要的是你可以第一时间见到嫂子啊，你不想她啊？”

许熤被说得动了心。

“行吧，地址我一会儿发你手机上。家里一些挂饰都被我外甥女签收，在客厅里堆着，辛苦你们了。”

“不辛苦。”方一惟笑嘻嘻的，暗地里冲付刚比了个耶。

另一头，已经快到飞机降落的时间，阮昭还堵在路上。她一个上班族，平时受海东交通拥挤之苦，今天特意避开下班高峰期，结果却没有任何改变。

“师傅，这段路什么时候才会通啊？”她焦急地看表。

司机一口海东本地方言：“我不知道啊，不是我不想走，你看这个地图，红彤彤一片，起码得一个小时。”

司机哪里懂得她急着见男友的心情，只一个劲地安抚她：“放心啦，再等等。”

许煜打来电话，她猜到他已经下了航班。

“你回来了吗？”

“嗯，我在你医院门口。”

医院？

阮昭低头看了下时间，已经八点。她匆匆结了车费，在路边开了辆共享单车就往医院赶。她觉得自己这辈子骑车都没有这么快过，快到心脏要蹦出来。

等到了住院部大门，她将车放到一旁，三两步冲上楼梯，跑上走廊。

光影昏暗，人来人往，许煜微低着头，听见身后的脚步声越来越近，他扭头，就看到了阮昭。

见是她来了，他笑了，伸手要冲她挥了挥。

阮昭朝他飞奔而来，与他紧紧相拥。

熟悉的气息扑面而来，阮昭这才觉得自己活过来了，就像干涸已久的植物，遇到了精心浇灌自己的主人。她将脸埋进他的肩头，

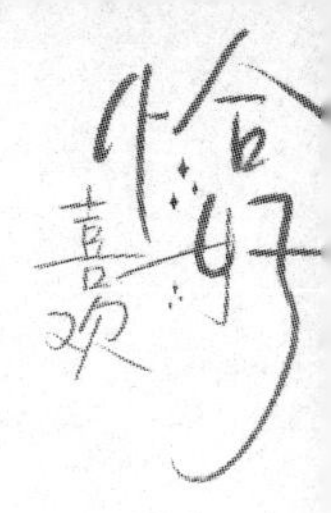

甚至有种落泪的冲动。

他回来了，他就在她身边，真好。

她好爱他啊，好爱好爱。

许煜愣了愣，双臂箍紧，回抱住她，柔声问：“你去哪儿了？”

阮昭不好意思说自己专程接机，结果被堵在路上一个小时。

“我回家。”

“你回家穿得这么好看啊？”他戳破她，笑着问。

阮昭也跟着笑。

“我刚刚在机场找了你好久。”许煜低头，唇贴紧她的耳朵，他感受到自己心脏的战栗，那是思念至极的味道。

“路上堵车了，我本来想给你个惊喜来着。”

“我也是。”

两个人就这么抱着，话语变得很多余，只有两颗越跳越快的心在怦怦作响。

她崇尚活在当下，从来不敢幻想未来，甚至想过早早地为自己买块墓地，万一有天她孤独地死在公寓里，也好有个栖身之所。

可是许煜的出现，让她对以后有了期许，她空荡又冷漠的内心被一点点填满。那里是她最真实的自己，无所顾忌，无须伪装，野蛮生长。

“许煜。”

“嗯。”

“你昨天给我唱歌了。”

“你还记得？”

“你还说你很爱我。”

“我爱你。”

“原来那不是做梦啊。”

阮昭痴笑。

两人的手一旦牵着便再也不舍得放开，连在出租车上也牵着。阮昭黏着许煜，像挂在他身上的一个物件，一刻也不想分离。

她问：“我们现在去哪儿？”

“先去买菜，然后带你去我家，我搬了新家，一直没机会带你去。”

阮昭点头：“我听池樱说，你的老房子拆迁了。”

“是。之前新家一直在装修阶段，连我自己都是第一次去，平时住宿舍住习惯了，不过现在不一样了。”

“有什么不一样？”

“多了一个你。”他捏紧她的手，眼神凝视着她，目光清澈而温和，“我想给你一个家。”

他话说得认真，听得她心神都在颤动。

“你知道吗，以前不管去哪儿去干什么，我都不看回路，只知道自己要去那儿要干什么，按照计划去实行就好了。可是这次在临市，我心里总想着，有个人在海东等我，她在等我回家。我的人生有了羁绊，就像一个挂在高空的风筝，我知道我的线还在，我得回到地面去。有人等待的滋味太过美好，让我觉得好像在梦里。”

“傻子。”她听完，笑话他，“你以后想跑也跑不掉。”

两人从超市买完菜出来，路过一个卖花的小摊。许煜停下来，给阮昭挑了一束白玫瑰。

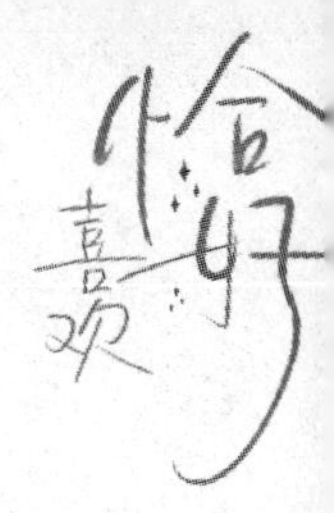

阮昭难得收到花，抱在怀里喜滋滋的。卖花的是个小姑娘，话说得好听：“大哥哥，你女朋友人比花还娇。”

阮昭跟许煜相视而笑。

远离主干道，走进巷子里，四周安静下来。许煜一手提着塑料袋，一手拉着阮昭，温暖的路灯光芒在两人脸上跳动着。

阮昭扭头看他，男人目光清明，不掺一点杂质，如同少年模样，她发自内心地觉得幸福。

“你总是一阵阵地笑，笑什么？”她扯着嘴角问他。

“我就觉得，咱们这样挺像老夫老妻的。像极了某个下班路上，我们在超市门口不期而遇，挑选晚上想吃的食材，互相询问对方的意见，依偎着走在寒风中，闲聊白天发生的事，然后回到我们的家。”

“我们的家？”

“是，我们。”

他扭头看她，眼底充满柔软。

阮昭眼神闪避，换了个话题：“你饿吗？要不要先吃点什么垫下肚子？”

“不用，我在飞机上吃过晚餐。”

阮昭看了袋子里满满的菜：“那其实不用再做，我也在医院吃过了。”

“我最近老听你说医院的伙食不好，在临市的时候，有时候睡不着，我就会研究下菜谱，想着回来给你做一些爱吃的。”

阮昭没料到他一直惦记着她的饮食，心头微甜，说：“那一定是世界上最好吃的东西。”

“不练好厨艺怎么拴住你这只馋猫的心。”

阮昭嬉笑："你什么都不做就可以。"

"啊？"

"因为你帅啊，贼帅的。"

许煜被她哄得忍不住大笑。

楼上的方一惟趴在窗户上望眼欲穿，见两人终于并肩走进小区，兴冲冲地朝身后的众人挥手："他们来了，嫂子手里还抱着花。队长这人平时看着严肃，谈恋爱的时候还挺有情调的。"

付刚一把揪住他："你还有心思看，赶紧藏起来。"

一行人蹑手蹑脚地躲进次卧。

两分钟后，门外传来门锁扭动的声音。

阮昭在玄关换好鞋，先许煜一步走到客厅。

许煜见她站在暗处以为她没找到开关，整理好鞋进去，开灯时说道："客厅灯的开关在这边，我特意找人按照你的身高来做的，你……"

他话没说完，看到地板上铺满的气球和鲜花，顿时愣住。

阳台的落地窗上贴着一行花字——Marry Me（嫁给我）！

许煜愣神的瞬间，一只气球飞过来，他伸手捏住，见前面站定的人扭头一脸复杂地看向自己。

"是谁要求婚？"她问完话，突然反应过来，不可置信地看向整个屋子。

阮昭声音有些发抖，她没想到会突然来这么一出。

花香太浓烈，以至于鼻子都堵住了，呼吸变得困难起来。她装作自然地绕着蜡烛走了一圈，再看向许煜时，发现他眼底闪过一抹不知所措。

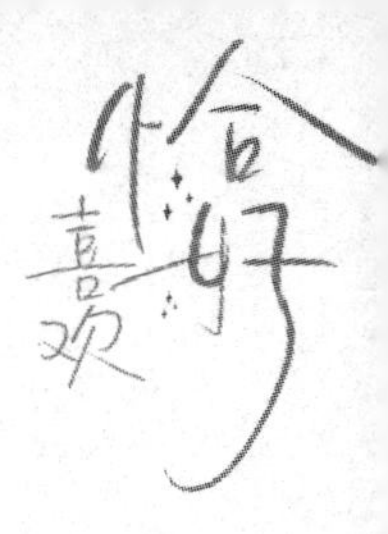

气氛有些许凝滞，突然一群人从次卧挤了出来，轰隆两声，有人甚至还放了礼花。

付刚小声地提醒：“我就说放早了吧，你刚趴在门口怎么听的。”

方一惟挠挠头：“队长，嫂子。”

许煜已经猜到这一屋子的东西到底是谁的杰作。

“今天辛苦你们了，先回去吧。”他下了逐客令。

队员们识趣地撤了。

许煜将人送到玄关，关好门折回来，无奈地耸肩：“咱们把这些蜡烛收起来吧，再烧下去，房子要着了。”

“嗯。”阮昭抬起头，勉强地笑了一下。

“我让他们提前来帮我布置，大概我的意思传达错误造成误会，你不要介意。”他声音很低地解释，“没想到惊喜变成了惊吓。”

阮昭点头：“是有点惊慌。”

想到什么，她很快又说：“我第一次被人求婚，居然还不是本人意愿。”说完，见许煜神色认真地盯着自己，又摆手，“我开玩笑的。”

打扫干净客厅，许煜去厨房做饭，阮昭在边上打下手，一切自然而然，但似乎又多了点欲盖弥彰的尴尬。

她低头在洗水池边洗菜，随时给许煜递去他需要的食材，手臂碰碰撞撞，她向右移了几步。

“把围裙穿上，我怕油溅到你身上。”他取了围裙，从背后替她系上。这是个很适合拥抱的动作，阮昭微微侧头，下一秒男人的气息已经消失不见，他去了灶台那边。

“噢，好。”她抓紧围裙带子。

锅里食材噼里啪啦地炸开，油烟机传来持续的轰鸣。

两人都静默了许久，谁也没开口说话。

餐桌上有现成的烛台，关了灯，配上满屋子的鲜花，昏暗的空间里安静无声，只有彼此的呼吸声，熟悉又安宁。

她品尝着他费尽心思做的一顿烛光晚餐。

许煜看着她，烛光下洁白晶莹的脸在今晚格外楚楚动人，那眉眼之中含着淡淡的笑。

“许煜。”她突然开口。

“嗯？”

“你是不是很渴望组建一个家庭？”

“算是吧。我以前没想过，但跟你在一起之后，有过憧憬。”

那如果，她不愿意呢？

她躲开他的眼神。

“我的原生家庭并不完美，甚至可以说很糟糕。”

“我知道，所以我才更想给你一个温暖的家。况且我们之前在临市聊过，如果你暂时不想结婚，我们可以慢慢来，好吗？”他微笑地看着她，好温柔。

“那如果我说不是暂时的想法，我从未想过跟你结婚这件事呢？”

许煜笑容僵在脸上。

“其实……”她纠结万分。

许煜也不逼她，等她想好了再开口，即便这个过程十分漫长。

“其实我跟我妈妈是家庭暴力的受害者。我妈妈去世之后，那个人更是抛弃家庭，导致我对婚姻充满了恐惧。”

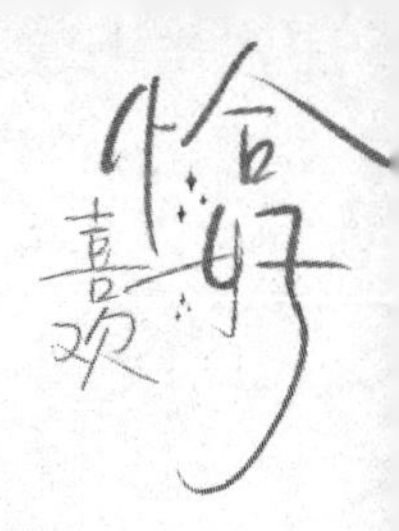


许煜从未想过阮昭不愿结婚的深层原因，他只以为她不想家庭成为她事业的负累而已。许煜，你跟她在一起这么久，到底了解了她什么？

“我很抱歉，事到如今才跟你说这个。”她一闭眼，那些令人窒息的痛苦仿佛又浮现在眼前，原来这么多年她都没有放下，她还有怨。

阮昭再不想多提，在压抑的安静里，眼睛只轻轻一眨，便有泪落下来。

这实在太不像她了。

许煜将她的脆弱看在眼里，此时恨不得捶自己几拳。

“那就不结婚。”他去抓她放在桌面上的手，柔声地安抚，“只要跟你在一起，怎么样都无所谓。”

“那孩子呢？你不想要孩子？”她追问。

“不要。”

阮昭摇头，终于忍不住哭出声来：“你在迁就我？”

两人就这么对望着，双眼皆赤红。

许煜不想她再哭了：“因为你是我最爱的人啊。”

“可我在拖累你。”她想了想，紧咬牙关，再次开口，“许煜，要不然我们分手……”

当她终于说出这两个字时，心突然空了，她不敢再说下去。

餐桌上，只有弥漫不散的寂静。

许煜蹙眉，眼底生出一抹颓然：“休息吧。”

话题再深入下去，他唯恐她再说出什么决绝的话来，于是拉开椅子站起身，朝她走过去俯身将她打横抱在怀里，回卧室了。

待阮昭睡着后他才出来，收拾完餐桌，拖着疲惫的身体躺在床上，感觉一下被掏空，半点力气也无。他闭上眼睛，满脑子都是阮昭那双雾气朦胧的眼。

喉咙痛得厉害，之前的感冒还没好，有加重的迹象，他从行李箱里翻出几粒消炎药吞了，脑袋在药效下逐渐变得发沉。不知道睡了多久，床头的手机响了，他被惊醒时发现自己出了一身冷汗。

而此时，万里之外的绥城发生强降雨，寻求救援的消息已经传到海东。

打电话过来的人是陆川。

“喂。”他哑着嗓音开口。

“你声音怎么这么样子，不会已经睡了吧？”

“你看现在几点了？”

陆川立刻领悟到话外之音：“就是知道很晚了，怕耽误你事，特意这个点才打过来。你跟阮医生怎么样了？”

“哪个又在你面前嚼舌根？”

“你别跟我打马虎眼啊。我也是刚知道的，方一惟他们几个给你布置求婚现场了，还瞒着我，我这个副队是不是太没存在感了？”

许熠说：“我们很好。”

陆川笑了笑：“那就好，只不过你们可能又要分开一段时间了。”

“发生了什么事？”

“绥城发生洪涝，需要一队人做重伤患者和救援物资的输送，袁指导那边已经下发通知了，天亮就要走。”

绥城，是阮昭的家乡。

“我现在就过来。”许熠立马起身穿衣。

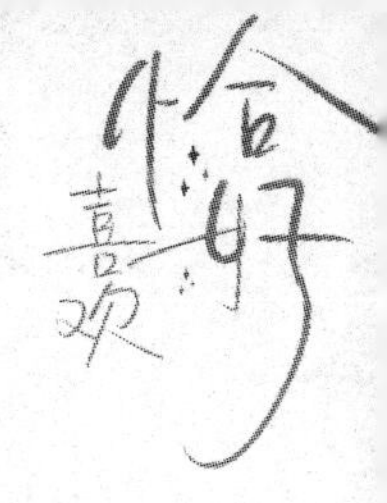

“不用。我已经在整队集合了，明天一早出发。你刚从临市回，跟阮医生才待了几个小时，晚上就不用过来了吧。出发前我让车过来接你。”陆川沉沉地吐出一口气，“兄弟，我有些过意不去。”

“职责所在，跟你无关。”许煜沉声答。

“不管怎么样，时间难得，你就安心地享受一下跟阮医生的独处时光。”

“谢谢。”

挂断电话，许煜睡意全无，走出卧室后发现旁边房间的灯还亮着，阮昭并没睡。

他就坐在沙发上守着。

不知不觉，天边泛起鱼肚白，清晨的第一缕光线破云而出，照亮雾气笼罩的城市。许煜看了看墙上的时钟，犹豫了一下，起身推开门。

房内窗帘紧闭，床上的人呼吸声安稳而平和。

他走进去，在床边坐了会儿，只见她熟睡时依然紧锁着眉头。

想到昨天两人的对话，许煜有点难受，伸手抚摸着她的眉眼。

熟睡的她感受到指尖传来的温度，半梦半醒地睁开眼，分不清是梦境还是现实，喃喃着：“许煜，你等我一下，等等我。对不起，我给不了你想要的结果，还偏要跟你在一起，给你带来了痛苦。”

……

许煜起身出了卧室，轻轻关上了门，拿好自己为数不多的衣物，下楼时基地的车正停在路边。

许煜戴好帽子，背脊笔挺，在猎猎风中走上车，一阵风呼啸而过，掠过他炯炯有神的眼。

队伍的主心骨一到，众队员眼睛蓦然发亮。

陆川递过来绥城洪灾区域等级图：“目前受灾的区域主要集中在绥城的南部，以山区为主，各县已经发生了不同程度的泥石流，尤其是很多村庄，受灾群众已经达到十万人……”

许煜听着陆川的汇报，认真地对屏幕上标注的密密麻麻的点进行对比标记。

“出发吧。”男人疲累的嗓音里一如既往带着坚韧和坚定。

# 第十章 许煜，我后悔了

阮昭醒来的时候，天已经大亮。她揉着眼睛起床，外面没人，客房收拾得干净整洁，一点被子的褶皱都没有，仿佛从来没人回来过。

人不在。

许煜突然把她一个人丢在他家。

她转遍整个房子，卫生间和厨房也是空的。

冰箱上贴着便笺：

“绥城洪灾，早上紧急出发，怕打扰你睡觉没有跟你打招呼。冰箱里有早餐，可用微波炉热一下吃。”

写到这里，留便笺的人似乎顿了顿，在纸张上留下个墨点。

“关于昨晚的话题，等我回来再说，不分手。”

最后三个字，跟前面的字体不同，力透纸背，字迹规整，仿佛写字的人深思熟虑很久一般。

阮昭迅速拿来手机，打开今日新闻热点，“绥城洪涝”四个字排在热搜榜第一的位置。她点进去看，全是寻人启事和灾情图片，置顶的官媒通报着失踪和死亡人数。

阮昭只觉得浑身失了力气，后退几步跌到沙发里。

她就这样让他走了。

她双手捂住眼睛，眼泪怎么也没忍住，从指缝里涌出。早知道抱抱他好了，为什么要把有限的相处时间拿去做无用的争吵呢？她甚至来不及跟他说要平安归来。

呆坐了片刻，她想起近段时间一直没有小姨的消息。

她打电话过去，一直处于无法接通状态。她的家乡是重灾区，通信都中断了，想要联系上人难上加难。

阮昭心里仿佛被一块大石堵住，从未像现在这样惊慌失措过。

与许熤一直处于失联状态，偶尔只能通过电视和社交软件得知那边的灾情状况。

几日过后，君合急诊大厅里人来人往，患者一下子多了起来，询问过后才知道，绥城附近的医院已经没有地方收治病人，只能通过飞机运输将重症患者运来君合。阮昭站在大厅里环顾四周，所有医生护士脚步匆匆，神情严肃。

阮昭看见身穿蓝色救援服装的救援人员，在人群里寻觅许久，并没有找到心中惦念的人。

许熤不在。

她失魂落魄地回到儿科，在走廊上碰见渠苑。渠苑面容憔悴，想是为了女儿病情心力交瘁。

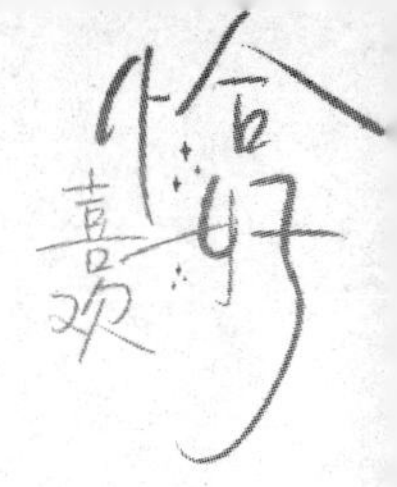

阮昭路过她时，被叫住：“阮医生。”

阮昭扭头：“你有事吗？”

“我听护士说，你老家是绥城。”渠苑走到阮昭面前，“这次绥城遭遇洪灾，你心里一定不好受吧？”

“是，天灾面前，人往往无能为力。”阮昭苦笑，“但愿家人平安吧。”

“现在绥城的交通已经瘫痪，外面的人无法进去，如果你想找人，我可以帮你。”

阮昭侧眸，没想到渠苑会主动伸出援手。

渠苑继续说：“我别的能力没有，但在微博上影响力还是有点的，你想找谁，我可以帮你转发寻人启事，这样找到的概率也会大一点。”

是啊，绥城人口一千多万，像阮昭这样到处打电话，无异于大海捞针。

阮昭这几日对小姨一家的担忧霎时浮于脸上，眼底流露出了一丝脆弱：“谢谢。”

“不用客气，我孩子的病你跟其他医生都出了不少力，我一直不知道怎么答谢你。”不等阮昭答，她又道，“你的微博叫什么，我关注你。”

阮昭心生温暖。

跟渠苑分开之后，阮昭回到办公室。

冯筝泡了杯速溶咖啡放到她桌上：“我看你这几天精神都不太好，你小姨那边有消息了吗？”

“还没有，但是，她应该没事吧。”

“我看新闻说，已经有部队到达那边开始营救受困人员，灾情很快会解决的。”

阮昭抱着咖啡杯“嗯”了一声。

“许煜呢，他现在在哪里？”冯筝在她身旁坐了下来。

“我不知道，联系不上。”

冯筝脸色冷了下来：“他这个男朋友怎么当的，再怎么忙跟家人汇报下平安的时间都没有吗？”

阮昭低头：“大概他还在生我的气吧？”

“你俩吵架了？”

“我提了分手。”

“啊？”冯筝瞪大眼睛，“你俩好得恨不得跟连体婴儿似的，那天许煜在医院门口等你，我们私下都笑他是望妻石。对了，那天顾主任还跟他说话了。”

“说什么？”

冯筝耸肩：“我哪知道，隔得那么远。”

阮昭沉默了下，又问：“哪天啊？”

“就你赶去机场接许煜的那天啊。你俩也太没默契，来了个完美错过。”

阮昭垂下眼睑，不说话了。

“说说吧，为什么吵架？”

“也没吵。”阮昭神色复杂地叹了口气，“许煜的队员布置了一个求婚现场，让我误以为他要跟我求婚。你知道的，我有严重的婚姻恐惧症，当时有点慌乱。”阮昭仰头，眼底再也没有光彩，看

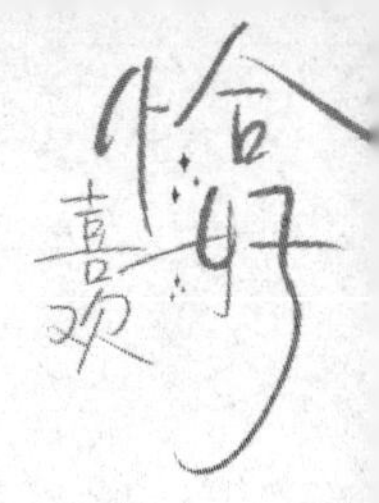

着有些柔弱和一丝不会轻易示人的疲惫。

“我跟他说，我不想跟他结婚。”

冯筝惊讶：“你这话也太狠了，我要是你对象，也接受不了。你是对他有意见，还是真的恐惧结婚这件事？”

“当然是后者。”阮昭想也不想就答。

“那你说清楚了吗？”冯筝又问。

没有，天知道当时她口不择言说了什么。

冯筝侧身调整了重心，如同一个大姐姐一样看着阮昭，叹气：“阿昭，你知不知道，你有时候说话挺伤人的。你看着开朗，做人不拘小节，但其实你把自己封闭起来，就像只刺猬一样。一旦有人踏入你的禁忌之地，就会被你刺得遍体鳞伤。”

阮昭失笑：“我有吗？”

“很多事，旁观者看得最清楚。就像我与你，我们共事多年，但你真正对我袒露心思的时候少之又少，我不介意是因为我知道就算是朋友、闺密在相处时也得有界限，这样才能长久。但许煜是你的男朋友，往后他也是与你共度一生的伴侣，你不该对他有所隐藏。你有所顾虑，就应该告诉他，两人一起承担，还有什么不能化解的呢？”

“我怕的就是这个。难道一段感情就不能维持在最开始的状态吗？”

“不能。一切事物都是瞬息万变的，要不就往更深处走，要不就是开始即巅峰，走着走着就散了。谈恋爱不结婚，跟耍流氓有什么分别。阮昭，你在利用他？”

“我没有。”

话聊到这里，冯筝认真地问：“那你有过跟这个男人过一辈子的打算吗？”

阮昭重重地点头。

冯筝深深地看着她，眼神颇为无奈：“你这个人太矛盾。”

“所以我后悔了，至少不该让许煜以这样的状态去灾区。我很爱他，我从没像爱他一样爱过一个人，我甚至想，如果他出了什么事，我不知道该怎么活下去。我太紧张这段关系，才不敢轻易地让它在婚姻这场大火里烧成灰烬，如果分手，至少了断在最美好的地方。”

“阮昭啊。”冯筝叹了口气，不知道说什么了，“不过别说你了，现在有几个女生不恐婚啊，生怕遇到几个渣男，这辈子就交待了。”

阮昭沉默。

“可许队长对你真心实意，从他的眼睛就看得出来。他爱你，才会把你放进他的未来里。你一向敢爱敢恨，不要这么纠结，等他回来，你们好好聊聊。”

“嗯。”

阮昭本来心里难受，被冯筝一开导，眉间的阴云散了些。余下的日子，她每日关注新闻，掰着手指头等许煜回来。

在渠苑的帮助下，阮昭终于跟小姨联系上，通了电话之后，得到了对方一切平安的消息。

绥城暴雨仍在继续，受灾人数越来越多。

强降雨导致河水上涨，有决堤的危险。救援战士和武警官兵人挨人，扛着沙袋往堤坝上跑。受到感染，绥城市民也开始加入。骤雨模糊了每个人的视线，身体如同在泥地里滚过一圈，但没有一个

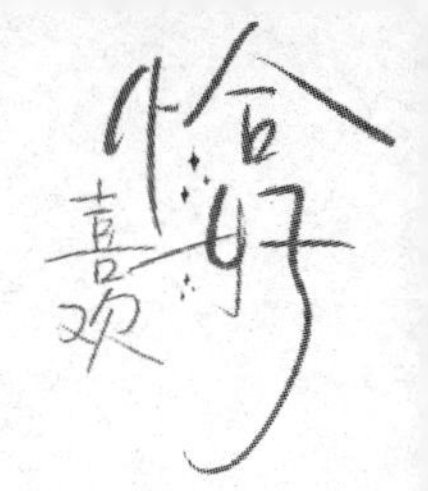


人喊累。

年轻的血肉之躯，在疾风骤雨中迎难而上。

他们用身体铸成绥城最坚固的防线，哪怕他们只是肉体凡胎，但钢铁的意志就是最好的城墙。

筑堤持续到凌晨，大雨暂停，指挥部的人宣布就地休息。

方一惟再也坚持不住，哇的一声吐出来。他这几天没怎么吃东西，吐的都是酸水。

许熠找了点干净的饮用水给方一惟漱口，医生过来看过之后，说没什么大碍，只是太累了需要休息。

他放心了些，起身往岸边还亮着灯的指挥中心走。

堤坝上，所有人横七竖八倒地就睡，大家都好几天没合眼了。袁指导还在里面开会，许熠等在外面，他闭着眼，但没有完全入睡。

突然感觉有什么东西砸到在的脚背上，他低头，发现是一只不知从哪儿来的小奶猫。

整个城市被水淹没，连小动物也失去了自己的家园。它仰头冲他喵喵叫，不知是不是饿了，找他寻求帮助。

许熠蹲下身，摸了摸它湿漉漉的毛发，被它瘦弱的身子刺得心尖一痛。

“饿吗？”

“喵呜！”

小猫听不懂人话，只能茫然地回复他。

许熠从怀里拆开一包压缩饼干，一点点掰碎，往它嘴里喂。

小猫狼吞虎咽地吃了。

吃饱喝足之后，小家伙也不肯走。许熠靠着墙边站着，它就趴在他的脚边，跟他一起看又开始降落的雨点，看远处还在忙碌的人。

没过多久，帐篷里的人出来了。

“你怎么没休息？”袁翀出来，见许煜正倚在墙边。

“睡不着。”

袁翀叹气：“是啊，这雨不停，人心里不安稳，睡也睡不踏实。”

许煜静静地听着。

“这边人手实在不够，不得已征用了你们。刚接到通知，附近有家医院被淹，加上断电，很多仪器无法使用，一些重症患者需要马上转院，现在已经有人过去转移了，大概还有两小时出发，我们已经联系好接收的医院，你负责转运。”

“好。”

“还有，基地需要人手，你先带二分队回去等候指令。”

“不用。”许煜斩钉截铁地回了两个字。

“怎么不用，你看看你，再看看你下面那些人，体力已经透支，再这样下去，命都没有了。你们的任务本身就只是运输，谁的身体是铁打的吗？”

“只要心里装着人命，就能坚持。”

“许煜，我的命令你也不听了吗？”袁翀暴跳。

“现在市区的内涝虽然有所缓解，但附近的村庄和县城受灾情况只会比这边更严重，那里面大多只有老人，不会使用社交软件求救，难道让他们受困等死吗？”

“上面已经派了部队过去……”袁翀劝道。

许煜眼神坚定：“天灾面前，多一个人就多一份力。”

袁翀知道许煜这个犟脾气怎么劝都没用的，没再继续说下去。

他对许煜始终藏有一份私心，当年如果不是他指挥失误，许煜不会受那么重的伤。

他扭头，见许煜身上全是污泥，说："要不要我进去找点水，你洗一下。"

"不用，等会儿就着河水洗一下就行。"许煜拒绝。

"你受伤了吗？"

"就擦破了点皮，没什么问题。"

许煜从口袋里摸出手机，还是没有信号。

袁翀瞥了一眼，看见手机屏幕上的照片，疑惑地问："咦，这不是之前那个医生吗？她姓什么来着？"

"阮。"许煜接过话。

"你们现在还有联系？"

"她……"许煜顿了顿，"她现在是我女朋友。"

许煜见袁翀一脸吃惊的样子，好笑道："所以您如果不想她一脚踢了我，以后就不要再给我介绍女孩子了。"

许煜抱着猫，头也不回地走了。

•

天亮之后完成转运，他们还有几个小时的休整时间。

转运的医院距离君合不远，许煜放弃休息，借用院里的摩托车，骑上便走，用最快的安全速度在一个小时后到达海东。

在儿科询问护士，阮昭还未上班。

绥城还是暴雨连连，而海东的朝阳已经从地平线升起，温暖的光芒笼罩整个城市。

这样静谧美好的清晨适合睡眠。许煜在楼下的小花园里坐着，眼皮渐渐打架，不知道是不是因为知道等会儿可以见阮昭一面，内心开始充盈起来。

一觉醒来，天已大亮，时间已经是九点。许煜起身要上楼，在楼下遇见冯筝。

“许队，你怎么——”她没想到许煜会突然出现在这儿，看他平安归来，想着阮昭终于可以放心，一时开心，“我上去帮你叫阿昭，你在这儿等会儿吧。”

“谢谢。”

他目送人上了电梯，找了个椅子，坐了下来耐心地等待。

冯筝进了电梯，跟顾合一打了个照面。

“你迟到了五分钟，走廊里的候诊患者已经等得不耐烦了。”男人冷着脸说道。

“我跟阮昭交代一下，就马上过去。”

“我帮你去说。”

冯筝不好再说什么，点头答应。

十分钟过去了，阮昭没来。

许煜不清楚她是有事耽误，又或者是因为之前的争吵不肯再见他。

他在心里琢磨了半天，最终起身出了医院大门。

阮昭早上巡查完病房，去茶水间接水，遇到冯筝。

冯筝问：“怎么样？人见到没有？”

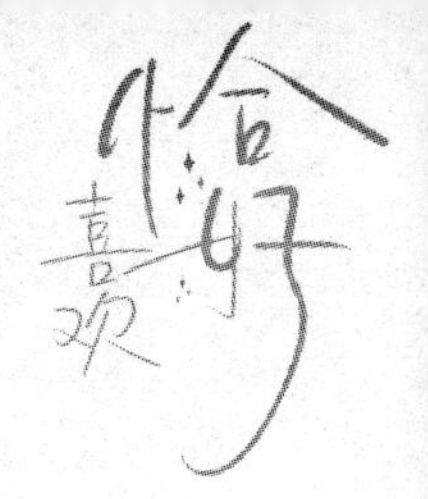

“见什么人？”

“你朝思暮念的许队长啊。我早上来的时候，他在楼下，用脚趾想就知道他专程来见你的。”

阮昭愣住：“你看错了吧。”

“我有毛病吧，还能唬你？我跟他说了上来叫你，结果在电梯里遇到顾主任，他说他跟你说的，他没说啊？”

阮昭扭头将水杯搁在案板上，转身跑了出去。

此时是看诊时间，走廊上全是乌泱泱的人。她脚步匆忙地往外挤，突然觉察到什么，抬眸对上一道炙热的目光。

是许熠。

她冲他挥了挥手。

他见到她，勾唇笑了。

阮昭捂住嘴，怕自己一开口就是哭腔。

许熠眼眶下乌青明显，下巴上全是胡楂，面容消瘦了不少，想必在灾区根本没照顾好自己。

这一刻，她不想跟他冷战，也不想跟他争吵，她只想待在他身边。

突然，人群中有人发出凄厉的哭喊——

“医生，医生！我的孩子晕倒了，求求你，帮我看看我孩子！”

阮昭扭头，见一个五六岁的男童口吐白沫。

阮昭蹲下身检查一番男童的状况，然后说：“您抱着他，跟我来。”

阮昭拨开人群。

她得走了，到她的工作岗位上去。

阮昭扭头看向许熠，那一眼似乎变得无比漫长，漫长到她能感受到他沉稳的呼吸、扇动的睫毛，以及欲言又止的嘴唇。

漫长到，他什么也没说，她便已经感受到他的思念。

四目相对，他们仿佛在拥挤的人群中，飞奔向彼此，紧紧相拥。

所顾虑的一切都不重要了。

她又怎么能做到离开他呢？

可是她无法告诉他，她只能用目光看着他，回应他的爱。

初秋的风带着寒意。

阮昭诊治好病人再回到走廊，哪里还有许煜的影子，只有走廊尽头依偎着一对陌生情侣，看得人心神感伤。她扭头，却看到顾合一正走过来。

“我们聊聊？”她双手插兜，歪头冲他笑，“我请你喝咖啡。”

顾合一点头。

两人去了楼下，点单之后，找了个空桌子坐下了。

顾合一看阮昭穿得单薄，将边上的窗户关上了，说：“我们好久没有像这样单独说话了。”

“工作时间在医院我们经常会一起讨论病情啊，哪里来的好久。”

“我指的是私下。”

“私下聊什么，我不想下班时间还处于加班的状态。”阮昭半开玩笑说。

顾合一淡笑着低下头，突然说：“我申请了赴美研修两年。”

阮昭讶异：“你要出国？怎么这么突然？”

“是之前就决定的，我父母都在美国，正好过去可以跟他们团

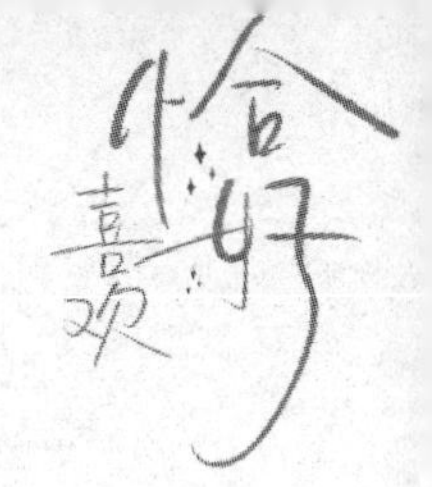

聚一段时间。”

服务员端着咖啡过来，顾合一止住了话。等人走后，他撕开桌上的糖包，往阮昭杯里倒了一半：“我记得你不爱喝太苦的。”

“谢谢。”阮昭还在他要走的消息中没缓过神来，“这事你跟谁都没说吗？”

“没有。但重点不是这个，阮昭，医院目前还有一个空缺名额。”他看着她，征求她的同意，“我想你跟我一起去。”

“我？”

“其实以你目前的水平，君合给你提供的发展空间有限，国外天地广阔，且医疗条件比这边好得多，你跟我一起去研修，不失为一种很好的选择。”

他话说得风轻云淡，实则紧张至极，将半包糖捏在手里，包装袋快要被他捏破了。

“我可以拒绝吗？”

她话一说完，看见顾合一脸上瞬间现出的失望之色。

“你是因为不想跟我去，还是舍弃不了你现在的挚爱？”顾合一反问。

“不，我从来不会把感情和事业混为一谈，也不会为了任何一方放弃另一个。只是单纯来讲，我从医大毕业后，又读研，再后来边工作边读博，虽然最后也没有成为一个对社会有重大贡献的人，但就算是在海东这个小小的城市，我也想尽自己的一份力，而不是放弃回馈生我养我的土地。”

顾合一脸色不太好看。

“你不必介怀我说的这些，每个人想法不一样，祝你在那边一切顺利。”

“谢谢。我没想到你会这么快给我答案。我曾一度认为我们是一类人，感情不过是锦上添花，更注重的是追求自我的价值。”

“但这个价值并不只是个冰冷的数字，不是手术室里流逝的时间。”阮昭接过他的话，“只有在爱你的人眼中，它是温暖的，你不再是一副空虚的躯壳，而是无价之宝。”

“你爱他？”

“是。”

“我告诉过他，像他这样等待，渴望与你在一起的不止他一个，但无一例外都失败了。阿昭，我以为，你对他，跟对之前短暂出现在你身边的形形色色的男人没什么分别。所以我在等，等你厌倦的那一天，可是我好像等不到了。”

阮昭撞上顾合一深情款款的目光：“这些年我跟着你学到很多，更何况我现在已经有男朋友了。”

“我猜到，当我说明自己的心思，会是这样尴尬的局面，很抱歉因为我的私心，给你和他造成误会。”

“没关系。”她大方地摇头，“我们是朋友，我以为这是我们之间最舒适的关系，以后也会是。这跟爱情一样珍贵，不是吗？”

她继续说：“如果你研修结束，还会回到国内的话，我请你喝酒。”

“别是你和许煜的喜酒吧？”顾合一淡笑，随即自问自答，“不对，我记得你是不婚主义。不过，阿昭，我提醒你啊，很多时候幸福就在触手可及的地方，你的问题在于太过患得患失，你害怕它达不到你的预期，所以总会有意无意地暗示自己避开。但是，美好往

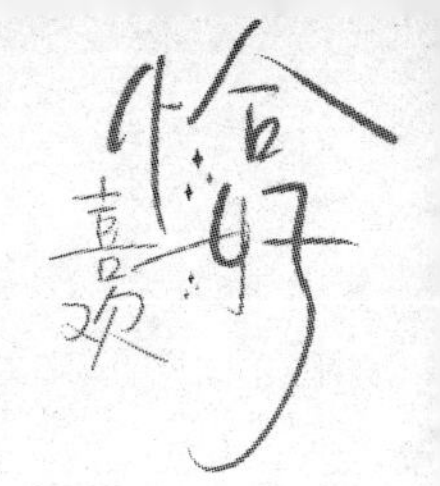

往只留给勇敢的人，你知道吗？”

即便被自己喜欢的人拒绝，他依然保持绅士有礼的姿态。

阮昭心生感动：“谢谢。”

顾合一端起咖啡杯与她的相碰：“那祝你幸福。”

阮昭莞尔一笑，低头抿了一口咖啡，加糖之后的甘甜咖啡顺着喉咙一直沁到心底。

结束了简短的谈话，阮昭一个人坐在咖啡厅里，面前的咖啡还散发着热气。

许煜，我已经迫不及待再见到你了。

相逢的时间太短，以至于我甚至没有机会告诉你，我已经做好克服一切的准备，开始规划我们的未来。

陆川在医院等着许煜，见他回来时脸色不太对对劲，问：“你见到阮医生了吗？”

许煜点头：“可以出发了。”

“救援队已经先我们一步下乡了。”陆川指着地图上的通菀县，“这次收到不少各地捐赠的物资，我们带着直接去找大本营会合。”

通菀县。

卫生所地势较高，通过乡镇干部的努力，已经转移了一百一十户受困群众。连夜大雨，县里的桥梁全部被冲段，卫生所依山而建，山洪暴发的可能性很大，每个人心里惶惶不安。

突然，卫生所的楼顶不知谁高喊一句：“你们看，那边是不是救援人员来了，政府来救我们了！”

霎时间，所有人第一时间朝同一个方向看过去，随后爆发出一阵高过一阵的欢呼声。看到那抹鲜艳的橙，不少人已经热泪盈眶，悬着的一颗心终于落地。

卫生所一楼的水已经涨至两米高，货架上的药品全部浸泡在水里。这个高度，人徒步进去完全不可能，一时之间外面的人上不去，楼上的人下不来。

许煜站在快艇上观察，踮着脚伸着脖子："只能从外面爬上去。"他找了个视野好的地方，寻找难度系数最低的方位。

"怎么样？"陆川问。

"侧面窗户的位置可以落脚，绳索给我吧。"

许煜快速爬上高楼，紧接着楼下其他人也爬上来。

楼顶等待救援的所有人都看到了希望，气氛变得轻松起来。

"把矿泉水都发下去。"许煜指挥，"有人饿吗？我这里有压缩饼干。"

这里已经断粮一天一夜，饥渴之下，陆续有人举手。只是救援人员随身携带的食物不够，大人们纷纷把吃的让给了老人和孩子。

一个老人神色落寞地坐在角落里，一句话也不说。

许煜走过去，蹲下身："老人家，不要担心，我们马上就会把大家都转移到安全的地方，那里有帐篷、食物和水。"

"房子都垮了，地里的庄稼也没了……"老人喃喃道。

此话一出，刚轻松点的气氛瞬间变得凝滞，一时间降低到冰点。

"只要人安全，一切都会好起来的。"许煜安慰道，"此次绥城灾情紧紧牵动着全国人民的心，目前已经有很多企业带头捐款，受灾群众也可以跟政府申请救助。"

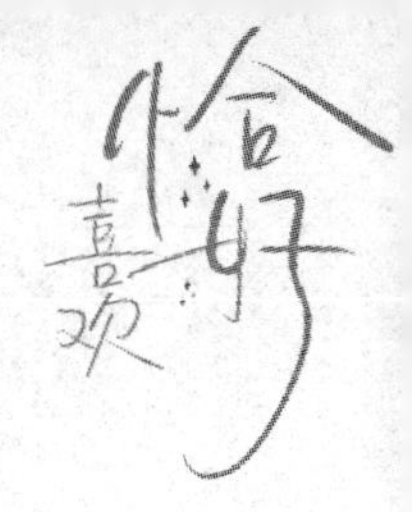

老人一听，眼底瞬间闪起一抹光：“国家会帮助我们的，对吗？”

“当然。”许煜坚定地点头。

老人受到极大的安慰。

没过一会儿，另一个老人老泪纵横地求救：“我孙子……你们有我孙子的消息吗？”

许煜走过去，问：“您孙子叫什么名字？”

“方磊，他是通菀小学的学生，昨天早上去上学，到现在都没消息。他爸妈都外出打工了，我也联系不上。”老人捂住眼，无助地流泪。

“老人家，您等一下。”

说完，许煜看向身旁的陆川：“你看看咱们救助的群里有没有这个名字。”

陆川点头，随后低头在手机上查找，神色复杂道：“通菀小学已经失联，目前没人知道那边的消息。”

许煜思忖了会儿，高声问：“咱们这里有人知道去往通菀小学的路吗？麻烦带一下路，剩下的人立马转移群众。”

见有人举手，许煜转身对着老人保证：“我会把您的孙子安全带回来。”

众人纷纷扔了绳索下去，互相帮助着，顺着绳索滑到下面的快艇上。

等人全都转移

之后，许煜跟陆川带着几个当地的干部率先抄最近的路去往通菀小学。

城镇已是面目全非，到处是洪水冲击留下的残垣断壁，往日喧闹的街道此时寂静得只有水声，有人没忍住低声啜泣。

过了一会儿，有个女干部低声唱着当地的民谣，是一首清幽的家乡小调。

其余的人都保持静默聆听，谁也没有说话。

通菀小学地处洼地，在内涝的中心处，一行人赶到时，门口的保卫处已经淹到一半，许煜带人开冲锋舟进入。

“还有人吗？”陆川用大喇叭竭力嘶喊。

“有人，这边！”突然从五楼的教室里探出一个头来，冲下面的人招手，“这里有很多老师跟学生。”

好在他们所在的教学楼地势较高，水并没有淹得很深，他们一米八几的个子能够徒步进入教学楼。

“一共一百二十个学生，一个不少，我们已经清点完毕。”一个五十岁左右的白衣女人对许煜说。

许煜看着白衣女人，觉得对方那双好看的大眼睛让他觉得很熟悉。

他问：“您也是这个学校的老师吗？”

“不，我住在附近，过来帮忙的。来的时候见这里受困的孩子情绪都不太稳定，就留下来了。”

“谢谢您。”

“应该的。”白衣女人微笑着说完，转身对身后的孩子们说，“小朋友们，救援队的叔叔们来救我们了，大家排队下楼，不要喧闹，

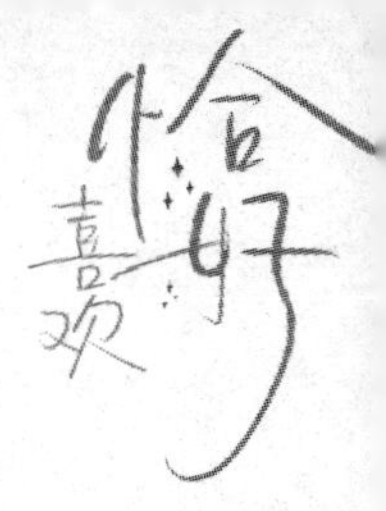

好吗？”

“好！”

大家纷纷应答，连平时最调皮的男孩子都安静下来。

许煜跟陆川一人扛一个孩子在肩头，顺着水往外面蹚。水已经涨到他们的腹部，转移要快速进行。

“你怕不怕？”陆川边走边跟小孩开玩笑。

“不怕，叔叔的肩膀比船还稳呢。”其中一个小男孩奶声奶气地说。

很多大人都未必有他这么镇定，许煜笑：“你叫什么名字？”

“我叫方磊，小名石头。”

许煜侧眸：“你就是方磊啊。你爷爷很担心你。”

“他为什么要担心我？我已经是个成熟的小男子汉了啊。”

他这话一出口，惹得陆川也哈哈大笑。

“有什么不对吗？我以后也要像叔叔一样，帮助别人。”童声很是响亮。

“你很棒。”许煜肯定地说。

终于有雨停的迹象。

在转移的过程中，后续的救援人员陆陆续续到达。

大家坐在冲锋舟上，顺着河水前往驻扎地。

方磊指着天空喊：“太阳，太阳出来了！”

天空微朦。

“雨停了，我们胜利了是吗？”他声音稚嫩地问着边上的老师。

老师抚摸着他的头，耐心地答：“嗯，我们胜利了。”

“大哥哥，你有孩子吗？”

许煜扭头见方磊指着自己，一愣：“你问我吗？”

见男孩点头，他摇头：“我没有。”

男孩有些失望地“啊”了一声：“你以后一定会是个好爸爸。”

“为什么？”

“因为你跟我爸爸一样啊，我爸爸就是好爸爸。”

许煜失笑地捏了捏他婴儿肥的脸：“你说绕口令呢。”

“许队长有女朋友了吗？”

听见有人问他，许煜扭头，是刚刚跟他汇报人数的白衣女人，他点头：“有，是个医生。”

“医生啊，巧了，我外甥女也是个医生，如果不是你们都有对象，我真想介绍你们认识一下。”

许煜摇头，不好意思地小声道：“不了，我们家教很严。”

白衣女人被他惹得忍不住笑了。

回营地的途中要经过一座断桥，桥面已经完全坍塌，只能从护城河中经过，水流湍急，冲锋舟剧烈晃动。

许煜脱了自己的救生衣给身边的小女孩穿上，与队友手肘穿叉，结成一个半圆，将孩子们护在中间，形成一道坚固的屏障。

白衣女人笑着说：“我想孩子们被你们这样保护，一定觉得很幸福。”

许煜正要回话，突然扑通一声响打破了宁静的气氛。

“有人落水了！”

前方另一条快艇上的人突然大喊。

许煜扭头，见落水的小孩已经被河水卷走，只能看到一颗小小

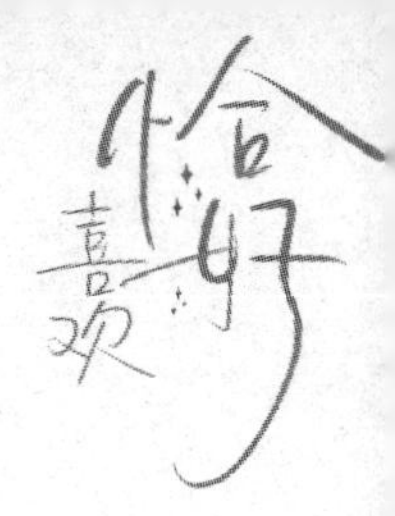

的头。

人群突然躁动，尖叫声此起彼伏。

下一秒，只听见哐的一声，许煜跳入水中，在水流中砸出一片浪花。

“许队长！”

舟上的众人大气都不敢出，汗毛直立。

紧接着，陆川也跳了下去。

许煜奋力地往孩子被冲走的方向游去，突然，后背不知道被什么撞了一下，可能是水里的杂物。他来不及去看，终于在精疲力竭之时，抓住了孩子。

翻涌的河水带着污泥，模糊了许煜的视野。此时，他们距离冲锋舟已经好几十米远，他只觉得耳边有震耳欲聋的嗡鸣声。

他一手紧紧箍住孩子的身体，一手抓住旁边断裂的桥墩。

好在陆川这时候也游过来了。

“你没事吧，受伤没有？”陆川问。

许煜只看到陆川嘴唇翕动，面容焦急，至于他说什么，一个字也没听见。

许煜摇摇头，心里有不好的预感，只说：“你先带着孩子走。”他一把抓住陆川，将孩子推到陆川的怀里。

陆川点头，抱着孩子往冲锋舟的方向游去，终于将孩子送上去后，再回头，身后的人不见了！

“许队长呢？”他高声询问。

“没见到人啊，刚刚就只有您一个人回来。”有人答。

“许煜，许煜！”

“许队长！”

一声高过一声的呼喊被湍急的水流淹没，无人应答。

陆川顿时慌了神，往回游了好几米，哪里还有许煜的身影。

河水翻涌，入目的除了水面上漂浮的杂物，什么也没有。

阮昭每天除了工作，剩下的时间全部用来关注绥城的洪灾。

央视新闻实时更新——

“绥城特大暴雨导致供水供电中断，抢修持续进行。”

“绥城遭遇强降雨，已转移群众三万人。”

“绥城暴雨：一名救援人员为救落水孩童被大水冲走，多方搜救望平安归来。”

……

新闻铺天盖地，阮昭在手机上查找，眼睛都看痛了，却没有找到许煜一星半点的消息。

下班的时候已经天黑，外面阴沉沉的，大风一阵阵刮来，行道树被吹得东倒西歪。阮昭换好衣服下楼，刚走出大厅，就见魏劭行和冯筝两个人朝她小跑过来，一左一右架着她往大门处走。

池樱打好了车停在路边，坐在副驾驶喊：“这里不能停车，快上来。”

阮昭蒙了：“你们干什么？”

“喝酒。”魏劭行答。

阮昭被按在出租车的后座动弹不得，这几个人完全是在玩绑架啊。

冯筝拽着她，生怕她跑了：“我看你晚饭没怎么吃，你又不会

做饭，回去又是凑合，早晚饿死自己。”

阮昭淡淡一笑：“夸张。”

餐馆里。

四个人点了个吊锅，就坐到餐馆外头搭的棚子下。

“许队长是出任务去了，又不是不回来了，做他们那一行的哪有不危险的，你现在就这个样子，以后可怎么办？”冯筝说。

“我怎么了？”阮昭指着自己问。

“四个字，魂不守舍。”

阮昭没答话，盯着沸腾的大铁锅发呆。

池樱夹菜到她碗里，安慰说：“是啊舅妈，舅舅会照顾自己的，你不要太担心了。”

阮昭点头，冲小姑娘笑了笑。

“高中时期，许煜成绩好吗？”冯筝突然问。

阮昭点头：“很好。”

“那他是你们年级里成绩最好的吗？”

“不是，我记得年级第一好像是另一个人。不过他的成绩也很好，基本没跌出过年级前十。那年高考理科班有十几个人考进了清华，如果他考试顺利的话，应该会是其中之一。”

“那他为什么读了航天？”冯筝说完，见其他几人盯着她看，连忙摆手，“我不是说航天不好的意思，单纯好奇。”

“当时我爸妈去世了对他影响很大，外公外婆也相继病重，家里的担子一下子落在他身上，所以当时高考发挥得不好。想想我舅舅那时候才十八岁，如果是我的话，我肯定六神无主。”池樱解释。

池樱的话落在阮昭耳里，又是一阵心酸。

冯筝拿了手机查了下当年的分数线，震惊得眼珠子都要掉下来："我去，这学校的分数线超出重点线40分，这也算失利吗？"她吐了吐舌头，"妥妥的学霸啊。"

池樱傲娇地笑笑："那是，我们家的智商基因一直很好的。想当年，我妈妈就是国内最好的外国语大学毕业，还是硕博连读。不过这些，我也是听舅舅讲的，他这个人闷得很，不愿多提往事。"

魏劭行想起池樱自幼失去爸爸妈妈，眼底闪过一抹心疼。

池樱问："舅妈，你还在生我舅舅的气吗？"

"嗯？为什么这么说？"

"是舅舅，那天他来医院见你，他说你不肯与他说话。"

阮昭否认："我没有。"她不知道该怎么解释，于是没再继续这个话题，"他什么时候走的？"

"他跟我说了没两句话就走了。时间很紧，他要赶回绥城。对了，他留了张便笺让我给你。"池樱从包里找了一番，"本来前几天就要给你的，但是我怕你不肯收。"

池樱从包里找出便笺，叠得四四方方的。

阮昭放下碗筷，把手擦干净了才接过，打开一看，只有很简短的一句话——"我很好，勿念。"

没有多余的话，只是字迹多了几分潦草，阮昭仿佛看见他那行色匆匆的样子。

不知道为什么，这一刻，她的情感终于得到了宣泄。就如同阴郁了很久的天空一般，疾风骤雨突然而来。

见天气越发不好，服务员请棚子下的客人转移进店里，一群人

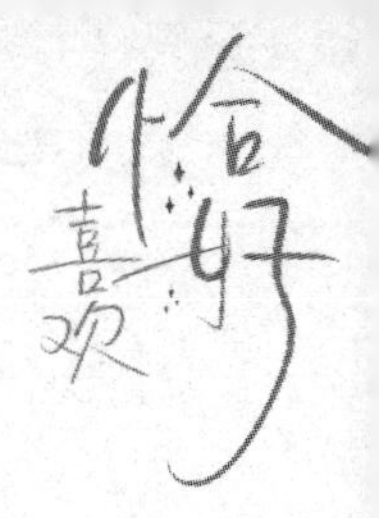

站起来收拾桌子。

阮昭呆呆地站在边上，一阵狂风刮来，直接将整个棚掀翻。

“阿昭，你愣着干吗，进去避雨啊！”冯筝一边护住自己的包，一边责怪魏劭行，“你看你选的这什么地方啊，还说什么有烟火气，现在直接变落汤鸡。”

阮昭看着众人手忙脚乱的样子，要多好笑有多好笑。

笑着笑着，她心突然安静下来。

她眼前浮现出，他们在粤菜餐厅吃完饭的那天，他跟她说喜欢的那天。

第一次他抓住了她的手在雨中奔跑，他看向她的眼神里全是爱意。

“阿昭，赶紧进来避雨。”魏劭行喊。

“雨天怎么也可以变得这么美妙啊？”阮昭喃喃着。

“你在说什么胡话啊，简直疯了。”

阮昭一点也不介意被人当成疯子。

这漫天大雨，即便相隔千里，她也算是陪那个人淋过一回了。

# 第十一章 唤你，以山河星辰

通莞急救指挥中心驻扎地。

袁翀急匆匆地从越野车下来，几大步跨进帐篷里，里面几个指挥员还没来得及打招呼，便被他吼住：“我的人呢？！”

袁翀怒目而视，在得到许煜失踪的消息后简直心急如焚。

“我把我最好的搜救队员交给你们，你们就是这样用的？你知道他对我们整个基地有多重要吗？我告诉你们，人我是活着交给你们的，你们必须一根头发不少地把人给我带回来！”

“我们已经在竭力找了，但你也知道，干咱们这行的本身就危险系数高，发生这种事谁也不想的，人的力量毕竟有限……”一个指挥员说到一半，声音越来越低。

袁翀后退几步跌坐在椅子上，距离许煜失踪已经过去三个小时。

突然，有人闯了进来，是陆川。

“袁指导，人找到了。”他气喘吁吁地说。

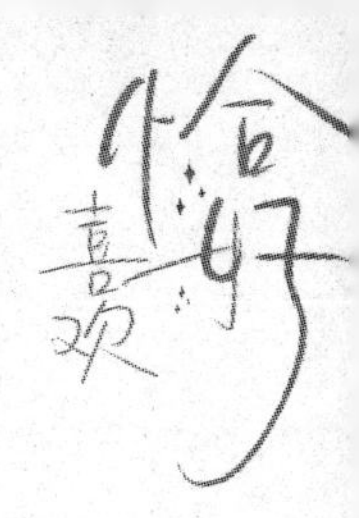

袁翀嗖地从椅子上站起来，眼睛亮了亮，随后又蹙眉问：“人还活着吗？”

陆川点头：“活着。”

“走，快去看看。”

袁翀在陆川的带领下迅速来到一间帐篷，除了三两个医生，还有一些救助队员。

袁翀拨开人群，见许煜躺在一张简易床上，双眼紧闭，没有缺胳膊少腿。

袁翀松了口气。

医生小心地将许煜的外套脱下来，看见里面的衣服已经被血浸透，不知道是哪里伤了，还在出血。

袁翀神情又紧张起来：“许煜。”

“队长。”陆川也跟着喊。

“嗯……”许煜回应般地哼了一声，只是声音嘶哑得吓人。他想说什么，嘴唇翕动了一下，但实在没有力气了，再也发不出声音。

驻扎地环境简陋，通菀县唯一的医院已经处于停摆状态，当务之急只能先止血，医生将许煜的长T剪开，发现他的肋骨断了两根，仍不排除他身上还有其他内伤。

在进行包扎止血之后，众人决定将许煜送回海东。

雨越下越大。

阮昭还在餐馆的路边站着，突然，魏砀行从店内跑了出来，手里捏着手机，喊她：“阿昭！刚医院群里有通知说，绥城有一名重伤人员转移到我们医院，是从海东过去的救援工作人员，好像姓许。”

阮昭霎时脑海里一片空白，不管不顾地冲去拦出租车。

等上了出租车，她才有了思考的空间。

那个人会是许煜吗？

重伤，具体是哪个位置？会危及生命吗？

医院门口，未等车停稳，阮昭便打开车门往大厅里冲。

急救室。

阮昭一进去便见许煜紧闭着双眼，面色苍白，绷带被血染得殷红。相熟的医生见她这个样子，让护士将人请了出去，并拉上了帘子。

阮昭突然一点力气都没有了，脚下一软，跪坐在地上。

她又惧又怕，六神无主，突然一双手抓住她的肩膀，她扭头，是小姨丁缨姿。

丁缨姿将阮昭搀扶了起来："阿昭。"

"小姨。"她扑到女人怀里，"你怎么会来？"

"有人受了伤，在运送过程中需要有人看护，通菀那边已经腾不出多余的医生，恰好我懂一点医护知识，就跟着一块过来了。"丁缨姿递给阮昭一部手机和一个绒面的四方盒子，"这是那个受伤的救援队员的。你认识他？"

"他是我男朋友。"阮昭低头，才发现在来的路上，她将包带都拧烂了。

"我猜到了，我看他手机的锁屏照是你。"

阮昭看着许煜的手机。

丁缨姿安慰："他应该没什么大事，你不用担心。"

"可是，那血……"

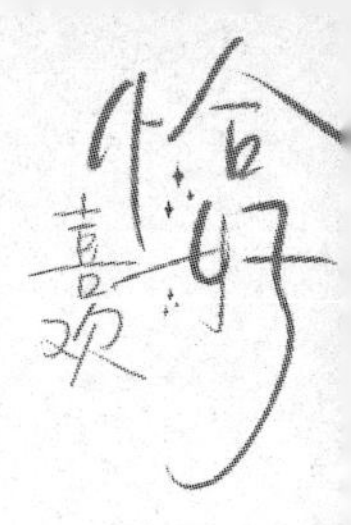

“你还不信小姨吗？”

阮昭缓缓地点头。

等了一会儿，医生出来了。

许煜肋骨断裂，且肺部呛水，好在并未造成很重的内伤，现在还在昏迷中，要等上一段时间才会苏醒。

阮昭一颗心终于落下。

“他耳朵之前受过重伤，此次在水里耳朵又受到撞击，具体情况还需要进一步观察。”医生说。

阮昭点头：“我知道了。”

许煜被转移到重症病房中，第二天下午苏醒后听力仍未恢复，意识也是模糊不清，大多数时间还是睡着，等过了四五日，才彻底清醒。

开放探视后，留守在海东基地的同事全数拥了进来。

许煜在人群中看到了阮昭。他不好当着众人的面叫她，只得耐着性子等待着。

同事们终于要走了，许煜装模作样地挽留：“你们不多坐坐吗？”

一个同事笑着打趣：“你是真想我们留在这儿，还是客套？我怕我们再待下去，有人不高兴要撵人了。”说完，特意看了眼阮昭。

阮昭脸一红，转过身去不去看他们了。

人走了，病房一下安静下来。阮昭别别扭扭地站在窗边，与病床上的许煜对视着。

她憔悴了好多，更加纤瘦了。

“过来。”他想冲她招招手，但发现一点力气也没有。

她缓缓走过去：“干吗？”

“你站那么远做什么？”

阮昭低头：“我怕我离你近了，就忍不住探你鼻息，确认你是不是死掉。”

许熤愣住：“对不起，我跟你保证过会平安，我没做到。但是我以后——”

“以后遇到这种情况你不会第一时间想到救人吗？”阮昭反问。

他摇头：“不会。”

“那就是了。你拿什么保证呢？”

“我的命是你的，我不会轻易死。那天，在水里挣扎的时候，我就在想，坚持下去，我不能在你之前死掉，这样又会留你一个人孤独地活在世上。我答应过你，要给你一个家。”

阮昭听着听着，眼圈红了。

“你还会跟我分手吗？”他问。

“不。”她望着他，“分手了你就一点牵挂都没了。”

“以后也不会分？”

“嗯。”

他淡笑道：“那我经受这一遭也算值了。”

阮昭忍不住轻轻打了他一下。

她将手从上衣口袋里抽出来，无名指上的戒指亮得刺眼，许熤看得愣住，但并没有多问。

“渴吗？”她转身给他倒水，见他手上还挂着点滴，将床摇起来一点，喂他喝了两口。杯里的水还冒着热气，她也没端走，握着他冰凉的手背，将杯底搁在上面。

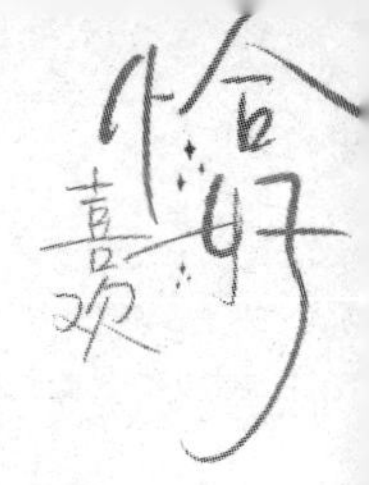

“暖和一点，就不会那么疼了。”

有医生护士过来查房，看到这一幕，纷纷背过身议论。

“医院人多口杂，你不怕被人看到？”许煜小声提醒。

阮昭不答，牵着他的手不肯松。

他轻声问：“绥城那边怎么样了？”

“雨已经停了，经过抢修，全市已经恢复通电。那个被你救起的孩子只是受了点惊吓，没有什么大碍。”她摩挲着他的手，“我后来听说那个孩子不过是为了捡掉进河里的玩具才失足落水，我心里怪他。”

阮昭眼眶湿了：“可是我后来一想，我好像太自私了，不论他因为什么原因落水，救人都是你的职责，我不能因为对你的伤痛无能为力而迁怒任何人。”

“阿昭。”他不知道该说什么，只能紧紧将她搂进怀里，“对不起。”

许煜身体还未恢复，很快又躺下睡了，阮昭等他熟睡后才离开。

冯筝在办公室见到阮昭，惊讶：“我以为你下午不会上班。许队长的病情怎么样了？”

“还好，他应该很快就能转移到普通病房。”阮昭边看病历本边说。

“哎，你知道现在整个医院都在传你马上要结婚了。”

阮昭抬头：“为什么？”

冯筝下巴一抬，冲着她无名指上的戒指努了努嘴：“说许队长跟你求婚了。”

“没有。”阮昭盯着戒指发呆。

“喊，你还瞒着我，是谁前段时间信誓旦旦地跟我说自己是不婚主义，还要跟人家分手来着？你这态度一百八十度大转弯，是终于想好了吗？”

所有人都注意到她手上的戒指，但许煜没有。

“许队长乐开花了吧？”冯筝笑嘻嘻地问。

阮昭摇头沉思，或者，他装作视而不见。

病房里，许煜耳朵里的嗡鸣声轰隆作响，他在护士的帮助下坐上轮椅，进入主治医生办公室，过了很久才出来。

阮昭忙完工作迫不及待地去见许煜，从电梯口出来，撞见他正一个人坐在走廊的窗边，看着楼下发呆。

“许煜。”她冲他招手。

男人转过头来，落日的余晖笼罩在他身上，整个人显得柔和而纯粹。

他看着她，眼睛明亮，瞳孔里只映着她一个人。

“你怎么一个人出来了？”阮昭问。

“我出来透透气。”他伸了个懒腰。

“你别乱动。”阮昭制止他，“你肋骨断了，起坐卧都要十分小心才行。”

“不痛，一点也不痛，真的。”他恨不得立马起身给她来一套拳。

阮昭白了他一眼，嗔怪：“你是医生还是我是医生？”

他乖乖不动了。

“走吧，我带你下去溜达一下。”她推着他上了电梯。

许煜扭头看她，委屈道：“我怎么有种做宠物的感觉。”

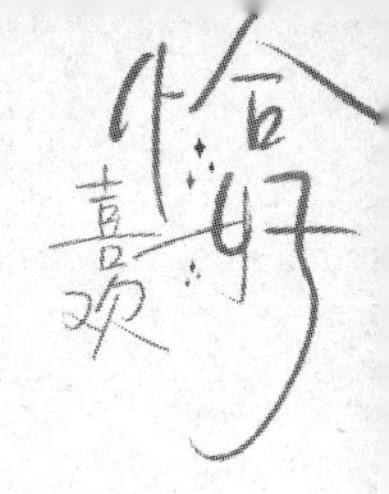


“你要是宠物就好了，我天天用绳子把你拴着，上哪儿都带着。我跟你讲，自从你的事上了新闻，不少小姑娘又是送花又是写信的。要不是我拦着，你的病房里都堆满了，我不看紧点，你招蜂引蝶怎么办？”

许煜哭笑不得：“你现在才有点危机感，会不会晚了点？”

阮昭啐他：“你再多嘴，信不信我让你晚一个月出院，到时候别怪我以权谋私。”

许煜被她惹得一笑，扯得肋下一阵刺痛。

海东的深秋格外漫长，医院楼下的小花园里种了不少银杏树，落叶铺天盖地，黄灿灿得亮眼。

阮昭将许煜推到风景最好的一处，又跑去病房抱来一块毯子给他盖好，还顺便去食堂买了饭。她跑过来的，额头冒出细细的汗，许煜怕她着凉，将毯子分给她一大半。

阮昭又匀过去一些。

一块毯子被两个人扯来扯去，阮昭无奈地笑了。

“我从食堂打来了鱼汤，对身体恢复很不错，尝尝？”她亮了亮保温桶。

许煜点头。

“医院食堂的鱼汤我都喝过，这家是最好的，汤汁浓稠，你看这个颜色是不是很白？”阮昭很是得意。

许煜静静地看着她忙来忙去，目光追着她。

“你是不是觉得我突然对料理知识懂了很多？其实我在你走后，有对着菜谱学做菜。”她不好意思地红了脸，“成果虽然不尽如人意，但已经在慢慢进步了。”

“学做饭干什么？”他记得她厨房里好多东西都是全新的。

“做给你吃啊。”她狡黠一笑，“你想不想看我做饭？”

许煜默默点头。

这不像她，她变得不像她自己了。

“等你好了，我们回家，我做给你吃，我尽量发挥出最高水平。来，张嘴。”她舀了鱼汤，将汤匙递到许煜嘴边。

“我自己来吧。”他有些不自在。

“怎么，害羞了？”她笑话他，随后，突然凑近他，在他脸颊上突然一啄。

阮昭的嘴唇柔软极了，许煜甚至闻到了她唇彩的香味，有点像巧克力，甜甜的。

他扭头，见她一脸坏笑。

随后，她放下碗，指腹在刚刚亲他的地方擦了擦：“口红印留在了上面。”

她越擦越脏，最后忍不住哈哈大笑起来：“你的脸彻底花了，怪不怪我？”

许煜摸了摸她的头，对她的恶作剧只觉得幸福又不真实。

“阿昭，你是什么时候爱上我的？”

“念书的时候吧，那时候觉得日子枯燥又无聊，恰好身边出现了你这么个亮眼的人。不过那时候，我太小了不懂得爱是怎么回事，也很容易就散了。长大了，才咂摸出滋味来。你呢？”

“应该比你早很多吧。你陪我淋过一场雪。”

“就这样？”她瞥他，“那如果不是我陪你，是其他女生呢？”

“命中注定是你啊。”他笑了笑。

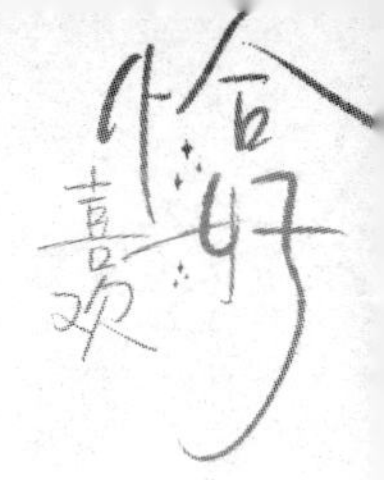

阮昭睨他，用汤匙在碗里剔着鱼刺：“你哄我？”

许煜点头：“我只哄你。”

阮昭笑得眉眼弯弯，一颦一笑全是风情。

回病房时天快黑了，她将他扶上床。大概是累了，他没怎么说话就合上眼，连主治医师查房时也没醒。

医生对阮昭做了个手势，示意她出去聊会儿。

阮昭轻手轻脚地出去，关上了门，回头问：“他的情况怎么样？”

“不太好。”主治医生神情复杂，“我们对他目前的听力情况做了评估，发现他的听力水平已经低于常人了。神经损伤治愈很难，且是不可逆转的，往后他基本很难从事与飞行相关的工作。”

阮昭本来已经做好心理准备，但没料到情况比她想象的还要糟糕，腿一软，只能倚靠墙面支撑着自己。她问：“他知道了吗？”

“知道，我们聊过。其实目前来说他的情况还算不错，只是听力会随着他的年纪而继续下降。有很多听力损伤的病人都选择助听器械进行治疗。”他看阮昭的脸色难看得可怕，安慰道，“或者人工耳蜗移植，目前国内在这些方面的治疗水平已经很先进了，最后听力能恢复到正常人水平不是难事。况且你也是医生，对他的帮助会很大的。”

“我不会放弃他，只是让他放弃他所做的工作，对他的打击太大了，他很热爱他的职业。”

“病人的心态对他最终的康复程度的影响也是非常大的，这个就需要你们家属帮助调整了。阮昭，首先你不能崩。”

她点头：“谢谢。”

医生走后，阮昭折回病房，在窗边看到病床上的许煜熟睡的模样，脑袋里一下子空荡荡的。她不知道该提前去计划什么，她就这样静静地看着他，眼睛轻轻一眨，泪就落了下来。

她走出病房靠在走廊的墙边站了一会儿，再抬头时看见小姨从电梯口走了过来。

丁缨姿手里拎着个保温盒走过来，见阮昭很是憔悴。阮昭从小爱美，连学化妆都比同龄人早，也懂得保养自己，现在却连嘴唇都干裂起皮了。

“要不要吃点东西？”丁缨姿满眼疼惜。

阮昭摇摇头：“我刚陪许煜吃了点，现在没什么胃口。”

“他呢？”丁缨姿在病房门的窗口看了看。

“睡了。”

阮昭紧紧攥着自己的手臂，好让自己冷静下来。

她突然说：“小姨，你陪我去寺庙里烧香吧。”

丁缨姿愕然：“怎么会突然想去进香？”阮昭从来不信这个。

“我不知道要为许煜做什么，我想诚心一点的话，上天会帮我保佑他，健康平安。”阮昭看着地上，低声说。

“好。你精神很不好，去洗把脸吧，这里我守着。”丁缨姿将带过来装着换洗衣服的袋子递给阮昭，督促着阮昭去休息。

阮昭没动，丁缨姿继续道：“听话阿昭，你也不想让他醒来看见你这个样子。”

阮昭终于被说动，离开了。

许煜睡得不是很踏实，一直蹙着眉。

再醒来时，他看见床边坐着个人，愣住：“是您？”

丁缨姿笑了笑，帮他把被子掖好：“你应该随阿昭一块叫我小姨。”

许煜反应过来，觉得一切这样巧。

“小姨。”他哑声叫道。

丁缨姿应了。

她之前就很喜欢这个年轻人，如今得知对方和外甥女还有这样深的缘分，心里更加欢喜。

许煜的目光在病房里逡巡，没见到阮昭。

“我让她去洗漱了。这几天她一直守在你这儿，衣服都没换。你身上还痛吗？”

“还好。”

她借着灯光观察这个年轻人，长相俊朗，只可惜听力受损……

想到这事，她心中刺痛。

“我发现你跟阿昭有一个共通点，都很能忍。”丁缨姿拿起一个苹果削起来，“阿昭小时候很内向，走到哪儿都低着头，不敢看人。她跟现在差别很大吧？”

许煜点了点头。

“她读高中之后改变了不少，话多了，而且会私下跟我偷偷聊她喜欢的男孩子。我那个时候二十多岁，没我姐那么死板，我还鼓励她，等毕业就表白来着，一晃这么多年过去了。”她笑着笑着，转头看着他，“你别看她现在又勇敢又开朗，其实她心里装的事可多了……”

丁缨姿沉默下来。

她因为工作的原因在海东待的时间很少，对姐姐丁缨容一家的事知之甚少。直到那年，她带男友回来度假，在二楼的阳台上看见楼下花园里被痛打到遍体鳞伤的姐姐。原本她躲在楼上是想给他们一个惊喜，结果却吓到失声。

施暴的人是平时一贯和善待人的姐夫。

那天丁缨姿报了警，但清官难断家务事，姐夫没多久就被放了出来。

她不知道柔弱的姐姐被打了多少次，甚至不敢拉开姐姐的衣袖去看看姐姐身上到底有多少不为人知的伤。

姐姐是这个世界上最完美的人啊！

没多久，不堪忍受的姐姐结束了自己的生命，离开了这个世界。

而第一个发现的人，就是阿昭……

“结婚”二字对于别人来说，是富有美感的语言，但对于阮昭而言，只有危险。

“她被自己的原生家庭伤害得太深，所以能让她将自己托付你于此是一件很难得的事，望你加倍珍惜。”

“我会的。”许煜慎重地答。

病房的门锁被扭动，两人停住话，阮昭走进来。

她化了个淡妆，整个人显得格外秀丽。

她问：“你们聊什么，怎么一个个欲言又止的？”

“随便说说话，你总不能让我跟你男朋友大眼瞪小眼吧。”丁缨姿将削好的苹果递给许煜，不再打扰小两口，出门时小声地跟阮昭说，“明天我让车来医院楼下接你，你定好时间发我。”

阮昭点头。

等人走了，许煜才问：“你们明天去哪儿？”

“小姨有点事要处理，我会很快回来。”她从他手里拿过苹果，送到他嘴边喂他，“你这么紧张，怕我跑路啊？”

许煜拉住她的手腕，将她往床上带。

阮昭笑他幼稚，但依着他上了床，他说：“你是我的，跑不掉。”

她被他逗笑：“好了，阮昭是许煜的所有物，行了吧？许队长，你现在能让我起来了吗？”

许煜低头深深地看着她，不说话了。

她问：“怎么了？”

“我发现，我一点也不了解你。我真是天下第一大蠢人。”

“别说蠢了，是鬼我也爱了。”她在他脸上蹭了蹭，“我爱你。我想，这个世界上再没有人像你一样值得我爱了。”

他叹了口气：“我怕你后悔。”

阮昭怔住：“你是不是太小瞧我？许先生，我远远比你想象中有主见。作为现代社会的独立女性，我懂得为自己的决定承担后果，所以你不用担心。”

许煜握住她的手。

阮昭狠狠地捏了下他的指腹：“你是不是因为这个才瞒着我？”

“什么？”他装不知道。

“你以为你不说，我就不知道你的病情吗？我是这个医院的医生，且作为你的家属，我有权知道你的病情。许煜，你曾经说过，你我重逢实属不易，再次走到一起亦是上天垂帘。即便我心里早已做好与你一起风雨共担的准备，你也要因为一些客观原因离我而去吗？”

“我没有，我只是……没有想好。对于我的情况，我其实猜到会有这一天，我可以自己承受，但不能拉上你，明白吗？”

阮昭伸手捂住他干裂的嘴唇，正色道：“在知道你也许出事的时候，我脑海里浮现过无数的结果，别说你只是听力障碍，就算你缺胳膊少腿了，我也不会放开你的手。这无关责任，是我太孤单了。许煜，我只要想到以后的漫长人生缺了你，对我而言，那就是暗无天日。”

许煜听着听着，眼眶红了：“你这样让我拿你怎么办？”

“那就留我在你床上睡会儿好了。你都不知道我多困，这几天一直没睡好，得空就想来看看你……”

她嘀嘀咕咕地说着，声音越来越低，最后嘟囔声停止，他侧眸去看，她已经睡着了。

他一直盯着她。

她不知道做了什么美梦，嘴角勾起一抹弧度。

他倏然低头，吻了吻她的唇。

第二日早上，阮昭醒来时，身边的人已不见踪影。她还没醒神，呆呆地坐在病床上。

没几秒，许煜坐着轮椅进来，腿上放着一盘洗净的葡萄。

阮昭笑了，等着他过来。

“吃点水果再走吧？”他将轮椅推到病床前，作势要喂她。

这时，医生正巧进来查房。

一伙人大眼瞪小眼地愣了片刻。

阮昭脸羞得通红，下床穿上鞋进里头的卫生间洗脸去了。

等医生走了，她才蹑手蹑脚地出来：“医生走了？”

许煜笑着点头。

“你怎么不叫我起床？”

“我看你睡得香，反正这个点还没到你上班时间。”许煜慢条斯理地说。

阮昭瞪眼：“你怎么知道的？”

许煜笑道：“我找冯筝拿了你的值班表。”

原来藏了眼线!

“葡萄还吃吗？”

“吃你个大头鬼！”阮昭双手叉腰，嘟着嘴不大高兴，“你是不是藏了坏心眼，故意让我在你的病床上留宿，还被我同事看见。”

许煜耸肩，无辜道：“是某人赖着不肯走。”

“即便是我觊觎你……”阮昭欲言又止，“你也不能放纵啊，万一伤口裂了怎么办？”

许煜活动了下手臂：“你这么一说，我还真有点痛了。”

她紧张起来：“哪里不舒服吗？”

“胳膊酸，被你枕的。”

阮昭脸一红，理亏地帮他捏了捏。

今天是个阴天，阮昭与丁缨姿步行上山，林间小鸟叽叽喳喳。

阮昭在路边摘了片香叶，拿在手里闻了又闻。

丁缨姿笑道：“你小时候可喜欢在山上玩，天黑了也不回家，害得我跟你妈到处找你。”

“后来呢？”

“后来啊，在山里找到你的时候你睡在你外公以前做木匠时搭的小屋子里，一点也不知道怕。我以前一直以为你大学时会学植物方面的专业，没想到最后念了医学。”

“大概是我从小就知道，越是喜欢的东西越不要碰，过于执念，得到的就是两厢厌弃，就像他跟我妈。”

“嗯。要不说你早熟呢，别的小孩子哪有你想得那么多。”

阮昭突然停住，扭头去看丁缨姿，说：“不过，我现在不这样想了。”

“为什么？”

“生命在于体验，经历过才知道个中滋味是什么。我小时候特别不理解我妈为什么不离婚，一次暴力的结果是无数次暴力，可只要那个男人跪在地上祈求谅解，她就会心软地翻篇。虽然到现在我依然无法理解，但我想她应该也有她坚持的东西吧。”

丁缨姿“嗯”了一声：“你问过她吗？”

阮昭微微蹙眉，回忆了许久，无法从久远的记忆里翻出一星半点：“没有吧……嗯，我大概也不知道怎么开口，所以我很后悔。”

“阿昭，她一定不会让你知道的。但你不要怪她，她对你是全心全意地付出，对那个人也一样。”

阮昭闭上眼深吸一口气，最后点了点头，有些释然。

她这个人虽然活得鲜艳明朗，但内心深处对于一切事物的理解都有一种悲观的底色。

“许队长对你影响很大。”丁缨姿由衷地说。

阮昭轻笑：“是。”

“他很好？”

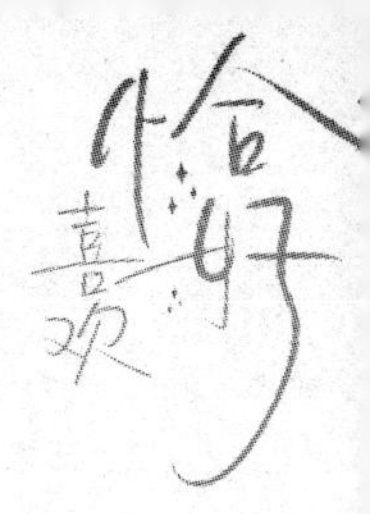

她眼前浮现出许煜那张俊朗坚毅的脸，肯定地点头：“再也没有比他更好的人了吧。”

两人对话间，听到前方不远处的寺庙传来钟声。

阮昭去主殿求了支平安签，在香火气中走出寺庙。

她突然想起了很多事情，也想起了那个人。

小学时要开家长会，有一次是他出席的。那天他穿了身黑西装，皮鞋擦得锃亮，在一众大腹便便的中年男人中显得格外帅气精神。做了多年商人的他善于言辞，在家长发言环节时侃侃而谈，让所有人信服。

就在那一天，他成了她理想中父亲的样子。

大概是那天的回忆太过美好，所以她最终没有舍弃他的姓氏。

也许是他无法再面对自己作的恶，也无法面对这个家庭，才会消失不见了吧。

阮昭眼睛发酸，内心释然了，突然很想回家。

在山下那个繁华的城市里，有人在等她，她得回去，回到他身边去。

神啊，或许我前三十多年犯了很多错，但请您都谅解吧。即便有不能谅解的部分，也请让我下一世来偿还吧，这一辈子，我想跟他好好地生活下去。

许煜在病房里醒来的时候，抬眼就见一个瘦弱的人影背着灯光坐着。

暗香浮动，光影斑驳，把她照得像透明似的。她蹬掉了鞋，光着脚丫子，抱膝坐在一张椅子上，整个人很安静，仔细看，她眼睛睁着，没睡着。

“你什么时候回来的？”许煜撑着手臂坐起来，想下床拿块毯子盖到她身上。

阮昭怕他乱动牵扯到伤口，走过去，挨着他躺下来。

“我回来的时候天黑了，看你睡着了，没叫你。”她侧头看见床上的水果篮，询问，“下午有人来了吗？”

“池樱来过，她一见我就哭，我懒得看她。”

“人家是心疼舅舅，前几天你就不准她来看，同在一家医院，她有多担心你不知道吗？你这人怎么一点亲情都不讲。”

“小时候我抱着她的时候她就老哭，被哭怕了。”许煜说着说着笑了，“她小时候比现在可爱。再说我平时哄你一个人都费劲，我可不想再来一个。”

阮昭狠狠地拧了他一把：“你嫌累啊？”

“怎么会，是我嘴太笨了。就像现在，我知道你不高兴了，但我说不出什么好听的话逗你开心。”

阮昭点点头，对他的话表示认同：“但是你知道，‘我在’这两个字已经是这个世界上最动人的情话了。重要的不是说得多，而且我吃你那套，你说什么我都高兴。”

“那这句好不好？”许煜低笑，凑近她耳边低语，“我爱你。”

阮昭眼角眉梢全是愉悦。

两人挨得极近，她听见自己骤然急促的心跳和许煜略微混乱的呼吸声。

许煜出院的那天是入冬以来最好的天气，从他入院，送来的鲜

花礼物没断过，拒绝了一大半，剩下的塞了满满一后备厢。

阮昭抱着手臂瞅了很久，心里盘算着要找个合适的地方丢掉，但转念一想，又觉得太浪费了。总之，这些沾着陌生女人香水的东西让她格外不舒服，但她可不会承认自己吃醋了。

她傲娇地关了后备厢，将男人塞进副驾驶，最好那张俊脸再也不要暴露在其他人的视线中才好。

金屋藏娇嘛，这可不是她一人专制，毕竟有先例。

他的身体还待恢复，得在家休整一段时间。这段时间他成了家庭煮夫，换着花样做好吃的给她。

下班回家，是阮昭最开心的事。

只是，每每夜深她总是见他独自一人坐在书房，不是对着飞机模型发呆，就是看一些紧急救助的论文，一看就是几个小时。她就在边上陪着他，喝茶看书。

这天，海东难得下了雪，两人端着滚烫的咖啡站在阳台上吹冷风看雪景，一点也不嫌冷。

不知不觉已经到了晚上九点。

门外有人按响门铃，许煜走过去开门，阮昭仍待在阳台上看雪景。

打开门一看是袁翀。他深夜来访，抱着个纸箱，一身风雪，远道而来。

许煜没招呼阮昭过来介绍人，只将袁翀迎进书房，两人谈论良久。

阮昭嘟嘟嘴，猜测许煜在说什么秘密，便猫在书房门口偷听，无奈隔音效果太好，一点人声也听不见。

她讪讪地蹲到地上，歪头看着那个纸箱。

突然，一颗小脑袋从纸箱的缝隙里钻出来，吓了她一大跳。

“喵！”

那小家伙冲着她奶声奶气地叫了一声。

她傻眼了，盯着这个不速之客。

小家伙一点也不客气，干脆从箱子里跳出来，大摇大摆地满房间溜达，跳上茶几打翻了她的水杯。

她一气之下去追它，结果它藏在沙发底下，怎么都不出来了。

“小家伙，别让我逮到你啊。”阮昭气得吹胡子瞪眼。

“喵！”小奶猫悠闲地回应了一声。

许煜从书房出来时，阮昭正趴在沙发前跟小家伙对峙。

听见动静，她扭头苦哈哈地说：“许煜，它凶我。”

许煜被一人一猫逗得哭笑不得，他脱下脚上的鞋，给她穿上：“家里暖气没开，你不嫌地上凉啊。过来跟我一起见客人。”

阮昭这才想起有外人在，忙起身理好头发，走过去。

袁翀看着两人笑道：“许煜，这位是——”

袁翀早就见过阮昭，怎么会不知道她是谁，刻意有此一问，言语里全是揶揄。

“这是我领导。”许煜牵着阮昭的手，笑着回，“这是我女朋友。”最后点评了一句，“小孩一个。”

阮昭闻言瞪他。

袁翀哈哈大笑：“太晚了，我就不打扰了，你们忙。”

等人走后，阮昭掐许煜：“你说谁是小孩？”

“除了你还会有人跟一只小猫动气吗？”许煜在客厅找到阮昭

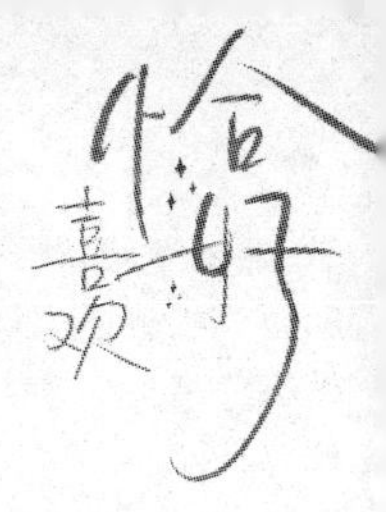

的鞋，两人换回来。

敢情这小家伙是来跟她争宠的！她问：“它哪里来的？”

“上次在绥城捡的，一直被养在救助指挥中心里，现在绥城的洪灾已经得到控制，这猫无家可归，我让袁指导带回来给我养。天灾之下，受苦的岂止人呢？”他将小家伙抱在怀里，轻轻地摸了摸。

小猫似乎真的认得许煜，在他怀里乖得很，一动不动。

阮昭看着他对小动物温柔的样子愣了愣。

他以后对自己的孩子一定非常好。

“不过它凶你可不对，我待会儿教育它。”

许煜说完，见阮昭没作声，问：“你想什么呢？”

“没。啊，我给你们煮了茶，忘记关火了。”

等她去厨房时，茶壶里的水已经煮干了。阮昭懊恼地挠头：“唉，你领导会不会觉得我不够贤惠啊？”

许煜觉得她这个想法很有趣，有点想笑，但憋住了：“可能吧。”

她轻轻地呼了口气：“那完了，我一点形象都没有了。”

“管他想什么。”

她认真极了：“那可不行，一个成功男人的背后必定有一位伟大的女人，我要让所有人都羡慕你。”

“哦？”他笑道，“羡慕我什么？”

“羡慕你是这世上最幸福的男人。”

许煜望着阮昭的眼睛，轻声道：“我已经是了。”

“袁指导来说什么？你们在书房密谈半天，我一个字也没听清。”

“他让我去指挥中心当总师，聘书已经送来了。”

“这是好事啊，得庆祝，你会去吗？”

“嗯。这事他从去年一直跟我聊，我原本想一直留在外勤，现在身体不允许。既然组织有需要，我想过了，只要我还能留在这个行业，我会尽毕生所学，为救援一线贡献自己的一份力。只是在这之前，我得回飞行队一趟。”

她瞧着他，眉眼真干净。

目的、功利，他从来不会被那些浸染。

也许靠着本心，不论去哪儿，不论做什么，人都不会迷失方向。

# 第十二章 我们结婚吧

许煜第二天一大早去基地，最后一次指挥训练。没有一个人偷懒，大家都拿出最好的状态。

“大家都是血性男儿，应该把眼泪和青春挥洒在自己热爱的土地和岗位上。离别是人生的常态，但只要我们心向着一个方向，总有一天会相逢。”

许煜站在操场上做最后一次发言，抬眸，基地的队旗在狂风中猎猎作响。

说完，他提着行李头也不回地往大门口走。

突然，直升机的轰鸣声传来，绕着许煜站立的方向盘旋。

许煜回头，见身后那帮小子一个个神秘莫测地笑着。

下一秒，手机铃声响起来。

“许煜。”他听见电话里传来阮昭的声音，以及与头顶直升机发出的一模一样的轰鸣声。

阮昭在这里，她在飞机上。

他抬头，却看不见她。

“喜欢吗？”阮昭问。

“什么？”许煜的声音有些疑惑。

“这架飞机，是我送你的礼物。”

他愣住，直升机价格不菲。

还未等许煜开口，阮昭继续道：“我把房子卖了，嗯……除了买这架直升机，剩下的钱我全部捐给绥城了。”

许煜沉默着。

“你不喜欢吗？”她问。

“喜欢，但我觉得你可能疯了。”许煜兀自笑笑，“你是不是在我面前就失去了思考的能力？”

“我现在成了穷光蛋，除了美貌，什么也没有。”

许煜笑着揶揄：“还好我这人看脸。”

“所以你还要我咯？”

许煜抬头：“你下来，下来我告诉你。”

直升机绕了最后一个圈，最终停在离他不远处。

许煜没多想就往阮昭的方向狂奔。

机舱门开了，先下来的是陆川，随后他扶着阮昭走下来。

许煜突然缓慢地停下脚步，眼睛一动不动地盯着她。

阮昭平生最爱穿红衣服，她的性格一如那鲜艳的颜色，热情如火。今天是她第一次身穿白色，只为他一人。

她心头忐忑，甚至不敢看许煜。

事实上，两人相距还有些距离，她完全看不见他的神情。

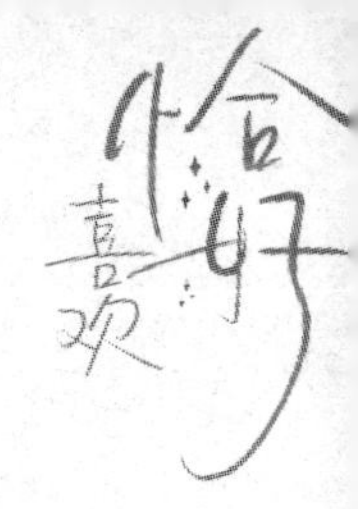

通话尚未挂断，她缓缓地将手机举到耳边，一字一句地对着电话那头的人说：“许熤，我来嫁你了。”

不知道为什么，说完这句话，她先哭了。大概是心跳得太快，甚至觉得胸口都有点发疼。

她泪眼婆娑地看着许熤快速地朝自己奔来，然后狂热地一把将她拥住。

上一秒他还在惊叹她的疯狂，这一秒他无论如何也说不出话来。他甚至在心里恨自己，许熤是你太蠢了。

她亮了亮无名指上的戒指：“你到底要无视它到什么时候？不管你想没想好，我都已经不想再等了。”

“对不起。”他声音里已有哭腔，“我怕你因为我委屈你自己。”

“那我觉得是你想错了。在你离开的每一天，我都在想，你从前过得太孤单了。我想让你继续守护你的梦想，而我是那个在你临行前为你打包行李的人，是在你归家时为你点亮一盏灯的人。我愿意为你镇守后方，免你后顾之忧，让你再不流离，心有归依。”她双手环住他的后颈，额头与他相抵，“你愿意娶我吗？”

“当然。”许熤毫不犹豫地脱口而出。

他不是不想，是怕再次把她吓走。与其冒着失去她的风险，他宁愿一辈子按照她的方式生活。

喜极而泣的两人在身后的欢呼声中长久对视。

她将男戒戴上他的无名指。

然后，听见他说：“你什么时候开始筹划这些的？”

“有一段时间了吧。你不知道，为了找到跟这个一对的戒指，我托了多少朋友帮我问。”

许煜略微沉吟："这件事还需要报备给你的家人，小姨什么时候离开海东？"

"我已经给两边家人打过电话，而且你爸爸跟我小姨也通过电话，还商量着今年过年见一面呢。怎么样，我是不是想得很周到？"

"你比我想得周到。"他愧疚万分。

"那不然能怎么办，我已经是老姑娘啦。"她脱口而出。

情急之下，她显得有点急不可耐。

他笑了声："我想过把事情处理完之后跟你重提这件事。是我计划得不够周全，我的问题。"说着说着，他又开始自责，"这些事情不该由你一个女孩子来做，显得我太过卑鄙。"

"不许你这样说。你知道，我今年已经三十六岁了，幸运的话我能活到八十岁，我们之间只有四十多年的时间，换算下来就是一万六千天，我与你之间相守的日子太短，任何犹豫都是浪费，你知道吗？"

许煜点头，附在她耳边轻声说："你可知道，今生今世我所求的只有你。"

阮昭笑了，眼底有泪花在闪烁："好了，许队长，你可以亲吻你的未婚妻了，还需要我提醒你吗？"

他双手托住她的脸，缓缓地靠近她的额头。

阮昭紧紧地搂住眼前人，自始至终她心里爱着的只有他啊。

两人手牵着手，飞行队的人一下全围过来。

"队长，你们什么时候办婚礼啊？"

"在海东吗，我们也能参加吗？"

"我们家只有一个人能做主。"许煜偏头看阮昭，"你们问她

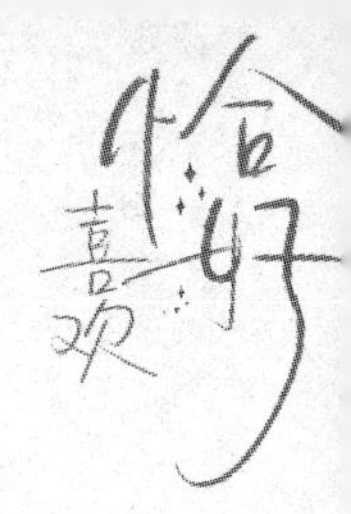

的意见吧。”

大家都看着阮昭，弄得她不好意思：“都来，我喜欢热闹。”

大家欢呼的时候，方一惟哭了。付刚踢了他一脚，问他大喜的日子哭什么哭，他压着嗓子说：“连队长都要结婚了，我连女朋友都没有。”

付刚听了哈哈大笑：“你可以让嫂子给你介绍，他们医院的单身女孩最多了。”

方一惟忙止住哭：“真的吗？”

付刚扭头，发现他真的付诸行动了。

两人处理好基地的事务，相约好晚上几点回家之后分别。阮昭要回医院上班，而许煜则要去总部报到。他送她上车时装得一副镇定自若，唯有转身的瞬间，他摸着无名指上的戒指，胸腔里像被什么充斥得鼓鼓胀胀的。他想，原来过去经受的一切都是为今日这场圆满所做的铺垫啊，毕竟现在所得到的实在太珍贵了。

他又可以原谅命运所给予他的磨难了。

阮昭在后视镜中看见许煜的身影越来越远，眼睛湿漉漉的。

出租车司机见她神情异样，询问：“小姐，你还好吧？”

“嗯，我要结婚了。”她大方地亮出自己的戒指。

“喜事，恭喜啊！”

“谢谢。”

阮昭微笑着，周身都散发着愉悦。她回忆刚才那一幕，又忐忑又难掩激动，像个傻子似的坐在出租车后排傻笑，手机突然响了。

她接通还没回话，就听魏劭行说：“出事了。”

阮昭提醒司机加速，回到医院进了肿瘤科医生办公室，发现里面站了好几个同事。魏劭行见阮昭来了，快步走到她面前。

“小池呢？”她问。

魏劭行扭头指了指里面紧闭的会议室隔间：“她在里面，渠苑也在。”

“我看小池的神色很不好，我们跟渠苑也只在她孩子的病情上打过交道，私交不多。况且池樱只是个实习生，很多事都没让她经手，怎么会单独找上她？”

此时阮昭也一头雾水：“我进去看看，你让人都散了吧，围在这儿不合适。”

说完，她走过去敲门：“池樱在里面吗？是我，阮昭。”

里面静了一会儿，有人拉开了门缝，阮昭进去，见渠苑在里面跪着，她当下捂住嘴：“你这是做什么？”

相比之下，池樱更显得局促：“我……我也不知道她为什么这个样子，问了半天也不说。”

“渠女士，你有话起来说吧，这样跪着不合适。”阮昭走上前去搀扶渠苑，女人没动。

最近渠苑的女儿的病情急转直下，他们已经用了所有能用的治疗手段，但还是无法控制住病情。这事对渠苑打击太大，一时之间做出常人无法理解的事也让人不忍责怪。

“我不起来。”渠苑那张光鲜的脸突然扭曲，“都是我，是我的错，上天报应我好了，为什么要报应到我的孩子身上。”她对着空气不断地磕头，“我错了，是我错了，求求你，老天求你放过孩子。”

她碎碎念了一阵，突然如同魔怔了一般，转头去扯池樱的衣服，

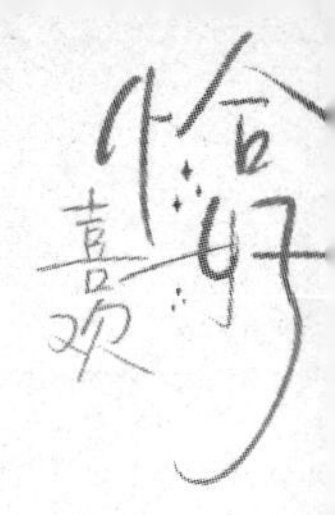

泪眼婆娑:“我错了，我真的知道错了，你不要诅咒我的孩子好不好，她是无辜的，我下地狱，我下地狱可以吗？”

池樱茫然地看着面前这个对她哀求的女人，又看了看同样无措的阮昭。

“我不该遗弃你，不该把你丢掉，我错了，你放过我孩子吧。”

听着渠苑的话，阮昭突然反应过来。

池樱愣住：“她说什么呢？”她怔忡地问渠苑，“你在说什么啊？”

阮昭盯着痛哭流涕的渠苑，想起池樱的身世，突然想到了什么。渠苑是池樱的妈妈吗？她是从什么时候认出池樱的？

不过这些问题似乎已无关紧要，只是许煜他们瞒了池樱这么多年，恐怕瞒不住了。

她还未来得及阻止，便听渠苑道：“你是从我肚子里出来的，病房里躺的那个是你妹妹。”

“胡说！”池樱冲渠苑吼道，“我妈妈姓许。”

“你爸叫池知章是不是？”

池樱蒙在原地。

“我爱上他的时候，姓许的还不知道在哪儿呢。他说他不爱我，我这么好，他不爱，却为了那个女人连命都丢了。我偏生下他的孩子，留给许家硌硬他们，谁让他们心那么软呢。”渠苑自说自话，如同疯魔。

池樱跌撞地倒退几步，靠在墙上，红着眼睛问：“那我是谁？”

“你？”渠苑想了想，轻声道，“你大概是颗仇恨的种子吧，我还没来得及拿你来威胁他，他就死了。”

阮昭听着，心中刺痛，那到底是怎么样的纠葛，让她身边这个无辜的小姑娘此时如遭雷击。

“小池，你听我说，这事不能听她一面之词，我们等见过你舅舅之后再说，好吗？”阮昭说着。

池樱背过身，哭起来。

任何成年人遇到这种人都承受不住，更何况她还是个未入社会的孩子。

“你现在说这个，目的是什么？”阮昭整理好心情，看向渠苑，“如你所见，许家将池樱保护得很好，她在有爱的家庭中长大，你此时说这个，难道是想让她认回你吗？”

“你孩子的病跟她又有什么关系，你现在跳出来跪在她面前，除了让她难堪又有什么意义？她从头到尾根本毫不知情，又何谈诅咒一说？还有，渠苑，即便你想忏悔，她就必须接受吗？如果你在心里仍然以她母亲自居，请问你有什么资格呢？”她声音淡淡的，有点冷。

渠苑被她反问得哑口无言。

阮昭问：“你之前帮我，难道也是因为知道小池就是你的女儿吗？”

“是，也不是。我感激你是出自真心。”

“如果你想利用我来处理你们这段关系，请恕我不能答应。许家从来没想过让她知道所谓的真相，这个世界上很多东西比血缘还珍贵得多。你不爱她，也不要她，她早在许家生了根，你这样捅破一切，让她从今往后如何自处，为人父母不能这么残忍。”

“她不是！”一直沉默的池樱终于爆发，吼了出来，“她不

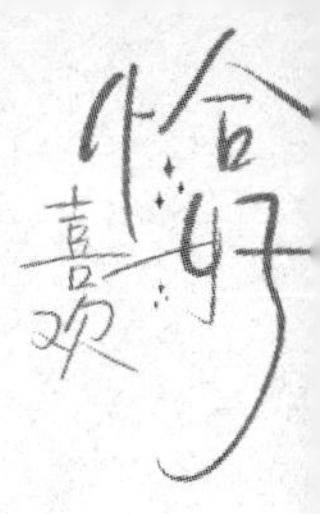

是的！”

池樱紧紧咬着嘴唇，脸色苍白得可怕。她绝望到极致，呼吸困难，倒在地上抽搐。

阮昭一把拽住她：“小池，池樱！魏劭行！”

外面的人瞬间冲了进来，看见地上的池樱急声问：“怎么回事？她怎么了？”

“快送急救室，她晕倒了。”

魏劭行急忙将池樱背到自己的背上，跑了出去。

为了节约时间，他走楼梯下去。池樱这时突然恢复知觉，从后面紧紧搂住他的脖子，有眼泪流下来：“你带我走吧……我不想再待在这里。”她说着，把脸埋进魏劭行的颈窝里，又陷入昏迷。

所幸许煜的父母离得远，对此事并不知情。要是渠苑真闹到许家去，对两位老人会是不小的打击。

阮昭第一次在许煜的脸上看到了颓然。

他大病初愈，烦忧缠身，让人担忧。

“许煜，你先去休息，我来守着。”阮昭劝他。

“没事。”他拒绝。

阮昭劝不动，她扭头，见魏劭行也呆坐在椅子上，神情呆滞。

在阮昭路过魏劭行时，他一把拉住她，问：“你早就知道这件事？”询问过后，他心里有了答案，她马上要嫁给许煜，许煜不会对她有所隐瞒，看她的表情，再从当事人的只言片语中，大概能猜到发生在池樱身上的事了。

他看着病床上紧闭着双眼的小丫头，想着此时如果她从被子里跳出来，站到他面前，如同以前一样调皮地对他表白，他一定会毫不犹豫地答应。如果这世上没有一个属于她的港湾，那么就让他给她吧。

阮昭叹了口气，看着病房里的两个男人，全都眼睛赤红地看着一个方向。

池樱没有什么大碍，只是受到刺激才晕倒。但她醒来之后一语不发，水米不进，令人担忧。

几人轮流守着池樱，怕她做出傻事。她不哭不闹，不追问，比任何时候都要反常。

从病房出来的时候，阮昭明显感受到许煜隐忍的怒意，她挽着他的手臂安抚他，让他冷静下来。

“你知道渠苑就是池樱的亲生母亲吗？”她问。

“不知道。”他面无表情，声音冰冷，“我根本不会关注她是谁，我以为她这辈子不会出现，可偏偏她不让人好过。”

他侧头，透过病房门的窗户留意了下病房里的人的状态，随后扭头，一拳砸在走廊的墙上。

阮昭吓了一跳，他将内心的气愤发泄，他的手跟墙面撞击时，她甚至听见了骨头的脆响。

阮昭下意识去拉住他，防止他再次伤害自己。下一秒，走廊那边传来高跟鞋的声音，越来越近。

渠苑又化了姣好的妆容，站定在两人面前。

许煜站直了脊背，沉默地看着渠苑。

阳光透过窗户打在三个沉默的人身上。

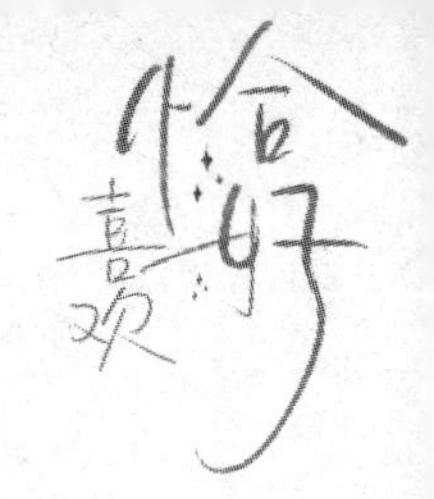

“你到底来找她做什么？”良久，许煜终于开口。

“抱歉，是我一时没有冷静，我以为她早就知道。”渠苑目光混浊，红唇上纹路尽显。

“从你遗弃她那一刻你就该知道，你们这一生只能做陌生人。”许煜一字一句道，“你最好祈求她没事。”

“那是她妹妹，是有血缘的亲人。”渠苑蹙眉，“她有权知道真相。更何况，我的孩子生死未卜，我还有什么不能失去的。”

阮昭余光瞥见许煜紧握的拳头，轻呼一口气，先他一步开口：“渠女士，你不要太过分。”

“让她滚！”

突然，他们的身后传来一阵歇斯底里的吼叫声。

池樱仿佛用了浑身的力气，随后软瘫在魏劭行怀里，嘴里还不住地重复着：“让她滚，滚啊！”

许煜转头对阮昭说：“你把池樱带回病房吧，我来跟她谈。”他的目光又归于冷静。

阮昭捏了捏他的手心，无言地看了他一眼，随后才放开他的手。

将池樱扶回病房重新躺下，阮昭担心地靠在门边，听不清外面的人的谈话。

大约过了一刻钟，人进来了。

等池樱睡着后，阮昭才拉着许煜到外面谈。

“渠苑说什么？”

“她家人想让她把池樱认回去。”他说得简短。

“人又不是物品，怎么可能有这么简单的事。”

“这事不是我能决定的。池樱是成年人，她做的决定我从不干涉。”他一时心烦意乱，耳朵里又响起嗡鸣声。

阮昭拉着他，让他撑着自己。

“你的手怎么样？”

关节处已经破了皮，但他背过身去，怕她担心不肯让她碰。

“对不起，我刚刚太激动了。”

阮昭抚摸着他的头发：“我能抱抱你吗？”

许煜伸手将她拥住，深吸了口气，像又活过来一样：“还好，你在。”

阮昭仰着头，突然笑了：“你有多久没洗头了？”

“嗯？有味道？”

“嗯。”

“很难闻吗？”他兀自笑笑，“是有几天没洗了，住院期间也没来得及理发。”

“回家，我给你剪吧。”

“你？”

“你不相信我的手艺吗？你知道我大学时的缝合手法在全校都是一流的。”

许煜蹙眉：“缝合和理发是两件不同的事吧？”

“证明我工具使得溜啊。”

许煜不相信地看了她一眼，他才发现她在跟自己开玩笑，她在逗他开心。

晚上，许煜再回到病房时，阮昭将魏劭行叫了出去，许煜知道

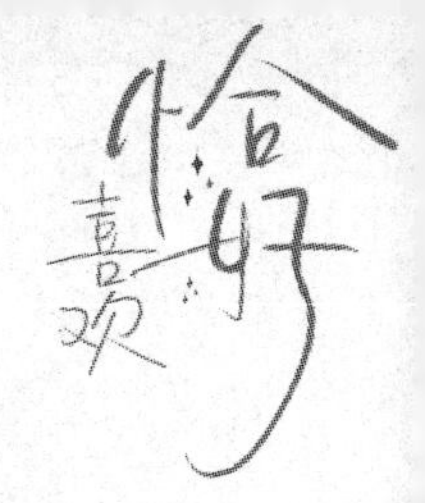

她特意给他和池樱独处的空间。

这里只剩下他们两个人。

病房内暖气十足。

池樱又难受起来，这几天她刻意不提，她害怕一旦说出来，她便与这个舅舅，与疼爱她的外公外婆划清了界限。她想，要是她能失忆就好了。

“池子。”他叫她，“不要装睡，不要像以前那样，你已经不是小孩子了。”

“你不要我了吗？”她说着，眼泪又落了下来，“你们会不要我了吗？”

“为什么这么说？”

“我是破坏你姐姐婚姻的女人的孩子，没有人会像你们一样收留我。”

“你知道，那年你外公第一次将你抱回许家你是什么样吗？小脸被冻得红扑扑的，但仍在笑。外公给你取名樱，是珍贵美好的意思。你的到来让一个陷入冰霜的家又幸福得像花儿一样，所以你不要妄自菲薄。”

池樱就这样眼睛一眨不眨地盯着他：“我们还是一家人吗？”

“我问你，你会因为跟我没有血缘关系就不认我吗？你打算一辈子不见外公外婆？”

“当然不。”池樱脱口而出。

“我的答案也一样，我们始终是一家人。家是用爱组成的，而无关其他。家里的老人年纪大了，这件事就终止在你我这里，不要让他们知道，好吗？”

“好。”

阮昭端着水果盘在门外等了一会儿，听屋内没有声音了，知道两人已经谈完。

“舅妈。”池樱心情好了些，冲着门口进来的人喊。

阮昭脸一阵红，将果盘递到池樱手上，自己手上留了一小瓣苹果，喂给身边的人。见许煜伸出手指钩住自己放在椅背上的手，余光去看他。

他乌黑浓密的碎发盖过额头，纤长的睫毛在下眼睑上投出一片阴影。男人放松下来，一边咀嚼着水果，一边握着她的手指，看来没事了。

成年之后，池樱很少与舅舅有过长时间的深谈，正是因为他说得少，所以她信。他说过去那就一定会过去。

之后池樱正常上班，尽管偶尔还是会与渠苑打照面，但她依然只把渠苑当患者家属，保持医生最基本的职业素养。

转眼间她的实习期结束，要返回学校，虽然科室的领导找她谈过几次话，有让她毕业以后继续在君合工作的意思，但她婉拒了。

离开这里一段时间，既能宽慰自己，也能宽慰别人。

她会参加完舅舅的婚礼再走，正好减少了工作时间，可以用来筹备他们的婚礼。

因为两人的工作都很忙碌，所以池樱提出这个建议的时候，阮昭求之不得。但许煜有另外的意见，毕竟这是属于两人的婚礼，他希望自己能更多地参与进去。

所以阮昭每天晚上下班回家，都会看见许煜一笔一画地写着请

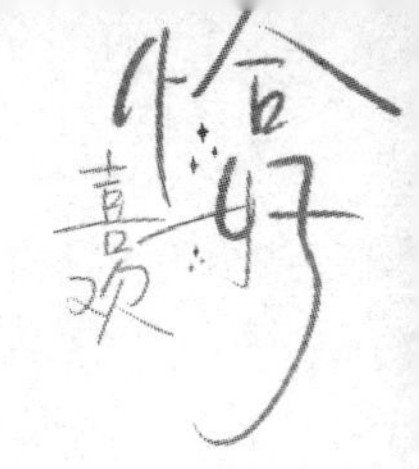

束。上到宾客名单，下到音乐选曲他都亲自插手，细致入微。

她泡了他最爱的大麦茶，端进书房之后，见地上一片狼藉，走过去捡起一个纸团问：“怎么了？”

他听见她的脚步声，慌乱中想拿东西盖住书桌上的纸，无奈上面的墨迹未干，于是只能抬眸看着她，突然笑了：“好久没写毛笔字，手法不顺。”

“写什么？”阮昭走过去。

“婚书。”

结发为夫妻，恩爱两不疑。

她看着上面苍劲有力的字迹，心里生出感动。

“奇怪吗？”

明明已经很好了，但他总能发现瑕疵。

“不会，你学过书法吗？”她问。

“小学时上过书法课，后来当作兴趣练过，但没有系统地学习。”

她接过他手里的纸，仔细看了之后更惊讶，没有学过能写得这么好，那当真是天赋了。

他说：“虽然现在婚书不太流行了，甚至有些老土，但我想写给你。”

“我很喜欢。”

她发自内心地笑。

越是被时代淘汰的东西，越是珍贵。

许煜被她鼓励了一通，觉得灵感来了，洋洋洒洒地写下去，很是流畅。他写得专心，阮昭就在边上陪着，等结束了两人等字迹干了才收好下楼去。

“我已经跟医院请好婚假，从明天开始休，后天的婚礼，正好有一天空闲时间，我们约会好不好？”

“你有什么想做的？”

“好多，我起码想了一百件。”

“都是什么？”

“明天告诉你。在这之前咱们得干一件事。”说完，她苦着脸扭过头，对许煜告状，“你的猫跳到厨房，打翻了我的酱油。”

“它呢？”他在客厅环顾了一圈，没见到猫的影子。

“被我关在浴室里，咱们得先给它洗澡。”

许煜笑着被她拽下楼。

推开浴室门，小黄猫跟个犯错的孩子蹲在墙角，阮昭看着一点火气都没了，心像被融化了一般。她扭开淋浴喷头，试了好几遍水温，等确定合适了才将它身上打湿。

小家伙洗澡不老实，一直挣扎。等洗干净吹干了才将它放出去，两人的衣服也全部湿透。许煜站在浴室灯下，拿干净的毛巾擦头发。她偏不想他擦干净，拿着淋浴喷头打开水便往他身上喷去。

看他跳脚的模样，她只觉得好笑，最后被他箍在怀里动弹不得了。她抬头看着他，他也在笑。

“你真是太瘦了。”他感叹。

“别看我瘦，但我力气很大。你别放水，我肯定能挣脱。”

许煜哼道：“让你七成力。”

阮昭用尽力气挣扎，汗都出来了，她仍没有挣脱，只好放弃：“许队长，我错了。”

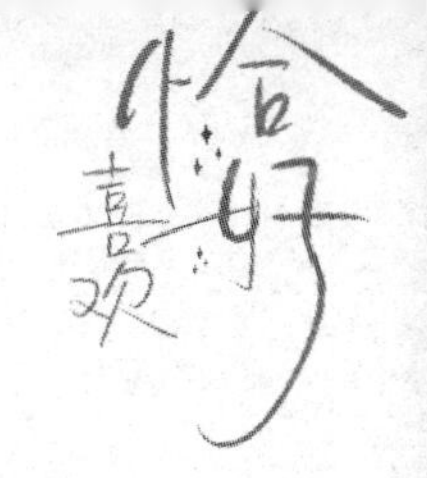

“从明天开始跟我下楼，每天跑一千米。”说完，他又补充，“这条可以列入家规。”

“我现在悔婚来得及吗？”

“想得美。”

“你这个做法，跟以前的封建家长有什么区别？”

“不带人身攻击的啊。”他懒洋洋的声音从她头顶传来，他下巴抵着她的头顶，才发现她头发也湿了，“我给你洗头吧，免得感冒。”

阮昭点了点头。

他松开她，让她平躺进浴缸里。

阮昭的头发天生细软，抓在手里十分舒服。他一点点给她搓洗，询问她水温是否适宜，指法轻柔。

他一手拿着淋浴喷头，另一只手顺着她的额头一直向后滑到颈窝，热水也跟着手指的移动一点点淋上去。他揉捏了会儿，忽然侧头亲了下她的嘴角，喊她：“阿昭。”

“嗯？”阮昭原本盯着天花板的目光转向他，看见他瞳孔里倒映着自己的影子。

“你知道吗，我一直在幻想跟你过这样的日子。”

“那你以前有想过结婚吗？”

“没有。”他摇头，“此身许国，再难许卿。”

“那就一直单着？”

“与其勉强，不如收起那个心思。”

他冲走泡沫，用毛巾将湿发擦干净，然后将她打横抱起，抱到卧室。她舒服得都要睡着了，扭头抱着他精窄的腰，闭着眼睛迷迷糊糊地喊他：“许煜，明天我们约会吧。”

他应了一声，低头盯着她，眼睛里便只有她。

第二日，阮昭起了个大早，在厨房里忙碌了半天。许煜跑步回来时，她已经将煎好的鸡蛋端上桌。

“吃完饭然后去换衣服吧。”说完，她从衣柜里翻出两件校服来，名牌上写着“海东一中”。

许煜哑然：“你从哪里弄来的？”

“同事的表妹在我们以前那所高中念书，我找她借的。”她见他蹙眉，“你不会不好意思穿吧？”

她想做的事他自然应她，只是……

“我比之前壮了不少，穿不进去吧？”

“可以的，你能。”阮昭肯定道，她早就量好了他的尺寸。

两人各自换完衣服出来，在客厅彼此对视了一眼。

少年时代的感觉悄然而生。

阮昭有点不好意思，总觉得自己在扮嫩：“你这样看我，让我觉得有些奇怪。”

“不会，我觉得你这样去演校园剧，一定好看。”他笑笑，声音里充斥了柔软，“要出去吗？”

阮昭点头。

他又折回卧室，给她找了件外套，给她披上：“你穿得这么单薄出去，会感冒的。”

“怕什么，我有秘密武器。”说着，她往他怀里一钻。

许煜低头吻她，没由来地突然问：“你喜欢孩子吗？”

“喜欢啊。”耳鬓厮磨，她心头柔软得一塌糊涂。

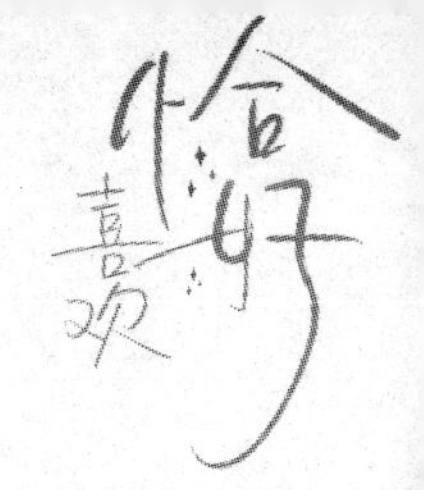

“那咱们生几个？”

“几个？你会不会太贪心了点？”

“现在国家政策不是放开了吗？”

许煜抓着她的手，轻声说：“生几个女儿好，像你，漂亮。但是我又担心。”

“什么？”

“怕她们遇人不淑，我到时候护不住。”

她看着他，扑哧笑了：“许先生，你会不会想得太长远了？”

“是吗？”他也跟着笑，“也不算远，我还想下辈子，下下辈子……”

阮昭伸手捂住他的嘴：“打住，我们还是想想明天的婚礼吧？好多东西没准备，这样一走了之真的好吗？”

“那有什么，有你，有家人朋友，就已经是最好的了。”

阮昭眼睛亮晶晶地看着他，他也回视，看着自己最珍贵的东西。

家里乱七八糟堆放着明天要用的东西，红彤彤一片。在这中间，两人身体相抵，所想的事情早已与外界无关了。

丁缨姿到的时候两人还没出门，她推着一大车子喜礼进门，瞧见两人的衣着，愣了愣随后打趣：“你们这又是闹的哪一出？回忆青春？”

“差不多。”两人忙去接她手里的东西。

“这些都是明天用得上的，还有些贴身衣物，阿昭，随我送到你卧室去。”

“好。”

待两人进屋，丁缨姿关上房门，拉住阮昭的手，将一个存折交到她手里：“给，嫁妆。”

“小姨……”阮昭欲言又止，不肯收。

“没多少钱，我知道你不缺，你妈妈不在了，我代表她送你出嫁，这是我的一点心意。”

丁缨姿抱她：“阿煜是个老实可靠的孩子，我放心——”说着，她声音哽咽，悄悄地抹了下眼泪。

“我这辈子会一直跟他在一起。”阮昭安慰她，“他很好。”

丁缨姿抱着阮昭又哭了会儿，这才松开，交代了明日的一些礼节，随后又说：“你知道这铺床也有讲究，像我就不是合适的人选，所以我特意给你请了儿女双全的人，让你们沾沾喜气。”

“小姨，你知道我不讲究这个。”

丁缨姿拍了拍她的后脑勺，嗔怪：“虽然现在的时代跟我们那时不同，但习俗还是不要变的好。好了，余下的我就不啰嗦了，你们快出去约会吧，外面的人该等着急了。”

阮昭笑着出了卧室，见许煜等在客厅，他站在阳光下，一张脸干净透亮。

她快步走上去牵住他：“走吧。”

冬天的高中校园多了几分其他季节没有的恬静，尤其是像今天这样，天气晴好，阳光洒在身上暖洋洋的。

学校安静地坐落在繁华的角落里，站在樟树下，可以听见琅琅读书声。海东的樟树到了冬天也很翠绿，茂密的枝干将整个道路围

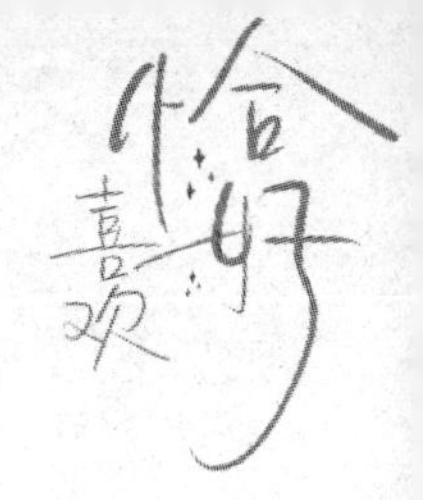

住，一点寒风也感受不到。

阮昭脱了外套，穿着校服央许煜给拍照，他起初还不准，后面见她开心，也便由着她去。

两人逛了一会儿，听到下课铃声，两人在操场边遇见大群从教学楼里拥出来的学生，还有将备课本背在身后的老师。

阮昭想着等学生散了再走，突然有个路过两人身边的老师折回来，板着脸问："你们是哪个班的，在学校里拉拉扯扯算怎么回事？"

阮昭跟许煜对视了一眼，松开手，笑道："老师您好，我们毕业很多年了。"

男老师盯着许煜看了一阵，突然说："你是不是……之前在绥城救援上电视的那个？"

"是，他是许煜。"阮昭偷偷地勾了下许煜的手心，知道他为人低调，替他答了。

"前段时间这事还贴在学校优秀毕业生告示栏呢，你好。"老师伸出手来。

许煜恭敬地回握："您好，谢谢。"

"她是——"

"我未婚妻。"许煜侧头看了下阮昭，笑着介绍。

"她也是这个学校的吗？"

阮昭接过话："对，我当时的班主任是方志平老师。"

老师恍然大悟："方老啊，他去年退休了。"

随后几人又寒暄了一阵，临走前他特意拍了拍许煜的肩膀，赞许道："小伙子好样的，我看好你啊。"

等人走远了，两人也不知道说什么，相视而笑。

她说：“怎么到处都有人认识你？你是不是特开心？”

“我觉得你比我开心。”

“为什么？”

“因为有人说你只有十八岁。”说完，他笑了一下。

阮昭抡起拳头砸了他肩膀一下，往他怀里靠了靠：“你又乐什么？”

许煜抿唇，目光落在她身上。

“我媳妇儿真好看。”

“你再说得大声一点，别人都听见了。”

“听见了又能怎样，人都是我的了。”

阮昭也跟着笑了笑：“低调点。”

许煜止住笑：“其实我觉得有点对不起你，我应该给你一个盛大的婚礼。”

“在基地结婚多有意义啊，吃大食堂做的饭菜，场地都是你的队员一手搭的，别人求都求不来。况且这个提议也是我提的，幸亏袁指导答应了，不然我才真是有遗憾。老公，婚礼呢不一定要铺张浪费，极尽奢华，那是做给别人看的。我希望我们最重要的日子，有自己想要的人见证。还有，许先生，你现在的想法很危险，咱们结婚过日子，也是要节省的。”

“开始管家了？”他点了点她的鼻子，“财迷。”

阮昭哼哼。

“你回去翻下你梳妆台的第二格，有东西。”他凑近她耳边。

“什么？”她好奇了。

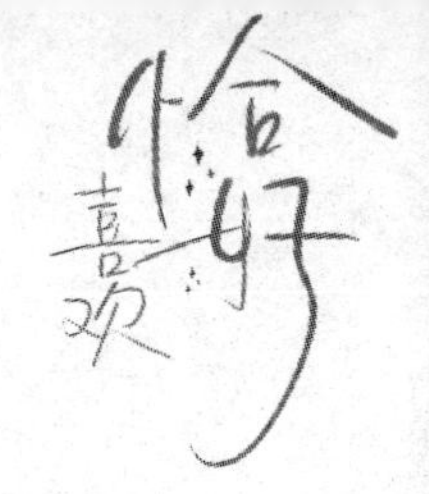

许煜笑而不答。

“到底是什么啊？”她扯了扯他的衣袖，“说。”

他这才坦白：“是我的工资卡和一些证件，从现在开始，正式交给你保管。另外我也想征求下你的意见，如果你愿意的话，找个时间咱们去做房产过户。”

阮昭扭头：“你要把钱都给我？”

“当然，把钱交给太太管理是所有男人的梦想，不然它就只是个冰冷的数字而已。”

“你就不怕我携款潜逃啊？”

“不会有那一天。”

“为什么？”

“我会让你幸福得离不开我。”说完，他又觉得太过肉麻，止住后面的话。

阮昭看他的样子，咯咯笑起来。

许煜一脸歉意：“还有，我马上又要出差，蜜月也给不了你。”

“现在不就是在度蜜月？”

阮昭十指与他相扣：“有你在，我每天都像掉进蜜罐里，哪里还需要专门拎出来过。许煜，原来我在你心里那么肤浅啊？”她嘟着嘴，嗓音闷闷地道，“我那么爱你。”

许煜牵起嘴角，手指捏了捏她的脸，忍俊不禁：“你刚叫我什么？”

“什么？”阮昭装不记得。

“再叫声老公听听。”

“不要。”

“不答应要上家法了啊。”

“家法是什么？”

“当众吻你信不信？”

阮昭吓得捂住嘴，这里是学校，太出格了。她瞪着他，见男人一脸得逞的模样，知道他又在戏弄自己。

“许煜，你怎么老是欺负我啊？”

他摸摸她的头，柔声说：“走了，许太太，照你这样的走法，今天一天咱们都走不出这所学校了。”

阳光暖和地笼在两人的身上。

阮昭看着路边的小卖部默默地舔了下嘴唇，他看在眼里暗自笑了下：“你又想吃冰激凌？”

“你怎么知道？”

“我记得你读书那会儿，大冬天的吃各种冰棍儿。我当时就想，你这样肯定不到五十岁牙齿就会掉光，谁敢娶你。”

他说着说着，垂下头：“后来，我又想，我可以不嫌弃你，勉为其难一下。”

阮昭蹙眉瞪了他一眼。

“还想吃吗？”

“不了。”她可不想牙齿掉光。

“吃吧，我逗你的，给你买。”

不一会儿，他拿着一支甜筒出来，阮昭满足地将上面的奶油舔干净：“好甜。”

他无声地笑，无名指上的戒指折射出柔和的光亮。

她吃得满手都是，许煜拿纸巾给她擦着手指，细心得像对待一

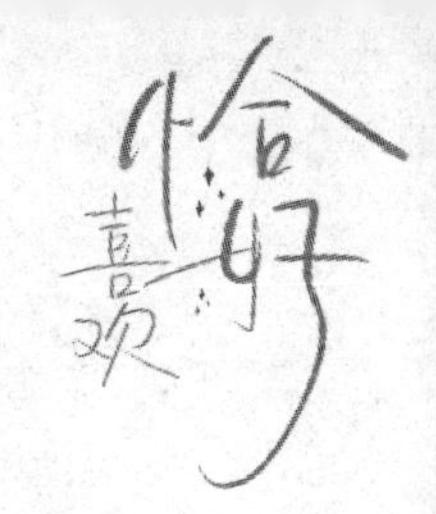

个小孩子。

她心头一动，推了推他，低声说：“我们回家吧。”

“才出来一会儿就回去吗？”他柔声问。

“光看着这帮小孩一点意思都没有。”她偷偷凑近他，小声说，“不如我们回家做点成年人该做的事吧。”她眼底闪动着暧昧的光。

他莞尔：“你等下。”说完，便往操场那边跑。

阮昭不知道他要去做什么，坐在小卖部外面的长椅上等。

她百无聊赖地玩了一会儿手机，有电话进来。

她接通，是魏劭行。她还未来得及开头，电话那头的人急急忙忙地问：“阮昭，池樱不见了！我打她电话没有人接听，家里也没人……”

“她不在海东。”阮昭慢悠悠地打断他，故意吊着她。

“你知道她在哪儿？”

“你找她做什么？”

“我……我有话要跟她说。”

阮昭大概猜到是什么话，笑起来：“她有事回学校一趟，明天就回来了。你先组织一下语言，到时候让你说个够。”

听到池樱还回来，魏劭行松了口气。

她挂断电话，再抬头时，许煜从远方跑来，手里拿着一簇向日葵。正逢有学生上完体育课，成群结队地在操场散开，拥挤成一团。他就站在人群的一侧看着她，目光闪烁。

那一刻，她仿佛回到了读书时代，那年他们青春正好，还有无数的时光为彼此浪费。

她看着他，眼眶湿润——

妈妈，明天我就要跟十七岁时喜欢的男生结婚了。

我大概永远不会忘记，那天他带来一场爱的飓风，让我的裙摆再次飞扬了起来。